Julia Rösner

KLINGENDE SAITEN

Roman

AF198701

Bibliografischen Information der Deutschen Nationalbibliothek:
Die Deutsche Nationalbibliothek verzeichnet diese Publikation
in der Deutschen Nationalbibliografie; detaillierte bibliografische
Daten sind im Internet über http://dnb.d-nb.de abrufbar.

Umschlaggestaltung & Satz: Robert Rösner
Umschlagbild: Rosanna Maisch
Korrektorat: Thomas Montag

ISBN 9783751916592

Für meine wunderbare Familie

Julia Rösner (Jahrgang 1983) schreibt seit ihrem elften Lebensjahr Gedichte, Kurzgeschichten und Romane. Von ihr behandelte Themen wie der Umgang mit Verlust und Lebenskrisen, sowie ethischen und spirituellen Fragen fügen sich harmonisch ein in Geschichten über Liebe, Familie und Freundschaft. Sie ist als Magisterpädagogin in der Beratung für Menschen mit Behinderung tätig und lebt mit ihrem Ehemann und ihrem Kater südlich von München.

Muschelhorn und Meergesang
Tanz der Wellen dem Licht entlang.
Glätte und Fülle – vom Leben erfasst.
Schwingen und Singen ohne Hast.
In die Weiten brich' auf, du Seele mein!
zu neuen Ufern und neuem Sein.

KAPITEL EINS

Grünes Gras. So weit Denisa schauen konnte, bedeckte es die Landschaft und war durchsetzt von vielen bunten Blumen: Margeriten, Mohn, Disteln, Klee… Es war nicht auszumachen, wo genau die weite Fläche in der Ferne endete. Ein grünes Meer aus Leben. Überall um sie herum zirpte und summte es, und Grashüpfer sprangen aufgeregt davon bei jedem vorsichtigen Schritt, den sie machte. Durch ihre Sandalen konnte sie die kitzelnden Grashalme auf ihrer Haut spüren, und das war ein wunderbares Gefühl nach der langen Fahrt hierher. Fast sieben Stunden im Auto hatte sie hinter sich. Mit Pausen zwar, aber dennoch hatte sie das Gefühl, jeden ihrer Knochen zu spüren. Quer durch das Land war sie gefahren, und es war eine Reise vom vertrauten Heim ins Unbekannte: in eine unbekannte Gegend und ein unbekanntes Abenteuer. Es musste nun kurz nach siebzehn Uhr sein, aber die Julisonne schien noch immer kräftig auf die Landschaft um sie herum. In der Ferne konnte Denisa Kornfelder erkennen, die in voller Reife golden leuchteten.

Nun war sie also hier… wo sollte sie beginnen? Sie hatte nichts außer einer Adresse und einem Namen. Theodor Lechner. Lechner… der Name, den auch sie selbst tragen könnte, wäre ihr Leben anders verlaufen. Und das seine. Irgendwo hier in der Nähe musste es sein, das Haus, in dem er lebte. Laut Karte im Internet stand es frei, und dank Google Earth hatte Denisa eine ungefähre Vorstellung davon, wie es aussah. Ein weißes Haus mit braunen Fensterläden und einem großen Garten, in dem ein Gartenhäuschen stand. Auch die Terrasse wirkte groß und verlief um das halbe Haus herum, von

11

einer Pergola teilweise überdacht. Alles sah idyllisch aus, selbst auf dem Luftbild im Internet. Idyllisch und makellos, und das beängstigte Denisa irgendwie, denn es schien so perfekt zu sein. Der Spiegel eines perfekten Familienlebens, zu dem sie nicht dazugehörte, und in das einzudringen, sie sich vorgenommen hatte.

Für heute waren ihre Kraftreserven jedenfalls verbraucht. Die Fahrt hatte sie ausgelaugt, und sie hatte außer ein paar Keksen noch nichts gegessen. Nach einem letzten Blick über die weite Landschaft wandte sie sich um und ging die paar Schritte zurück über den Feldweg, an dessen Anfang sie ihren Wagen geparkt hatte. Im nächsten Ort gab es eine Pension, in welcher sie schon von zu Hause aus ein Zimmer reserviert hatte. *Rosalies Stube* hatte auf den Fotos im Internet sympathisch ausgesehen mit der zitronengelben Fassade und den blauen Fensterläden. Vor allem aber war das Zimmer günstig, und das war das Wichtigste für Denisa, denn sie wusste noch nicht, wie lange sie bleiben würde.

Sie startete den Wagen, verließ den Feldweg und bog auf die Landstraße ab, die in den Ort führte. Der bestand aus beschaulichen kleinen Häusern, von denen die meisten schön bepflanzte Gärten hatten. Die Pension erkannte Denisa sofort.

Rosalie Wormser war eine schlanke, hochgewachsene Frau mit einem warmen Lächeln und blonden schulterlangen Haaren. Als Denisa ankam, war sie gerade dabei, die vertrockneten Geranienblüten aus den Töpfen vor der Eingangstür zu zupfen. Die nicht vertrockneten Blüten leuchteten in intensivem Rot und Rosa.

„Hallo!", begrüßte Frau Wormser ihren Gast. „Sie müssen Frau Sievert sein."

Die Formalitäten waren schnell erledigt, sodass die beiden Frauen nur wenige Minuten später die Treppe zum ersten Stock hinaufstiegen, wo sich Denisas Zimmer befand. Es war einfach gestaltet, aber mit einem Doppelbett und einem Schrank für zwei Personen. Überall lagen zur Dekoration Muscheln verschiedener Größen und Formen umher: auf der Fensterbank, der Bettkommode und im Badezimmer. Denisa gefiel das, und sie fühlte sich ein wenig wie im Urlaub, obwohl ihr Aufenthalt hier voraussichtlich alles andere als das werden würde.

Nachdem Frau Wormser ihrem Gast alles gezeigt und über die Frühstückszeiten aufgeklärt hatte, reichte sie Denisa mit einem Lächeln den Schlüssel.

„Kann ich sonst noch etwas für Sie tun?", erkundigte sie sich, woraufhin Denisa nickte: „Gibt es hier irgendwo etwas in der Nähe, wo man jetzt schön essen kann?"

Die Pensionsbesitzerin nickte eifrig, während sie die Vorhänge vor dem großen Fenster zur Seite zog. Die Abendsonne beschien die Bäume, welche den Rand der Straße unten säumten, golden.

„Oh ja, es gibt eine hübsche kleine Pizzeria um die Ecke. Die machen um halb sechs auf."

Das war jetzt genau das Richtige für Denisas hungrigen Magen, und sie beschloss, gleich zu dem Lokal aufzubrechen und ihr Gepäck später aus dem Auto zu holen. *Da Mario* lag tatsächlich gleich um die Ecke, kaum fünf Minuten zu Fuß entfernt. Die Abendsonne spiegelte sich in einer Reihe hübscher Weinflaschen, die auf der Fensterbank neben dem Eingang standen. Um die Flaschen herum waren Kornähren und Stroh, sowie einige Weinreben drapiert. Ein hübsches Arrangement, das sogleich Denisas Appetit auf ein Glas Rotwein weckte. Einige kleine Tische standen im Garten vor der Eingangstür, und sie entschied sich für einen Platz nahe der geschmückten Fensterbank. Ansonsten war erst einer der anderen Tische besetzt, aber das würde sich bestimmt bald ändern, schließlich hatte das Lokal gerade erst geöffnet. Kaum hatte Denisa sich gesetzt und ihre Handtasche über die Lehne des hölzernen Klappstuhls gehängt, als auch schon der Kellner mit der Speisekarte zu ihr kam. Offenkundig italienischer Herkunft, summte er ein urtümliches „Buonasera" und reichte ihr die Karte. Ein Glas Rotwein und Wasser dazu bestellte Denisa ohne Umschweife. Die warme Luft kitzelte fröhlich über ihre Haut und wehte ihr immer wieder eine Haarsträhne ins Gesicht. Aus dem Inneren des Restaurants klang dezente italienische Musik. Denisa ließ sich Zeit, um durch die Karte zu blättern, und entschied sich dann schließlich für eine *Pizza Quattro Stagioni* und einen gemischten Salat. Mit einem wohlwollenden Nicken und freundlichem Lächeln nahm der Kellner ihre Bestellung auf, nachdem er den Wein gebracht hatte.

„Machen Sie Urlaub hier?", fragte er sie noch. Denisa hielt es für möglich, dass Fremde auffielen in diesem Ort, da sie sich wohl selten hierher verirrten. Obwohl schön, war es keine typische Urlaubsgegend, und sie hatte außer Ruhe und weiten Wiesen wenig zu bieten. Zumindest glaubte Denisa das nach dem, was sie im Internet gelesen hatte. Hier sprachen sich Neuigkeiten bestimmt schnell herum. Sie war auf der Hut und wollte nicht zu offenherzig sein, deshalb schüttelte sie nur lächelnd den Kopf und verneinte.

„Ich habe hier etwas zu erledigen", fügte sie noch hinzu, um nicht unfreundlich zu wirken. Ihr Gegenüber nahm diese Information gelassen auf und hielt jedes weitere Interesse unter Verschluss. Es war schwer, sein Alter zu schätzen, aber Denisa vermutete, dass er Ende zwanzig, also etwa in ihrem Alter sein musste. Seine langen schwarzen Locken trug er ordentlich zusammengebunden. Als er dann ihre Pizza und den Salat brachte, summte er die Melodie des Liedes mit, das gerade im Lokal lief und trällerte dann ein heiteres „Buon appetito!" Und den hatte Denisa! Sie musste sich beherrschen, um nicht wie eine Wilde über die Köstlichkeiten herzufallen, solchen Hunger hatte sie!

Inzwischen waren noch ein paar Gäste hinzugekommen, und ihr Stimmengewirr erfüllte die Atmosphäre. Die Leute schienen den Sommer in vollen Zügen genießen zu wollen, obwohl es ein normaler Wochentag war. Denisa bemühte sich, bewusst langsam zu essen und jeden Bissen zu genießen. Das war etwas, was sie sich generell vorgenommen hatte, aber heute fiel es ihr besonders schwer. Immer wieder wanderten ihre Gedanken zu dem Grund, aus dem sie hergekommen war. War es eine gute Idee, ihn zu suchen und zu sehen, wie er lebte? So oft in den letzten Wochen hatte sie hin und her überlegt, Vor- und Nachteile abgewogen. Hätte sie zuerst einmal anrufen sollen, bevor sie hier auftauchte? Aber was hätte sie sagen sollen zu diesem Menschen, den sie gar nicht kannte? Und wie hätte sie sich am Telefon wirklich sicher sein sollen, mit der richtigen Person zu sprechen?

Nach dem letzten Bissen Pizza legte Denisa das Besteck zur Seite und lehnte sich mit dem Weinglas in der Hand zurück. Einen Moment lang schloss sie die Augen und wandte ihr Gesicht den wärmenden Sonnenstrahlen zu. Nein, es war richtig hier zu sein. Sie wollte ihn mit ihren eigenen Augen sehen, ihren Vater, und nicht lediglich seine Stimme am Telefon hören, wenn er ihr womöglich sagen würde, dass er sie nicht kennenlernen wollte. Er sollte keine Chance haben, sich um die Begegnung mit ihr zu drücken! Bei diesem Gedanken spürte Denisa ein Ziehen in ihrer Brust und musste unwillkürlich schlucken. Das Klappern des Geschirrs, welches der Kellner abräumte, holte sie in die Realität zurück, genauso wie seine Worte:

„Un espresso per la signora?"

Sein Lächeln war so freundlich, dass sie fast darauf eingegangen wäre, aber jetzt nach dem Essen fühlte sie sich einfach nur müde und wollte in ihr Zimmer.

„Nein, danke", antwortete sie deshalb, trank den letzten Schluck Wein aus und bat um die Rechnung.

Den Weg zurück ging sie barfuß über den Asphalt, der stellenweise noch warm war, und es tat ihr gut, den festen Untergrund zu spüren. Wieder bei der Pension angekommen, öffnete sie ihr Auto, um ihre Reisetasche zu holen. Auf einmal kam ihr ein ganz anderer Gedanke als vorhin: was, wenn er sie verleugnen würde? Wenn er so täte, als wäre sie nicht mit ihm verwandt? Er hatte schließlich eine Familie! Energisch wuchtete Denisa die Tasche aus dem Kofferraum und schloss ihn etwas zu geräuschvoll.

‚Nicht daran denken, was alles passieren könnte!', das hatte sie sich vorgenommen. Alles einfach auf sich zukommen lassen. Warum war das so schwer?

Vom Rücksitz holte sie noch den vergilbten Geigenkoffer, dann schloss sie den Wagen ab. Oben in ihrem Zimmer räumte sie ein paar ihrer Dinge in den Schrank und ins Badezimmer, bevor sie sich ihr Schlafshirt anzog. Das Fenster hatte sie geöffnet, sodass die laue Abendluft hereinströmte. Noch war das Licht draußen hell genug, um Lampenschein verzichtbar zu machen, aber in etwa einer Stunde würde das Sonnenlicht langsam verschwinden. Denisa legte sich quer auf das große Bett und versuchte in Jules Vernes *Reise zum Mittelpunkt der Erde* einzutauchen. Der Beginn der Geschichte gefiel ihr gut, doch nun verließ sie nach ein paar Seiten die Konzentration. Ihre Glieder waren unruhig, ständig rollte sie sich von einer Seite zur anderen, ging zur Toilette oder trank noch einen Schluck Wasser. Obwohl sie erschöpft war, verspürte sie mit einem Mal einen unglaublichen Drang, sich zu bewegen.

Genervt legte sie sich zurück und ließ das Buch endgültig neben sich sinken. Warum musste sie nur so dermaßen nervös sein? Eine Sekunde lang schoss ihr der Gedanke durch den Kopf, einfach ihre Tasche zu packen und wieder heimzufahren. Einfach abzuhauen, zurück in ihren Alltag. Aber dann würden irgendwann auch die Fragen wiederkommen… Wer war er? Was war er für ein Mensch, und warum war er aus ihrem Leben verschwunden? Wenn sie jetzt floh, würde sie niemals Antworten erhalten. Nein, das wollte sie nicht!

Stattdessen stand sie auf, schlüpfte in ihre Jeans und ihre Sandalen und nahm den Autoschlüssel. Ihr Schlafshirt ließ sie einfach an. Auf den Gängen der Pension begegnete ihr niemand und auch nicht vor dem Gebäude. Im Auto sitzend klickte sie sich durch das Menü des Navis bis zu der Adresse, die sie dort als letztes eingespeichert hatte. Die Adresse ihres Vaters.

Ungefähr eine Viertelstunde dauerte die Fahrt auf den nachtleeren Straßen, und sie führte hinaus aus dem Ort, über die Landstraße, vorbei an einzelnen Häusergruppen und kleinen Ortschaften. Am Rand einer Vierergruppe von Häusern mit Gärten befand sich Denisas Ziel. Sie erkannte die Position der Gebäude von den Bildern im Internet. Ein weißes Haus mit braunen Läden, die im schwachen Licht der Straßenlaterne nun eher schwarz aussahen. Aus zwei Fenstern im Erdgeschoss drang Licht, und einmal bewegte sich auch ein menschlicher Schatten hindurch. War er das gewesen?

Denisa saß im Inneren ihres Autos, das am Straßenrand parkte, den Motor und die Beleuchtung ausgeschaltet. Ihre Hände lagen auf dem Lenkrad und hielten es fest wie einen verzweifelten Halt für ihre Seele, während sie regungslos auf das Haus starrte, in dem sich immer wieder Schatten bewegten. Denisa ertappte sich dabei, wie sie sich ausmalte, die Familie in dem Haus würde gerade den Tisch für ein üppiges Nachtmahl decken mit schönem Geschirr, Kerzen und vielen leckeren Speisen. Eine Familienidylle in dieser lauen Sommernacht. Vater, Mutter und Sohn…

Mit einem Mal huschte etwas direkt vor ihr über die Straße, sodass Denisa ordentlich zusammenfuhr. Sie konnte erst nicht erkennen, was es war. Erst als das Tier unter dem Lichtkegel der Straßenlaterne innehielt, konnte sie seine Konturen ausmachen: ein heller Fuchs mit einem wunderschönen buschigen Schwanz. Er blieb ein paar Sekunden stehen, schien zu lauschen und verschwand dann so flink wie er aufgetaucht war wieder in der Dunkelheit.

Eine ganze Weile noch starrte Denisa mit geöffnetem Mund in die Richtung, in welcher ihn die Dunkelheit verschluckt hatte, irgendwie hoffend, er würde sich noch einmal zeigen. Noch nie hatte sie so ein schönes Tier in freier Wildbahn gesehen! Was für ein Erlebnis...

Irgendwann jedoch lehnte sie sich enttäuscht in ihrem Sitz zurück, nahm die Hände vom Lenkrad und ließ sie in den Schoß sinken. In dem Haus war es ruhig geworden. Keine sich bewegenden Schatten mehr, nur noch das Lampenlicht, das durch eines der Fenster fiel. Denisa wusste nicht, was sich dahinter verbarg. Es war nicht mehr, als ein fremdes Haus. Ein fremdes Haus in der Nacht.

KAPITEL ZWEI

Es war ein sonniger Tag im Mai gewesen…
Überall sprießte das junge Grün an Büschen und Bäumen und auf den Grasflächen, welche die Gräber umrahmten. Vögel zwitscherten im Geäst und flatterten aufgeregt umher, vollauf mit ihrer Brutpflege beschäftigt. Und inmitten dieses lebendigen Treibens ging die Trauergemeinde mit langsamen Schritten hinter den Männern her, die den hölzernen Sarg trugen. Voran schritt Pfarrer Wolters, den Denisa auch flüchtig kennengelernt hatte. Er war mit dem Verstorbenen gut bekannt gewesen und hatte ihn seelsorgerisch durch seine schwere Krankheit begleitet - bis zum Schluss. Unmittelbar hinter den Sargträgern gingen die Frau des Verstorbenen und seine Tochter: Rosemarie und Mia. Beide wirkten auf den ersten Blick gefasst, doch bei näherem Hinsehen hatte Denisa zuvor ihre geröteten Gesichter erkennen können. So gerne wäre sie einfach zu Mia gegangen und hätte sie in den Arm genommen, aber sie wollte kein Aufsehen erregen und die Zeremonie nicht stören. Deshalb reihte sie sich ein in den Zug der Freunde und Bekannten, die den Rest der Trauergemeinde bildeten. Sie bewegten sich langsam vorwärts bis zu einem ausgehobenen Loch, neben dem ein Bild des Verstorbenen stand und darunter sein Name: Karl Ewald Küster.

Es folgten andächtige Worte und der Abschied der Gemeindemitglieder am Grab. Eine Prozedur, die Denisa nur allzu gut kannte von der Beisetzung ihrer Oma im letzten Dezember. Nur dass damals viel weniger Trauernde am Urnengrab Abschied genommen hatten, da die Trauerfeier schon Wochen zuvor stattgefunden hatte. Dieser Zug an Trauernden hingegen schien kein Ende zu nehmen, und so dauerte es, bis Denisa an der Reihe war, ihre weiße Rose auf den Sarg fallen zu lassen. Ein letzter Gruß, ein letzter Abschied. Gut hatte sie Mias Vater nicht gekannt. Eigentlich keine fünf Wochen, aber die Zeit war für sie sehr intensiv gewesen und voller neuer Erfahrungen. Und sie war der Ursprung des innigen Wunsches gewesen, der sie ein paar Wochen später schließlich in die andere Ecke des Landes führen würde: der Wunsch, ihren eigenen Vater kennen zu lernen.

Denisa warf einen letzten Blick in das Grab, dann wandte sie sich um und trat zu Rosemarie, um ihr Beileid auszusprechen. Mias Mutter jedoch nahm nicht ihre höflich ausgestreckte Hand, sondern umarmte Denisa mit einer unerwarteten Innigkeit.

„Schön, dass du da bist", flüsterte sie unter Tränen. Dann folgte Mias Umarmung. Innig und fest. Und anstatt sie danach wieder loszulassen, um den anderen Leuten Raum zu geben, zog sie Denisa neben sich, hielt ihre Hand fest und lehnte sich an die Schulter der Freundin. Beinahe acht Wochen hatten sie sich nicht gesehen. Daran hatte Denisa sich erst gewöhnen müssen, auch wenn sie und Mia nie ein richtiges Paar gewesen waren. Eher wie zwei Reisende, die ein Stück ihres Weges gemeinsam gegangen waren. Liebte sie Mia? Auf eine besondere Art bestimmt. In der Zeit nach Omas Tod hatte sie Denisa sehr geholfen und ihr ganz neue Ideen und Dinge gezeigt. Aber die Zeit zusammen, besonders in den Wochen, als Denisa bei Mia im Ort gewohnt hatte, hatte auch gezeigt, wie verschieden sie beide waren und in welch unterschiedlichen Welten sie lebten. Mia, die unkonventionelle Rebellin und Denisa die Brave, und jede mit ihren eigenen Rätseln, die es zu lösen galt. Hier nun mit ihr zu stehen, so innig vertraut, fühlte sich richtig an, genauso wie es sich richtig anfühlen würde, wenn sich Denisa in ein paar Tagen wieder verabschieden würde. Wenn jede ihre Reise alleine fortsetzen würde…

Und so war es dann auch gekommen. Nur drei Tage hatte Denisa nach der Beerdigung noch bei Mia verbracht, bevor sie wieder aufgebrochen war in ihr eigenes Leben. Zurückgeblieben war in ihr eine tiefe Sehnsucht, die sie immer wieder seit dem Tod ihrer Oma verdrängt hatte: die Sehnsucht nach ihrem eigenen Ursprung.

Helle Sonnenstrahlen fielen jetzt durch den Spalt zwischen den Vorhängen direkt auf das Bett vor Denisas Gesicht. Zuvor war sie schon einmal wach gewesen, als die Sonne gerade aufgegangen war, hatte sich dann aber wieder zur Seite gerollt und dem Schlaf überlassen. Wilde, unruhige Träume hatten sie dann gejagt, von denen sie jedoch keinen mehr greifen konnte, nur das verwirrte rastlose Gefühl, das sie hinterlassen hatten. Deshalb war sie jetzt froh, die warmen Sonnenstrahlen zu spüren, als sie den Kopf etwas nach vorne schob. Ein neuer wunderbarer Sommertag hatte begonnen, und Denisa spürte sofort einen Schub von Tatendrang in sich und die Lust, sich rasch zu duschen, anzuziehen und hinauszugehen. Aber dort – und die Erinnerung daran ließ ihr gleich übel werden – wartete auch ihre Aufgabe auf sie, die nichts mit Erholung zu tun hatte.

Zögerlich rollte sie sich aus dem Bett und tappte ins Badezimmer. Im Gehen streifte sie ihr Nachthemd über den Kopf und warf es zurück in Richtung Bett, das sie knapp verfehlte. Das lauwarme Duschwasser perlte angenehm über ihre Haut und gerne benutzte Denisa das Päckchen Duschgel, das auf der Ablage bereitlag. Der Duft von Kokos breitete sich im Badezimmer aus, während sie es auf ihrer Haut verteilte, und es weckte in ihr unwillkürlich die Assoziation mit einer Cocktailparty. *Coconut Kiss* war einer ihrer Lieblingscocktails.

Nur oberflächlich abgetrocknet verließ sie die Duschkabine, kämmte sich die langen nassen Haare und band sie fest mit einem Haargummi zusammen. So getrocknet würden sie nachher wunderbar fallen. Ihr Körper trocknete rasch an der Luft, sodass sie ein T-Shirt und ihre Jeans über die Unterwäsche ziehen konnte. Es war schon kurz nach acht, und sie musste sich beeilen, um noch rechtzeitig zum Frühstück zu kommen. Außer ihrem Zimmerschlüssel nahm sie nichts mit nach unten.

In dem gemütlichen Frühstücksraum waren zwei Tische besetzt, augenscheinlich von Ehepaaren. Denisa setzte sich an einen kleinen gedeckten Tisch nahe dem Fenster. Auf der beigen Tischdecke prangte ein kleiner Kaffeefleck, aber sonst war er schön gedeckt und sogar mit frischen Topfblumen verziert. Frau Wormser kam persönlich, um Kaffee einzuschenken.

„Guten Morgen", begrüßte sie ihren Gast fröhlich und deutete dann auf das Buffet in der Mitte des Raumes. „Ich habe gerade frisches Rührei gemacht", sagte sie dazu.

Das hörte sich gut an, darauf hatte Denisa jetzt Appetit! Während sie mit ihrem Teller langsam um das reich gedeckte Buffet herumging, sich hier eine Scheibe Brot nahm, dort ein paar Tomaten und einen Löffel von dem köstlich duftenden Rührei, hörte sie mit halbem Ohr, wie sich das Paar am nächsten Tisch unterhielt. Sie schienen beide ungefähr Mitte fünfzig zu sein. Die Frau blickte unentwegt auf ihr Handy, bis der Mann sagte: „Jetzt lass das doch mal! Er meldet sich schon."

„Aber sie müssten längst gelandet sein!", entgegnete sie und ließ ihre Hand auf dem Telefon liegen, bereit, es erneut anzuschalten.

„Du wirst sehen, er ruft bestimmt gleich an", versicherte ihr Mann erneut, woraufhin sie den Kopf schüttelte.

„Warum muss es auch ausgerechnet New York sein…?", hörte Denisa die Frau noch seufzen, bevor sie selber zurück an ihren Tisch und somit außer Hörweite kam. Zu gerne hätte sie gewusst, über wen die beiden gesprochen hatten. Ihren Sohn? Einen Freund? Oder über den Vater von einem von ihnen?

Das Rührei schmeckte wirklich köstlich. Denisa ließ jeden Happen genussvoll auf der Zunge zergehen zusammen mit dem Brot und den Tomaten. Zum Abschluss gönnte sie sich noch ein Croissant mit Marmelade. Vor dem Fenster lag ein kleiner Garten, der von Rosenhecken eingerahmt war. In der Mitte auf dem Rasen stand eine Keramikschale auf einem Sockel, augenscheinlich eine Tränke für Vögel. Aber jetzt ließ sich keiner dort blicken. Die Rosen blühten in verschiedenen zarten Orange-, Gelb- und Weißtönen. Wie mit Pastellfarben gemalt.

Denisa war die Letzte, die den Frühstücksraum verließ. Gemächlich stieg sie die Treppe zu ihrem Zimmer hinauf, schloss die Tür hinter sich und ließ sich auf das Bett plumpsen. Was nun? Was sollte sie tun? Sie hatte keinen Plan. Sie könnte einfach zu dem Haus fahren, wie sie es letzte Nacht getan hatte und sehen, was geschah. Aber bei diesem Gedanken spürte sie Übelkeit in sich aufsteigen. Unruhig geworden stand sie auf und ging ins Bad, um sich die Zähne zu putzen. Ihre zusammengebundenen Haare sahen im Spiegel so aus, als wären sie schon trocken, obwohl sie sich unten auf der Haut noch feucht anfühlten. Deshalb ließ Denisa das Haargummi noch darum.

Es war wahrscheinlich, dachte sie dann, dass jetzt ohnehin keiner am Haus war. Schließlich war es unter der Woche und mitten am Tag. Vielleicht wäre es besser, bis zum Wochenende zu warten? Oder zumindest bis zum Abend? Denisa spülte sich den Mund aus und trat dann aus dem Badezimmer ans Fenster, wo sie den Vorhang zur Seite zog und eine Flut an Sonnenlicht hereinließ. Unter dem Fenster verlief die Straße, und als sie es öffnete und den Kopf heraus steckte, konnte sie sogar ihr Auto auf dem Parkplatz davor sehen. Eine schwarze Katze spazierte über den Bürgersteig einige Meter weiter, um dann die Straße zu überqueren und durch die Zaunlatten eines der gegenüberliegenden Gärten zu schlüpfen. Denisa musste unwillkürlich an Moritz denken, den Kater ihrer Oma, der oft tagelang herumstreunte und sich eher sporadisch im Haus blicken ließ. Das junge Ehepaar, das Omas Haus jetzt gemietet hatte, schickte Denisa immer mal wieder ein Foto von dem alten Kater, den sie gerne versorgten wie einen festen Bestandteil ihres Mietobjekts. Bestimmt würde auch Moritz an einem schönen Tag wie diesem draußen unterwegs sein, seine Nase überall hinein stecken und die Gegend erkunden. Und genau das wollte Denisa jetzt auch tun, also packte sie ihr Handy zum Geldbeutel in die Handtasche, vergewisserte sich noch, dass auch Taschentücher und Sonnenbrille darin waren und verließ erneut das Zimmer.

Draußen begrüßte sie eine frische Brise, die sie zuerst in ihrem T-Shirt sogar frösteln ließ, doch sobald sie in die Sonne ging, wurde ihr angenehm warm. Langsam, sich Zeit lassend spazierte sie in Richtung Ortsmitte. Vorbei an *Da Mario*, vorbei an kleinen Häusern mit ihren blühenden Vorgärten. In einem davon standen auf Stöcke aufgespießt allerlei bunte Tierfiguren aus Ton. Vögel, rundbauchige Katzen und Hunde, ein kugeliger Frosch... es war eine lustige Parade. Offenbar töpferte hier jemand gerne.

Je näher Denisa dem Ortskern zu kommen schien, desto häufiger waren zwischen den Wohnhäusern kleine Geschäfte und Lokale zu finden. Ein Laden hatte im Schaufenster eine Reihe fantastischer Figuren wie Elfen, Trolle und Drachen stehen. Daneben lagen Tarotkarten, Buddhafiguren, Bücher über Kräuterheilkunde und glitzernde Steine. Es war ein bunter Mix aus

Dingen, die wohl für Esoterik-Fans bestimmt waren, und Denisa wunderte sich darüber, dass es dafür genug Kunden gab in so einer Gegend, in der nicht viele Touristen vorbeikamen. Und obwohl sie selbst weit davon entfernt war, sich mit Tarot oder Magie zu beschäftigen, so reizte sie diese Vielfalt an bunten Dingen doch zum Stöbern. Also trat sie kurzentschlossen durch die offene Tür, durch welche ein unverkennbarer Räucherwerkduft nach draußen zog.

Hinter dem Tresen saß eine Frau um die vierzig, die stark geschminkt war. Große runde Silberringe zierten ihre Ohrläppchen, und ihr Haar hatte sie mit einem hellblauen Tuch zurückgebunden, das von glänzenden Fäden durchsetzt war. Dazu trug sie ein lila Wickelkleid, das ein wenig an indische Saris erinnerte. Sie begrüßte Denisa mit einem Lächeln und widmete sich dann wieder ihren Fingernägeln, die sie ausgiebig feilte. Denisa war es recht, denn sie wollte gerne in Ruhe stöbern, ohne sich gleich unterhalten zu müssen. Die Fülle an Farben und Gegenständen entsprach der Auslage im Fenster, und an den meisten Dingen ging Denisa mit einem amüsierten Lächeln vorüber. Viele der Elfenfiguren sahen so kitschig aus, dass sie sich ernsthaft fragte, wer für so etwas Geld ausgab. Denn direkt günstig waren die guten Stücke bei Weitem nicht. Sie ging entlang eines Bücherregals mit Esoterikliteratur, aber auch mit Naturheilkunde, vorbei an Armeen von Buddhastatuen und Traumfängern, bis sie schließlich vor einem Regal voller bunter Kissen angekommen war. Darunter lagen neben klassischen Kissenformaten auch kugelförmige stabile Exemplare. Denisa erkannte diese Art sofort, denn in ihrem Buch über Meditation waren ein paar abgebildet. Solche Kissen eigneten sich besonders für die Meditationshaltung, gerade auch für Anfänger. Gedankenverloren nahm sie eines der Kissen in die Hände und drehte es langsam umher. Es war mit schwarzem Stoff überzogen und mit vielen Pailletten und schillernden Bändern in Gold und Rot verziert. Es gefiel Denisa irgendwie, aber brauchte sie das wirklich? Bisher hatte sie sich zur Meditation einfach auf zwei ihrer Sofakissen gehockt. Also, die paar Male zumindest, die sie es geschafft hatte. Oft kam dann doch etwas in ihrem Alltag dazwischen, auch wenn sie eigentlich vorgehabt hatte, sich regelmäßig zur Meditation hinzusetzen. In diesem Moment, als sie mit dem Kissen in den Händen dastand, nahm sie sich wieder vor, ihren Plan konsequenter umzusetzen. Dann stopfte sie das gute Stück zurück ins Regal, und mit einem Mal wurde ihr der Räucherduft zu intensiv. Wie hielt die Frau an der Kasse das nur den ganzen Tag aus! Denisa war jedenfalls froh, im nächsten Moment wieder auf dem Gehweg zu stehen, ohne noch von ihr in ein Verkaufsgespräch verwickelt worden zu sein.

Mittlerweile schien die Sonne schon ziemlich heiß herunter, und ein Blick auf die Uhr am Handy bestätigte ihre Vermutung, dass es bereits kurz vor elf war. Sie hatte sich richtig Zeit gelassen zum Flanieren, und nun spürte sie, dass sich ein Durstgefühl bei ihr meldete. Jetzt musste sie auch gleich den Ortskern erreicht haben, was sie daraus schloss, dass sie nicht allzu weit entfernt das Läuten einer Kirchturmglocke ausmachen konnte. Geschäfte waren hier deutlich mehr vorhanden als noch ein paar hundert Meter zuvor. Ein Schuhgeschäft, eine Buchhandlung, mindestens drei verschiedene Bekleidungsläden, Obst-, Gemüse- und Feinkosthändler. Und Denisa entdeckte einen Tabakladen, der auch kleine Snacks und Zeitschriften anbot. Auf ihn steuerte sie zu, um sich eine Flasche Wasser zu besorgen. Ein helles Glöckchen an der Tür schellte, als sie eintrat. Am Verkaufstresen stand ein älterer Herr, einen Lotterieschein in der Hand, und unterhielt sich mit dem Kassierer. Sie schienen sich gut zu kennen, und da sie es nicht eilig hatte, wandte Denisa sich dem Regal mit Zeitschriften zu, um den beiden noch ein wenig Zeit zum Plauschen zu geben. Ziellos stöberte sie durch Frauenmagazine, Hefte über Wohnideen, Landleben und Kochzeitschriften, bis sie auf einmal ein Reisemagazin entdeckte mit dem Titel *Australien*. Darunter war ein wunderschönes Foto des berühmten *Ayers Rock* abgedruckt, das Denisas Faszination weckte. Noch nie war sie weiter gereist als nach Italien oder in die Schweiz. In Frankreich war sie zwar auch einmal gewesen, aber nur zum Schüleraustausch. Ein so fremdes und fernes Land wie Australien übte schon einen starken Reiz aus. Mit einem Mal sehr interessiert blätterte sie in dem Heft herum, las hier und da einen Absatz und betrachtete die tollen Bilder. Wie ein Fenster zu einer völlig neuen Welt.

Denisa hörte das Gespräch der Männer nicht mehr. Sie beachtete auch das Klingeln des Türglöckchens gar nicht, bemerkte nur den leichten Windhauch, der ihr Gesicht streifte. Und dann auf einmal hörte sie die Stimme des Kassierers, die sie so schlagartig aus ihren Träumereien riss, wie der Hieb einer Peitsche: „Ah, hallo Theo! Wie geht's?" Theo!

Zuerst fühlte Denisa sich wie erstarrt. Sie konnte ihr Herz in ihrer Brust schlagen spüren, so kräftig mit einem Mal, dass es fast wehtat. Kaum wagte sie Luft zu holen. Ganz vorsichtig schielte sie zu den Männern hinüber, die sich die Hände schüttelten und sie selbst dort am Regal gar nicht beachteten. Zuerst nahm sie ihn nur verschwommen wahr und von hinten. Konnte das sein? War er das? Ausgerechnet hier? Ihre Zweifel wurden gleich hinweggefegt, als Theo sich zu dem älteren Mann wandte, und Denisa dadurch sein Seitenprofil erkennen konnte. Kein Zweifel, das war der Mann, dessen Bild sie auf Facebook so oft betrachtet hatte! Der Mann mit den schon ziemlich ergrauten Haaren und den breiten Schultern. Der Mann, dessen jüngere Version sie nur von ein paar Fotos kannte. Der Mann, den ihre Mutter einst geliebt hatte. Denisas Vater.

Sie konnte nicht anders, als in die Richtung der Männer zu starren, so geschockt war sie. Ihre Finger umklammerten das Heft in ihren Händen und hinterließen darauf Knicke und Spuren von Schweiß. Der Kassierer, als Einziger ihr zugewandt, musste irgendwann ihren Blick bemerkt haben, denn er hob den Kopf, lächelte sie an und fragte: „Kann ich Ihnen helfen?"

Im nächsten Moment wandten sich die beiden anderen Männer zu ihr um, ein altes, zerfurchtes Gesicht und eines mit einem Dreitagebart, das fremd und vertraut zugleich aussah. Beide hatten ein lockeres Lächeln aufgesetzt.

Denisa konnte nicht sprechen, nicht einen sinnvollen Satz herausbringen. Deshalb schüttelte sie nur den Kopf. Und dann geschah es! Der Mann, der Theo hieß, ging mit einem „Ach, das hätte ich fast vergessen!" auf das Zeitschriftenregal zu und schien sich kein bisschen über die junge Frau dort zu wundern. Doch dann, als sie, ohne es zu wollen, einen Schritt zurückwich, verrieten seine Gesichtszüge plötzlich einen Anflug von Irritation, und seine grauen Augen fixierten sie. Denisa hatte das Gefühl, als würden sie durch sie hindurch blicken bis in die Tiefen ihrer Seele. Schwindel erfasste sie, und sie hatte mit einem Mal Panik, keine Luft mehr zu bekommen.

„Alles in Ordnung?", hörte sie den Mann vor sich wie durch einen dichten Nebel fragen, und sie schaffte es gerade so, zu nicken und die Zeitschrift auf das Regal zu legen, irgendwohin. Irgendwie schaffte sie es auch sich umzudrehen, die Tür zu öffnen und das Geschäft zu verlassen, wobei das Klingeln der Türglocke in ihrem Kopf wiederhallte. Draußen auf dem Gehweg beschleunigte sie ihre Schritte, rannte fast, bog um die nächste Ecke, rannte nun wirklich, so schnell es in ihren Sandalen eben ging. Sie achtete nicht auf die Passanten, die ihr teilweise verwundert hinterher schauten. Sie achtete nicht darauf, dass sich ihr Haargummi löste und verabschiedete. Sie wollte nur weg! Weg, weg, weg!

Nach ein paar Minuten zwang sie jedoch die Atemlosigkeit, ihre Schritte zu verlangsamen. Ein paar Mal blickte sie hektisch zurück in die Richtung, aus der sie gekommen war, aber der Mann war nicht zu sehen. In einer einsamen Seitenstraße schließlich hockte Denisa sich auf die Bordsteinkante und legte den Kopf auf ihre Knie. Alles drehte sich in ihr, und sie musste sich zwingen, ruhig und tief zu atmen, um nicht vollends in Panik zu verfallen. Es dauerte einen Moment, bis ihr Herz nicht mehr ganz so schmerzhaft schnell klopfte. Der Schwindel jedoch blieb, was durch ihren Durst noch verschlimmert wurde. Was war da gerade passiert? Nie hätte sie damit gerechnet, ihren Vater hier zu treffen! Bis jetzt hatte sie ihn immer nur mit dem Haus in Verbindung gebracht, wo sie ihn aufsuchen wollte.

Denisas Hände zitterten vor Aufregung, ihr ganzer Körper fühlte sich wackelig an, und sie war froh, dass hier niemand war, der sie ansprechen konnte. Sie hätte jetzt nicht reden können, geschweige denn erklären, was mit ihr los war. Und so blieb sie einfach dort sitzen auf dem Bordstein und versuchte tief zu atmen, um sich zu beruhigen, bis sie sich endlich dazu in der Lage fühlte, wieder aufzustehen. Mit noch weichen Knien schleppte sie sich langsam weiter die kleine Straße entlang und immer weiter zum Ortsrand, raus aus dem Ort bis zu einer Wiese. Sie entfernte sich ein Stück von dem letzten Haus, und stolperte auf das sattgrüne Gras, auf das sie sich schließlich niedersinken ließ. Kraftlos fühlte sie sich und unglaublich schlapp, so als hätte sie einen schweren Kampf hinter sich. Deshalb rollte sie sich auf dem kühlen Gras zur Seite, schlang ihre Arme um ihren Körper und begann hemmungslos zu weinen.

Kapitel drei

Sie konnte nicht mehr länger weglaufen, sich nicht mehr länger verstecken. Fast eine halbe Stunde lang hatte sie dort in der Wiese gelegen und geschluchzt und sich dann mithilfe ihres Handys zurück zu ihrer Pension navigiert. Dort angekommen war sie ins Bett gefallen und hatte sich in den Schlaf geweint. Nun war es kurz nach vier, und sie lag immer noch dort. Ihr Magen knurrte, aber gleichzeitig war ihr so übel, dass sie kaum einen ihrer Kekse herunterwürgen konnte. Wenigstens hatte sie vor dem Schlafen eine ordentliche Menge Wasser getrunken, sodass der Schwindel nachgelassen hatte. Was sollte sie jetzt tun? Abwarten? Nach Hause fahren? Mia anrufen und sie um Rat fragen? Immer wieder drehte sie die Optionen in ihrem Kopf hin und her, obwohl sie die Antwort eigentlich längst wusste: sie konnte nicht mehr weiter davonlaufen…

Schwerfällig stand sie von dem Bett auf. Ihr T-Shirt war nassgeschwitzt, deshalb zog sie es aus und ging ins Badezimmer, um sich zu waschen. Dann holte sie ein frisches Hemd aus dem Schrank und zog es über. Dazu schlüpfte sie wieder in dieselbe Jeans, die sie auch vorhin getragen hatte.

Noch herrschten hohe Temperaturen draußen, und Denisa war froh über die Klimaanlage in ihrem Auto. Einen kurzen Moment lang saß sie nur unschlüssig dort, dann gab sie sich einen Ruck und fuhr los, dasselbe Ziel im Navi wie letzte Nacht. Dieses Mal dauerte die Fahrt etwas länger, weil mehr Verkehr auf den Straßen war, aber Denisa war froh um jede Verzögerung. Beide Hände fest auf dem Lenkrad steuerte sie den Wagen durch die Straßen, und die Übelkeit in ihr nahm stetig zu, je weniger die Häuser um sie herum wurden. Oh Gott, was hatte sie sich da vorgenommen!

Das Haus lag herrlich in der Abendsonne. Die Terrasse musste nach Südwesten gehen, sodass sie auch jetzt noch beschienen sein würde. Saß er jetzt dort?

Denisa parkte ihr Auto fast an derselben Stelle, an der sie auch letzte Nacht gestanden hatte, nämlich dem Haus schräg gegenüber am Straßenrand. In der offenen Garage konnte sie einen roten alten Mercedes und ein paar Fahrräder erkennen. Darüber hingen an Haken allerlei Dinge wie Fahrradreifen, ein Gartenschlauch und alte Drähte und Fahrradketten. Ein bunter Mix an Gerümpel.

Nach ein paar Minuten des Abwartens öffnete Denisa langsam die Autotür und stieg aus. Ihre Hände fühlten sich feucht an, und auch der Schwindel war zurück, aber sie zwang sich dazu, es zu ignorieren. Jetzt oder nie! Ohne ihre Handtasche vom Beifahrersitz zu holen, schloss sie den Wagen ab und ging auf die Haustür zu. Eine breite Tür aus hellem Holz war es, eigentlich einladend. Einen Augenblick lang musste Denisa suchen, um den schönen in Messing eingefassten Klingelknopf zu finden. Das schrille Geräusch, das er verursachte, als sie mit zittrigen Fingern darauf drückte, raste ihr bis ins Mark.

Endlos tickten die Sekunden weg, dann hörte sie eine Frauenstimme von innen: „Kannst du aufmachen?"

Eine Antwort auf diese Frage hörte Denisa nicht, aber das Klappern von hohen Absätzen, das näherkam. Dann ein ‚Klack', und die Tür wurde schwungvoll geöffnet. Vor Denisa stand eine schlanke Frau mit schulterlangen dunkelbraunen Haaren, die leicht unordentlich waren. In der Hand hielt sie eine offene braune Lederhandtasche, und ihre Stirn war in Falten gezogen.

„Ja, bitte?", fragte sie, und es klang für Denisa wie ein Schnappen. Kurz angebunden, fast aggressiv wirkte diese Frau, und Denisa musste zuerst einmal schlucken. Wenn ihre Hände nur nicht so zittern würden! Die Frau schien sie anzustarren.

,Sie ist seine Frau!', schoss es Denisa durch ihren Kopf, und beinahe bereute sie ihr Kommen. Am liebsten wäre sie weggelaufen, aber nun konnte sie nicht mehr zurück.

„Guten Tag", brachte sie mit Mühe hervor und kam gar nicht weiter, denn hinten im Flur war das Poltern von Schritten auf einer Treppe zu hören, und im nächsten Moment erschien sein Gesicht hinter der Frau. Ein langes Gesicht mit grauen Bartstoppeln und darunter breite Schultern.

„Bin schon...", fing er an, stockte dann jedoch abrupt, als sein Blick auf Denisa fiel. Seine Gesichtszüge spiegelten pure Überraschung wider, und seine Hand griff nach der Tür, als versuchte er, Halt zu finden. Wieder ein endloser Moment, in dem keiner von ihnen etwas sagte. Fassungslosigkeit war dem Mann ins Gesicht geschrieben, und er wirkte beinahe entrückt, als er endlich murmelte: „Habe ich mich doch nicht getäuscht..." Dann schaute er plötzlich zu seiner Frau und schob sie ein Stück nach hinten in den Gang.

„Kannst du uns kurz alleine lassen?", flüsterte er ihr zu, und sie wandte sich nach einem weiteren verwirrten Blick zu dem Überraschungsgast widerstrebend um und ging. Theo sah ihr kurz nach, dann wieder zu Denisa. Sein T-Shirt war zerknittert und nur flüchtig in die Jeans gesteckt. Seine Hand lag noch immer am Rand der Tür. Zweimal schien es so, als wollte er etwas sagen, aber dann blieb er doch stumm. Wusste er sicher, wer sie war? Wie sollten sie anfangen?

„Ich bin...", setzte sie zu einer Erklärung an, aber ihr Gegenüber hob die Hand und unterbrach sie, als wollte er nicht, dass sie es aussprach.

„Ich weiß", murmelte er, „sie hat nie aufgehört, mir Fotos von dir zu schicken."

Denisa war irritiert, und das musste ihr deutlich ins Gesicht geschrieben stehen, denn Theo schob mit einer unterstreichenden Geste hinterher: "Gerda... deine Oma."

Was war das? Oma hatte ihm Fotos von Denisa geschickt? Sie hatte doch fast nie über ihn gesprochen, und wenn, dann nur abfällig! Denisas Verwirrung war nun vollkommen, und Theo schien es nicht viel besser zu gehen. Wie zwei fremde Außerirdische standen sie sich gegenüber, bis Theo es schließlich schaffte zu sprechen: „Ähm... möchten Sie... möchtest du reinkommen?"

Seine offene Hand wies in Richtung Flur, sein Oberkörper jedoch wirkte verkrampft.

‚Er weiß, wer ich bin!', geisterte es Denisa durch den Kopf, während sie wie in Trance nickte. Damit hatte sie nicht gerechnet, dass er sie erkennen würde, aber irgendwie war sie froh, nichts erklären zu müssen.

Im Flur roch es nach Orangen, und Denisa entdeckte auf einer Kommode ein Raumduftfläschchen, das die Quelle dieses Aromas war. Über der Kommode hing ein Spiegel, zwei Bilderrahmen mit Naturfotos rechts und links daneben. Am Boden standen verschiedene Schuhe ordentlich an der Wand, nur ein paar Pumps lagen schief, so als wäre gerade jemand daraus geschlüpft. Insgesamt machte der Eingangsbereich einen ordentlichen Eindruck, und auch das weitläufige Wohnzimmer, in das Theo sie zögerlich führte und von wo aus die Fenster den Blick auf Terrasse und Garten zuließen. Die Terrassentür war nur angelehnt. Denisas Sandalen klapperten auf dem Parkett, sodass es ihr fast unangenehm war, noch einen weiteren Schritt zu tun. Es wirkte so idyllisch hier, und sie hatte das ungute Gefühl zu stören. Im ersten Stock waren Schritte zu hören, offensichtlich war

Theos Frau nach oben gegangen. Sie blieb aber nicht lange dort. Noch während Denisa und ihr Vater unschlüssig im Wohnzimmer standen ohne zu sprechen, waren ihre näherkommenden Schritte auf der Treppe zu hören. Dieses Mal schien ihr Mann froh über ihre Anwesenheit zu sein.

Die Frau trug die Haare nun flüchtig hochgesteckt, und ihre Füße steckten in Hausschlappen. Zögerlich trat sie zu den beiden, rieb ihre Hände aneinander und warf mehrere kurze Blicke zwischen ihrem Mann und dem Eindringling hin und her, bis Theo sich einen Ruck gab. Er stellte sich gerade hin und sagte mit einer Geste auf seine Tochter: „Anja, das ist Denisa."

Sein Blick war gesenkt dabei. Anja... Denisa... seine Frau... In Denisas Kopf schwirrten die Gedanken ziellos umher. Wusste Anja, wer ‚Denisa' war? Anjas Blick, musternd und doch mit einem Ausdruck des Verstehens sowie ihr langsames Nicken verrieten Denisa, dass sie es wusste. Stockend hielt sie der Frau ihres Vaters die Hand zur Begrüßung hin, und Anja nahm sie, erwiderte den Druck jedoch nur schlaff. Unter den Augen hatte sie dunkle Schatten, und Denisa kam der Gedanke, dass sie vielleicht gerade erst von einem harten Arbeitstag heimgekommen war. Nach weiteren Momenten betretenen Schweigens wandte Anja sich zu ihrem Mann um. „Ich habe dir immer gesagt, dass das irgendwann passieren wird!", zischte sie ihn an und verließ das Wohnzimmer in Richtung Küche, deren Tür offenstand. Theo sah ihr nach, und sein Blick wirkte hilflos auf Denisa. Natürlich! Ihr Besuch musste wie ein Überfall für ihn sein. Nervös trat sie von einem Bein auf das andere, blickte sich um und ging dann ein paar Schritte zum Fenster, um in den Garten zu schauen.

„Schön ist es hier", kommentierte sie, um sich selbst zu beruhigen und ihre Unsicherheit zu überspielen. Der Garten war wirklich schön mit den violett blühenden

Heckenröschen am Terrassenrand, bunten Staudenkombinationen und einem sattgrünen Rasen. Auf der Terrasse standen zudem Töpfe mit Chrysanthemen, Geranien, Sonnenblumen und Lavendel. Gerade als Denisa sich von dem erquickenden Anblick abwenden wollte, entdeckte sie einen großen Hund mit hellem Fell. Er ging gemächlich auf der Wiese umher, schnüffelte hier und da, kam dann aber zielgerade, wenn auch langsam, auf die Terrassentür zu. Das war eindeutig der Hund, den sie von dem Foto kannte, welches sie auf Facebook von Theo gefunden hatte. Das Tier trottete bis zu der halboffenen Tür, wo es mit der Schnauze voran ins Wohnzimmer schlüpfte. Zuerst schnüffelte es ein wenig an Denisa, schien jedoch nicht besonders aufgeregt über den fremden Duft zu sein, denn es ging gleich weiter zu seinem Herrchen und stupste ihm mit der Schnauze gegen die Hand.

„Hallo Daisy", sagte der zu ihm. Oder genauer gesagt: zu ihr, denn offensichtlich war es ein Weibchen. „Du willst spazieren gehen, hm?"

Die Stimme ihres Vaters war so sanft, als er mit der Hündin sprach, dass es Denisa irgendwie tief berührte. Und auch die Art, wie er ihr nun zärtlich den Kopf kraulte. Denisa musste schlucken, um das Zittern ihrer Lippen zu unterdrücken. Und dieser Mann war ihr Vater, der verantwortungslose Rüpel, als den ihre Oma ihn immer beschrieben hatte?

‚Keinen Deut Verantwortungsbewusstsein hat er!', hatte Denisa noch ihre Stimme im Ohr. ‚Seien wir froh, dass wir nichts mehr mit ihm zu tun haben!'

Theo kraulte Daisy noch einmal, dann sah er zu Denisa hoch, ein Lächeln auf den Lippen. „Das ist unser Ritual: abends bevor wir spazieren gehen, kommt sie zum Kuscheln." Seine Augen waren dabei voller Liebe für das Tier, doch auf einmal erschien auf seinem Gesicht ein roter Schimmer.

Von der Küche her war das Klirren von Gläsern zu hören, und dann trat Anja auf den Gang und kam zurück ins Wohnzimmer, in den Händen ein Tablett mit Gläsern und einer Karaffe Saft. Sie stellte es auf den Wohnzimmertisch, wobei die Gläser leise klirrend aneinander schlugen.

„Wollen wir uns setzen?", fragte sie und wies auf das Sofa. Denisa folgte ihrer Aufforderung dankbar, denn der Schwindel in ihrem Kopf hatte sich erneut gemeldet. Kein Wunder bei ihrem seit Stunden leeren Magen! Daisy trottete hinter Theo her und legte sich neben ihn auf den Boden, sobald er sich gesetzt hatte. Der kühle Saft, den Anja verteilte, tat Denisas Kehle gut, und auch die anderen beiden umklammerten ihre Gläser wie einen willkommenen Halt. Theo warf einen raschen Blick zu seiner Frau, dann räusperte er sich und schaute zu Denisa.

„Wie hast du mich gefunden?", erkundigte er sich mit rauer Stimme und fügte gleich hinzu: „Und… ich meine, warum gerade jetzt?"

War das alles, was ihn interessierte? Warum sie kam? Wollte er gar nichts wissen über seine Tochter nach Jahrzehnten ohne Kontakt? Aber dann bemerkte Denisa, wie sich ihr Vater nervös über die Lippen leckte, während er auf ihre Reaktion wartete. Das hier war nicht leicht für ihn, das konnte sie deutlich spüren. Und immerhin hatte er sie nicht abgewiesen, trotz ihres plötzlichen Erscheinens. Deshalb wollte Denisa sich bemühen, geduldig zu sein. Sie trank noch einen Schluck Saft, um das Kreisen ihrer Gedanken zu beruhigen, dann straffte sie ihre Haltung und erwiderte: „Ich habe dich auf Facebook gefunden. Die Adresse habe ich dann von der Auskunft bekommen."

Theo und Anja nahmen diese Information nickend zur Kenntnis, erwiderten jedoch nichts. Sie sahen ihren Gast weiter an, als warteten sie noch auf Antwort auf die zweite Frage. Auf die Frage nach dem ‚warum'. Denisa spürte ihr Herz auf einmal schneller klopfen und wie ihre Wangen heiß wurden, also sah sie auf ihre Hände und atmete paarmal tief durch, bis sie schließlich das Offensichtliche aussprach: „Ich wollte dich kennenlernen."

Die Frage nach dem ‚warum JETZT' ließ sie unbeantwortet, und Theo hakte zum Glück auch nicht nach. Von Omas Tod, von Mia und ihrem Vater... das alles wollte Denisa nicht erzählen. Noch nicht. Sie sah, wie Theo schluckte und ebenfalls auf seine Hände blickte. Seine Zunge fuhr immer wieder über seine Lippen. Wie sollten sie jetzt weitermachen? Wieder Schweigen. Was sollten sie reden? Was sagte man sich in einer solchen Situation?

Auf einmal erhob sich die Hündin zu seinen Füßen, tappte ein paar Schritte von ihm weg, um sich dann umzudrehen und wieder zu ihrem Herrchen zurückzukommen. Ihr Hecheln erfüllte den Raum, so wie das Klacken ihrer Krallen auf dem Parkett.

„Sie muss raus", seufzte Anja und machte Anstalten, sich zu erheben, doch ihr Mann hielt sie zurück.

„Ich gehe schon, du hattest einen langen Tag", sagte er zu ihr. Und dann wandte er sich an seine Tochter, und Denisa war überrascht über die Selbstverständlichkeit, mit der er fragte: „Möchtest du mitkommen?"

Ein paar Meter nur vom Haus entfernt begannen die Felder und ein Weg, der dazwischen hindurchführte. Leuchtende Mohnblüten wuchsen überall und reife Weizenähren wogten sachte hin und her im leichten lauwarmen Wind. Krähen flogen immer wieder über sie hinweg, wohl auf der Suche nach Nahrung, und etwas entfernt stand ein Raubvogel in der Luft, mit den Flügeln schlagend und nach Beute Ausschau haltend. Zu hören war das Rauschen des Windes sowie der Straße und ab und zu das Krächzen der Krähen. Denisa und

Theo gingen schweigend nebeneinander, und die Hündin ein Stück voraus, nachdem die Leine gelöst war. Trotz der lauen Luft waren Denisas Hände feucht, während sie überlegte, was sie sagen sollte. Theo schien es ähnlich zu gehen.

„Entschuldige, ich weiß nicht, was ich sagen soll", sprach er seine Gedanken aus und warf einen musternden Blick zu ihr herüber. Dann sah er nach vorne, pfiff kurz und rief: „Hierher, Daisy!"

Was er sagen konnte? ‚Wie wäre es mit einer Erklärung, warum du nie da warst!', dachte Denisa, traute sich jedoch nicht, es tatsächlich zu sagen. Also blickte sie stur geradeaus, aber es schien, als würde ihr Vater ihre Gedanken ohnehin erahnen, denn er fuhr fort: „Hör' mal, es ist nicht meine Schuld, dass wir uns nie gesehen haben. Gerda hat das nicht gewollt!" Seine Stimme war auf einmal lauter als eben noch, und seine erhobene Hand wirkte irgendwie abweisend auf Denisa.

Wollte er die Verantwortung jetzt auf Denisas Oma schieben? Denisa spürte ihren leeren Magen sich unangenehm zusammenziehen. Das war nicht fair, ihrer toten Oma die ganze Schuld zu geben! Sie kickte einen runden Stein mit dem Fuß nach vorne, sodass er ein paar Meter weit flog. Grashalme piekten ihre Füße durch die Sandalen.

„Hättest du es denn gewollt?", fragte sie schließlich, traute sich aber nicht, ihren fremden Vater dabei direkt anzusehen. Und so nahm sie nur aus dem Augenwinkel wahr, wie auch er nach einem Stein trat, den Kopf gesenkt. Die Hände hatte er in seinen Hosentaschen vergraben, sein T-Shirt flatterte leicht im Wind. Er sah sie kurz an, öffnete den Mund und wandte dann den Blick wieder ab. Denisa glaubte schon, dass sie gar keine Antwort bekommen würde, als er murmelte: „Denisa, mir ging es damals nicht gut. Ich konnte nicht…"

Er brach ab und ließ den unfertigen Satz zwischen ihnen in der Luft hängen. Eine weitere Erklärung blieb er ihr schuldig, denn Daisy kam angetrabt, einen großen Stock im Maul, den sie vor ihrem Herrchen auf den Weg fallen ließ. Der lächelte, bückte sich, um das Mitbringsel aufzuheben und weit nach vorne zu schleudern, woraufhin die Hündin loslief und hinterherjagte.

„Nach dem Tod deiner Mutter ging es mir nicht gut, und Gerda wollte nicht, dass du etwas davon mitbekommst", sprach er dann unvermittelt weiter.

Natürlich, dachte Denisa, der Unfalltod ihrer Mutter musste ihn damals getroffen haben, schließlich war er ihr Freund und Vater ihres Kindes gewesen! Hatte er sie geliebt? Von dieser Seite hatte Denisa das noch gar nicht betrachtet. Aber warum hatte er nicht um sein Kind gekämpft, wenn es doch alles war, was ihm von seiner Liebe geblieben war? Denisas Kopf schwirrte von diesen Gedanken, und am liebsten hätte sie ihren Vater gepackt und geschüttelt. Er sollte es ihr erklären! Sie wollte wissen warum!

Aber gleichzeitig hatte sie Angst, jetzt einen Fehler zu machen, und sie war nicht hergekommen, um mit ihrem Vater zu streiten.

„Es ist okay", sagte sie daher, obwohl sie sich nicht sicher war, ob das wirklich stimmte. Theo sah sie an und hatte ihr jetzt den ganzen Körper zugewandt. Es wirkte so, als hätten ihre Worte etwas von seiner Anspannung gelöst. Er betrachtete sie ein wenig und hob dann seine Hand, um kurz eine ihrer Haarsträhnen aus ihrem Gesicht zu streichen.

„Du siehst aus wie Britta", stellte er fest. Das war für Denisa nicht neu. Viele Leute hatten ihr das schon gesagt, und sie kannte ja auch die Fotos von ihrer Mutter. Eigene Erinnerungen hatte sie so gut wie keine, denn sie war kaum fünf Jahre alt gewesen, als ihre Mutter bei dem Autounfall ums Leben gekommen war. Ihr Vater ließ nach einem kurzen Innehalten seine Hand wieder sinken und warf erneut den Stock, den Daisy apportiert hatte. Die Hündin lief abermals los, wenn auch nicht mehr ganz so schnell wie beim ersten Mal. Theo klopfte sich den Staub von den Händen an seiner Jeans ab.

„Hey, was machst du beruflich? Wohnst du noch bei Gerda?", erkundigte er sich dann und schien bemüht darum, die Atmosphäre zwischen ihnen aufzulockern. Das war Denisa recht. Bereitwillig erzählte sie ihm von ihrer Arbeit als Lektorin und von ihrer Wohnung in der Stadt. Von Oma erzählte sie nichts, und Theo fragte auch nicht nach. Er ließ sie erzählen, wollte ab und zu genauer wissen, mit welchen Autoren und Buchprojekten sie arbeitete, ob sie alleine wohnte und wie groß die Wohnung war. Endlich entwickelte sich so etwas wie ein ungezwungenes Gespräch zwischen ihnen, wie Denisa es sich gewünscht hatte. Theo erzählte von seiner Arbeit als Informatiker, und Denisa erfuhr auch, dass seine Frau Anja Lehrerin war.

Etwa eine halbe Stunde dauerte die Spazierrunde, und die Hündin schien damit vollauf zufrieden zu sein. Sie wurde zusehends langsamer, je näher sie dem Haus wieder kamen, und Theo musste sie zum Weitergehen ermutigen.

„Sie ist schon alt", erklärte er, „und das Laufen strengt sie sehr an, gerade wenn es warm ist."

Als sie wieder am Haus angekommen waren, entstand eine Pause. Unschlüssig standen Vater und Tochter ein paar Sekunden lang vor der Haustür. Theo klapperte mit dem Schlüssel in der Hand.

„Möchtest du...?", hob er an, sie hereinzubitten mit einer Geste auf die Tür, aber sie schüttelte den Kopf, denn es war für sie offensichtlich, dass er aus Höflichkeit fragte. Wahrscheinlich dachte er an Anja und was sie sagen würde, wenn er Denisa wieder mitbrächte. Dann müsste sie die Tochter ihres Mannes zum Abendessen einladen, und wie Denisa sie einschätzte, war ihr das sicher nicht recht heute. Und auch für Denisa wäre das jetzt zu viel gewesen.

„Ich muss fahren", sagte sie deshalb mit einer Geste auf ihren Wagen. Er nickte und wirkte erleichtert.

„Ja gut, dann…", erwiderte er und hob unbeholfen die Hände, hielt ihr die rechte dann hin. Denisa nahm sie, drückte sie kurz und ging ein paar Schritte rückwärts in die Richtung, in der ihr Auto stand. Sie hatte sich schon fast vollständig umgewandt, als sie doch noch einmal seine Stimme vernahm: „Wo schläfst du denn jetzt?" Deshalb schaute sie noch einmal zurück und blieb stehen.

„Rosalies Stube", antwortete sie und wollte noch beschreiben, wo im Ort das lag, aber Theo nickte, als wüsste er es bereits. Wieder Schweigen.

‚Frag mich, wann wir uns wiedersehen!', rief es in Denisa, aber Theo machte keine Anstalten, noch etwas zu sagen.

„Also, tschüs", sagte sie deshalb schließlich, wandte sich endgültig um, stieg in ihren Wagen und fuhr los. Im Rückspiegel konnte sie seine Silhouette noch eine Weile sehen, wie er im orangen Abendschein der Sonne vor der Tür stand und ihr nachschaute. Die Silhouette ihres Vaters.

Kapitel vier

Da sie seit dem Frühstück nichts mehr gegessen hatte, knurrte Denisas Magen jetzt unentwegt. Die Abendsonne blendete sie ab und zu im Rückspiegel, während sie die Strecke zurück zum Ort fuhr. An *Rosalies Stube* wollte sie ihr Auto einfach nur schnell abstellen, um dann wieder zu dem Italiener um die Ecke zu gehen. Kurz meldete sich in ihr die Stimme der Vernunft, die ihr sagte, dass sie genauso gut im Supermarkt Brot und Käse kaufen konnte, anstatt schon wieder Geld im Restaurant auszugeben, aber sie brachte diese Stimme rasch zum Schweigen. Schließlich hatte sie genug Geld mitgenommen, und nach den heutigen Ereignissen musste sie sich jetzt etwas Gutes tun. Das war etwas, was sie am Erwachsensein wirklich genoss: nämlich, dass sie sich nach Belieben gegen die anerzogene Vernunft entscheiden konnte. Und doch, die mahnende Stimme ihrer lieben Oma war im Hintergrund fast immer präsent.

Da Mario war ähnlich gefüllt wie am Vorabend um diese Zeit. Kurz vor sieben war es, und es waren einige Tische besetzt, doch der kleine neben der Fensterbank war noch frei. Verführerisch drang der Geruch von Antipasti und überbackenen Nudeln heraus zu Denisa, sodass sie wie gestern von einem richtigen Heißhunger überfallen wurde. Sie konnte es kaum erwarten, dass der nette Kellner zu ihr kam. Er begrüßte sie mit einem „Buonasera", lächelte und schien sie zu erkennen, denn er zwinkerte ihr zu, während er fragte: „Haben Sie heute viel erledigt?"

Sie konnte nur schwach darauf lächeln und nicken. Das hatte sie in der Tat, aber war sie erfolgreich gewesen?

Die Karte, die der Kellner ihr freundlich anbot, lehnte sie ab und bestellte gleich eine große Apfelschorle und Lasagne. Sie nahm lieber keinen Wein, denn ihr war heute schon oft genug schwindelig gewesen, und sie fühlte sich etwas labil. Die leise italienische Musik, die aus der offenen Tür drang, wirkte beruhigend auf Denisa, und das konnte sie wirklich brauchen. Was war das für ein Tag gewesen! Gut oder schlecht? Sie wusste es nicht. Jedenfalls ganz anders, als sie sich das Kennenlernen mit ihrem Vater vorgestellt hatte. Sie hatte sich ausgemalt, wie sie bei ihm auftauchen und feststellen würde, dass er absolut dem negativen Bild entsprach, das ihre Oma immer von ihm gezeichnet hatte, sodass sie gar nichts mehr mit ihm zu tun haben wollen würde. Abweisend, respekt- und verantwortungslos. Auch hatte sie sich vorgestellt, dass er sie gar nicht sehen wollte und ihr die Tür vor der Nase zuschlagen würde. Eine weitere Variante, die ihr einen schnellen Abschied von hier womöglich leichtgemacht hätte. Aber dieser Mann, den sie heute kennengelernt hatte, war so ganz anders als erwartet. Zurückhaltend, zögerlich, unentschlossen, ja, aber immerhin hatte er sie in sein Haus hereingebeten und dann später mit auf den Spaziergang genommen. Das war ein unerwarteter Anfang.

Der Kellner brachte das kühle Getränk, von dem Denisa gleich zwei wohltuende Schlucke nahm. Auch die Lasagne ließ nicht lange auf sich warten, und die ersten Bissen kamen Denisa fast göttlich vor. Einfach unbeschreiblich lecker. Zwar bemühte sie sich wieder, langsam und genussvoll zu essen, aber es wollte ihr nicht wirklich gelingen. Zu hungrig war sie und auch zu aufgewühlt. Also dauerte es keine Viertelstunde, bis sie die Lasagne verputzt hatte. Sogar der Kellner zeigte sich über ihr Tempo überrascht, als er den leeren Teller abräumte und wieder einen Espresso anbot. Dieses Mal nahm sie gerne einen, denn sie fühlte sich müder als sie sein wollte. Ein kleiner Schuss Koffein würde ihr sicher guttun und helfen, ihre Gedanken zu sortieren.

Nur ein paar Minuten dauerte es, bis der freundliche Mann wiederkehrte, den Espresso in der einen Hand und ein kleines Desserttellerchen in der anderen. Er stellte beides vor Denisa auf den Tisch und antwortete auf ihren fragenden Blick mit einem breiten Lächeln.

„Tartufo di Pizzo – geht aufs Haus", verkündete er.

Das war aber nett! Und unerwartet. Denisa wurde ein wenig rot im Gesicht, während sie sich für diese freundliche Geste bedankte. Er jedoch winkte ab, er schien sehr gute Laune zu haben.

„Sind Sie noch länger hier, um Dinge zu erledigen?", fragte er, wieder mit einem Zwinkern. Denisa musste grinsen, denn seine gute Laune war ansteckend.

„Ein paar Tage bestimmt noch", ging sie auf seinen scherzenden Ton ein und musterte ihr Gegenüber kurz. Seine langen Haare hatte er dieses Mal locker mit einem Haarband zurückgeschoben. Seine braunen kräftigen Arme sahen kontrastreich aus zu dem weißen Hemd, das er trug. Ihre Antwort schien ihm zu gefallen, denn er grinste noch breiter, legte eine Hand auf seine Brust und sagte: „Dann kommen Sie bestimmt noch öfter hierher. Sono Vittorio."

Dazu machte er eine kleine Verbeugung, und Denisa fühlte sich überraschend gerührt. Diese Freundlichkeit hatte irgendwie etwas Offenes und Natürliches an sich, das Denisa sehr angenehm fand. Deshalb nickte sie und stellte sich ebenfalls mit ihrem Vornamen vor, was er lächelnd zu Kenntnis nahm. Einen kurzen Moment lang ruhten seine dunklen Augen auf ihr, bis zwei Tische weiter ein Gast nach ihm rief, woraufhin er sich langsam umwandte. Als er weggetreten war, bemerkte Denisa, dass ihre Handflächen feucht waren.

Der Nachtisch schmeckte wunderbar, die Eiscreme darin zerging so köstlich auf der Zunge, dass sie sogar kurz die Augen schloss. Damit hatte er ihr wirklich eine Freude gemacht! Als sie dann bezahlte, bedankte sie sich noch einmal für das leckere Dessert, und während sie sich zum Gehen erhob, kramte sie in ihrem Kopf nach einem der wenigen italienischen Worte, die sie konnte: „Arrivederci." Auf Wiedersehen.

Vittorio schenkte ihr ein anerkennendes Nicken, während er sich noch einmal leicht verbeugte und den Abschiedsgruß erwiderte. Ja, hier würde Denisa sicher noch mehrmals wieder herkommen. Den ganzen Weg zur Pension über hatte sie ein Lächeln auf den Lippen. Die Sonne stand nun schon sehr tief, aber dennoch wärmten ihre Strahlen, wo sie zwischen den Häusern hindurch fielen. Kurz überlegte Denisa, noch ein bisschen spazieren zu gehen, entschied sich jedoch dagegen, weil sie schon sehr müde war trotz des Espressos. Sie wollte einfach nur diese enge Jeans auszuziehen, und sich in das gemütliche Bett kuscheln. Im Zimmer musste sie zuerst einmal das Fenster öffnen, um frische Luft hereinzulassen. Auf ihrem Handy sah sie, dass sie eine SMS von Mia hatte:

Hey Liebes, wie geht es dir?
Wie läuft es?

Vor Denisas Abreise hierher hatte sie noch lange mit der Freundin telefoniert. Mia wusste Bescheid. Wie lief es hier? So genau konnte Denisa das nicht beantworten. Zu viele unterschiedliche Gefühle wogten in ihr, und deshalb entschloss sie sich spontan, bei Mia anzurufen, um direkt mit ihr zu sprechen.

Mia ließ es ein paar Mal klingeln, bevor sie abhob und Denisa begrüßte:

„Hallo, wie geht es dir?", fragte sie ohne Umschweife und ohne Denisa eine Chance zu lassen, diese Frage zuerst an sie zu richten. Seltsam war es für Denisa, die

Stimme ihrer Freundin zu hören. Eigentlich hatten sie unterm Strich nur ein paar Monate miteinander verbracht, aber dennoch fühlte sich ihre Freundschaft sehr vertraut an. Trotz der räumlichen Distanz. Es gab Einiges, was sie miteinander verband, und zwar nicht nur die erotischen Momente, die sie geteilt hatten. Auch Phasen der Trauer und des Leids hatten sie gemeinsam durchlebt, und Mia hatte Denisa dabei so viele neue Ideen und Sichtweisen gezeigt. Sie wollte so gerne wissen, was ihre Freundin zu dem Treffen mit Theo meinte, deshalb erzählte sie ihr ausführlich davon. Mia hörte geduldig zu und schwieg nach der Erzählung einen Augenblick.

„Also ist es doch gar nicht so schlecht gelaufen", meinte sie dann resümierend, und das war es, was Denisa hatte hören wollen. Dennoch fühlte sie sich noch hin- und hergerissen und wusste nicht, was sie denken sollte.

„Findest du echt?", hakte sie deshalb nach.

„Er hat doch ganz vernünftig mit dir geredet", meinte ihre Freundin darauf, und sie hatte natürlich Recht damit. Aber in Denisa stach seltsamerweise trotzdem ein Gefühl der Enttäuschung.

„Er hat gar nichts gesagt, ob wir uns wiedersehen. Das ist doch komisch, oder?"

Sie hörte Mia am andreren Ende der Leitung atmen, und war da sogar das Zwitschern des Nymphensittichs zu hören? Offensichtlich war Mia in der Küche, wo Nicos Käfig stand. Mia ließ sich etwas Zeit, um auf die Frage zu antworten.

„Gib ihm etwas Zeit. Das ist für ihn auch alles neu", sagte sie schließlich. Natürlich hatte sie auch damit Recht... Wahrscheinlich erwartete Denisa wirklich zu viel.

„Was gibt es bei dir Neues? Hast du dich wegen des Studiums entschieden?", wechselte sie das Thema, und Mia wurde daraufhin lebhafter.

„Ja, ich werde mich im September für Kunstgeschichte einschreiben", antwortete sie. Das passte zu Mia, denn sie hatte wirklich eine künstlerische Begabung mit ihrem Zeichentalent. Und sie hatte schon öfter davon gesprochen, beruflich etwas mit Kunst machen zu wollen. Ein wenig erzählte Mia von dem Studiengang, den sie sich ausgesucht hatte und dass sie hoffte, im Oktober dann gut damit anfangen zu können. Besonders beschäftigte sie, ob sie ihre Mutter auch wirklich eine Zeitlang würde alleine lassen können.

„Das wird schon klappen", versuchte Denisa ihr Mut zu machen, „Bernd und Susanne schauen bestimmt auch gerne nach ihr." Bernd war ein guter Freund der Familie, der auch während der Krankheit von Mias Vater immer wieder geholfen hatte. Mia reagierte mit einem „Hmm" darauf, dann hob sie ihre Stimme an:

„Du, ich muss meiner Mutter jetzt das Abendessen bringen."

Deshalb war sie also in der Küche, um Rosi das Essen zu machen. Denisa wusste schon, dass es Mias Mutter zur Zeit nicht gut ging, denn der Tod ihres Mannes hatte sie sehr getroffen. Schon die Zeit davor war für sie sehr kräftezehrend gewesen über viele Monate hinweg, aber sie war tapfer stark geblieben für ihn. Und nun, da er tot war, hatten ihre Kräfte sie verlassen. Viel Zeit verbrachte sie nur im Bett, hatte Mia erzählt. Jeder trauerte auf seine Weise...

„Ja klar", antwortete Denisa. „Sag' ihr liebe Grüße von mir."

Sie verabschiedeten sich voneinander, und Denisa legte das Handy auf den Nachtkasten. Ein kurzes Gespräch war es gewesen, aber es hatte ihr gutgetan.

Dort auf dem Nachtkasten lag ihr kleines Tagebuch, das sie nach dem Tod ihrer Oma angefangen hatte zu führen. Auch ein halbes Jahr später war es wie ein wertvoller Schatz für sie und wie eine Verbindung zu ihrer geliebten Oma. Hin und wieder schrieb sie noch ein paar Zeilen hinein. Ihre liebe Oma…

Denisa hatte bis vor Kurzem wirklich gedacht, sie hätte sie durch und durch gekannt, so vertraut waren sie immer miteinander gewesen. Aber nach dem heutigen Tag beschlich sie mal wieder das Gefühl, dass ihre Oma ihr Dinge verschwiegen hatte. Oder sie zumindest etwas anders dargestellt, als sie tatsächlich waren. Theo, ein skrupelloser und egoistischer Mensch, der seiner Tochter besser nicht zu nahe kam? Nach dem, was Denisa heute erlebt hatte, war sie sich dessen nicht mehr so sicher. Ihr kam wieder in den Sinn, wie er mit seiner Frau gesprochen hatte, und wie liebevoll er mit Daisy umgegangen war. Das passte einfach nicht dazu!

Sie nahm das Tagebuch und legte sich auf das Bett. Einen Moment lang betrachtete sie das Bild des Raben auf dem Einband, schlug dann das Buch auf und blätterte darin herum. Über die Hälfte der Seiten waren mittlerweile schon gefüllt. Denisa blieb an dem Foto von ihrer Oma hängen, das sie im Dezember hier hinein geklebt hatte. ‚Du fehlst mir so‘, stand daneben, und das war immer noch so, daran hatte sich nichts geändert. So gerne würde sie wieder mit ihrer Oma sprechen und ihr alles von sich erzählen so wie früher. Und sie würde ihr gerne einige Fragen stellen.

Denisa drehte sich auf den Bauch, nahm den Füller vom Nachtkasten und blätterte in dem Büchlein nach hinten zu der nächsten freien Seite.

Liebe Oma,

begann sie.

Du würdest nie erraten, wo ich bin und wen ich heute getroffen habe.
Und ich weiß auch nicht, ob du es gutheißen würdest…

Er war so anders, als ich erwartet hatte. Anders, als du ihn
beschrieben hast.
Aber du hast ihm Fotos von mir geschickt. Warum?
Damit er mich nicht vergisst? Damit er sich meldet, um mich
kämpft? Ich habe nicht gewusst, dass dir klar war, wo er
wohnt. Die ganze Zeit. Warum hast du es mir nie gesagt?
Das verstehe ich nicht.

Denisa hielt einen Moment inne und blickte auf. Es gab
ein paar Dinge, die sie nicht verstand. Warum hatte
ihre Oma Theo so abgelehnt und schlechtgemacht und
warum hatte er sich nicht um Kontakt bemüht? Und
was hatte es mit diesem Zettel auf sich, den sie in dem
Koffer der Geige gefunden hatte?

Ich bin so verwirrt,

schrieb sie weiter, und als Abschlusssatz:

Werde ich je Antworten auf das alles kriegen?

Diese letzte Frage hallte in ihren Gedanken noch eine
Weile nach. Würde sie ihre Oma in diesen Punkten je
verstehen? Oder ihren Vater? Denisa hielt es mittlerweile für möglich, dass man die Motive eines anderen
Menschen nie vollends nachvollziehen konnte, egal, wie
nahe man ihm gestanden hatte.

KAPITEL FÜNF

Der Duft der Rosen war angenehm süß und die Luft erfüllt von einem Summkonzert, welches von unzähligen Bienen und Hummeln veranstaltet wurde, die unermüdlich von Blüte zu Blüte flogen. Der Garten der Pension war so gelegen, dass das Sonnenlicht erst gegen Mittag hineinfiel, weshalb es jetzt am Vormittag noch herrlich kühl war dort. Denisa saß auf einer der Parkbänke aus Holz, die das Sitzen mit ihrer geschwungenen Rückenlehne sehr angenehm machte. Neben ihr lag der Geigenkoffer aufgeklappt, das seidene Innentuch zurückgeschlagen, sodass es den Blick auf das glänzende Instrument freigab. Der Duft von Kolophonium vermengte sich mit dem Rosenaroma, als Denisa sich hinunterbeugte und kleine Klebepunkte auf dem Griffbrett unter den Saiten der Geige anbrachte. Immer wieder schaute sie zur Rückversicherung in das offene Buch auf ihrem Schoß, in dem auf einer Abbildung genau dargestellt war, wohin die Orientierungspunkte geklebt werden sollten. Anfängern dienten sie als effektive Hilfe, um die verschiedenen Noten richtig greifen zu lernen, und Denisa war eine komplette Anfängerin mit der Geige. Zwar hatte sie sich immer wieder vorgenommen, mithilfe des Lehrbuches das Instrument ihres Opas weiter kennenzulernen oder sich einen Lehrer zu suchen, aber dann hatte ihr doch immer die Zeit oder die Muße gefehlt.

Als sie alle Punkte wie angegeben aufgeklebt hatte, zupfte sie mit dem Zeigefinger sachte an den Saiten. Zuvor in ihrem Zimmer hatte sie sie mithilfe von Mias altem Stimmgerät neu gestimmt, aber irgendwie klang es jetzt beim Zupfen doch etwas schräg, als hätte sie einen Fehler gemacht dabei. Unwillkürlich musste sie seufzen, als sie sich zurücklehnte und das Buch in die Hände nahm um weiterzulesen. Ein Instrument neu zu lernen war wirklich nicht einfach. Bei ihrem Opa hatte das immer so leicht und unbeschwert ausgesehen, wenn er gespielt hatte, zumindest hatte sie es als Kind so empfunden. Aber klar, er hatte ja auch jahrzehntelange Übung gehabt. Sie selbst hätte als Kind so gerne auf der Geige gespielt, aber ihre Oma hatte ihr nie erlaubt, das Instrument auch nur anzufassen, auch nicht nach Opas Tod. Erst so viele Jahre später, als sie nun das Haus der Oma ausgeräumt hatte, war ihr das gute Stück wieder in die Hände gefallen. Denisa blätterte zur nächsten Seite, auf der die verschiedenen Tonleitern erklärt waren.

Durch ein leises Räuspern hinter sich wurde sie beim Lesen unterbrochen. Zuerst wollte sie es ignorieren, denn schließlich kamen auch die anderen Gäste zu dieser Tageszeit gerne in den Garten. Aber dann wurde sie sich dessen bewusst, dass jemand hinter sie trat und dort verweilte. Erneutes Räuspern, dann seine Stimme: „Hallo Denisa.“

Theo sah müde aus. Diesmal trug er eine dunkle Jeans und ein dunkelblaues Poloshirt, das er ordentlich in die Hose gesteckt hatte. Denisa fiel auf, wie schlank er war, dafür, dass er Anfang fünfzig war. Seine Füße steckten in hellen Sportschuhen. Er machte eine Geste in Richtung Pension und erklärte: „Frau Wormser hat mir gesagt, dass ich dich hier finde.“ Und etwas zögernd, aber nicht ohne einen neugierigen Blick über die Banklehne fragte er: „Was machst du da?“

Dann fiel sein Blick auf den Geigenkasten, und seine Hand glitt ohne Vorwarnung nach vorne, um ihn zu berühren. Der Ausdruck in seinem Gesicht spiegelte Überraschung wider, als er um die Bank herum ging und davorstand, den starren Blick auf den offenstehenden Koffer gerichtet.

„Dass du sie hast!", flüsterte er, die Hand zum Mund geführt, und es war offensichtlich, dass er das Instrument kannte. Irritiert sah auch Denisa zur Seite auf den Kasten, dann wieder zu ihrem Vater, der in seiner Stellung verharrte.

„Dass du ausgerechnet diese Geige dabei hast", führte er seine leisen Worte der Überraschung fort. Einen Moment lang blieb er noch so stehen, dann, als würde er sich wieder schlagartig Denisas Anwesenheit bewusst, blickte er sie an und stammelte: „Entschuldige… darf ich mich zu dir setzen?"

Als Antwort rückte Denisa näher zu der Geige, sodass auf ihrer anderen Seite noch genug Platz war für Theo. Er nuschelte ein „Danke" und setzte sich langsam hin, dann sah er seine Tochter an.

„Bitte entschuldige, aber die Geige hat mich gerade so an deine Mutter erinnert."

Mehr sagte er nicht zu seinem seltsamen Verhalten. Eine große Hummel brummte unmittelbar vor ihnen vorbei, schaukelte in der Luft hin und her und ließ sich dann auf einer kleinen gelben Blüte nieder, die unter ihrem Gewicht ordentlich schwankte. Theos Blick folgte ihr und beobachtete dann, wie das kleine fleißige Tier immer wieder eintauchte, um von dem Nektar zu trinken. Er saß nach vorne gebeugt, seine Arme auf den Knien aufgestützt. Er schluckte, leckte sich dann flüchtig über die Lippen und fing mit gedämpfter Stimme an zu sprechen: „Du, ich möchte mich für gestern entschuldigen. Ich habe das Gefühl, nur das Falsche gesagt zu haben. Ich wollte…"

Er brach ab und fuhr sich mit der Hand über den Mund. Ein kurzer Blick zu seiner Tochter, dann sprach er weiter: „Das kam ziemlich überraschend für mich, dein Besuch."

‚Du hättest dich ja auch mal früher melden können!', rief eine Stimme in Denisa, aber wie gestern auch schob sie sie beiseite. Ihr fiel auf einmal ein, was Anja gestern zu Theo gesagt hatte, nämlich dass sie ihm prophezeit hatte, seine Tochter würde irgendwann bei ihm auftauchen. Und das fand Denisa eigenartig.

„Wusste deine Frau die ganze Zeit von mir?", stellte sie ihre Frage ohne Überleitung. Ihr Vater sah sie erst überrascht an, die Augenbrauen hochgezogen, dann nickte er.

„Ich habe es ihr erzählt, kurz bevor wir geheiratet haben." Er seufzte tief und ließ den Kopf hängen. „Natürlich war sie nicht begeistert, auch nicht über die Briefe mit den Fotos, die regelmäßig von Gerda kamen." Er schüttelte seinen Kopf bei der Erinnerung.

„Sie wusste eine ganze Weile nichts davon, bis sie einmal aus Versehen einen der Briefe geöffnet hat."

Aus Versehen? Glaubte er das wirklich? Denisa wagte zu vermuten, dass Anja sich vielleicht über die wiederkehrende heimliche Post gewundert haben könnte. Theos Mund umspielte der Anflug eines Lächelns.

„Auf dem Bild musst du so vierzehn gewesen sein. Du hattest eine große Schokotorte in den Händen."

Oh ja, an dieses Foto konnte Denisa sich erinnern. Tatsächlich war sie erst dreizehn gewesen und hatte ihre allererste Torte alleine gebacken gehabt. Ihre Oma war in der Gemeinde berühmt gewesen für ihre Backkünste und hatte ihr Wissen schon früh an ihre Enkelin weitergeben wollen. Der Erfolg hatte sich jedoch in Grenzen gehalten. Denisa musste bei der Erinnerung daran schmunzeln. Letzten Dezember nach Omas Tod wäre sie beinahe an den Lebkuchen gescheitert, und das war wirklich kein schweres Rezept.

Denisa war auf einmal so in ihren Erinnerungen abgetaucht, dass sie nicht wahrnahm, wie Theo sein Gesicht in den Händen vergrub. Erst als sie seine leise Stimme hörte, schaute sie wieder zu ihm. Durch seine Handflächen waren die Worte, die er sagte, kaum zu verstehen: „Ich habe so viel versäumt."

Er nahm die Hände nicht vom Gesicht, und Denisa fragte sich, ob er weinte. Sie war so unschlüssig, was sie tun sollte, dass sie einfach nur regungslos verharrte. Ihr Vater schien auch nicht unmittelbar eine Reaktion von ihr zu erwarten, denn als er die Hände schließlich runternahm, sprach er gleich weiter, und Denisa sah, dass er nicht geweint hatte.

„Ich habe immer wieder versucht, Kontakt zu dir aufzunehmen, Denisa, das musst du mir glauben! In den ersten Jahren habe ich immer wieder angerufen."

Seine Hände rieben über seine Knie. Zitterte seine Stimme? Denisa konnte es nicht richtig einschätzen.

„Aber deine Großeltern... Gerda hat das immer abgeblockt und mir eingeredet, dass Kontakt zu dir keine gute Idee ist. Sie hat mich nie mit dir sprechen lassen", beendete er seine Erklärung, und es entstand eine kleine Pause. Immer wieder rieben seine Hände über die Jeans, dann lehnte er sich wieder nach vorne und stützte die Arme auf. Noch immer wusste Denisa nicht, was sie erwidern sollte. Irgendwie klang das alles sehr merkwürdig für sie. Sollte es tatsächlich wahr sein, dass ihre Oma ihn bewusst von seiner Tochter ferngehalten hatte? Sie hätte doch wissen müssen, dass Denisa ihn gebraucht hätte! Oder doch nicht? Denisa vergrub nun ihrerseits das Gesicht in ihren Händen.

„Es tut mir leid, dass ich nicht stärker war", ließ Theo leise vernehmen, und es klang ehrlich. Denisa hörte, wie er schwer schluckte und nahm ihre Hände runter, um ihn anzusehen. Er hatte ihr sein Gesicht zugewandt und betrachtete sie, als suchte er nach einem Zeichen der Regung in ihr. Denisa fielen die dunklen Ringe und Falten unter seinen Augen auf. Sie verstand das alles nicht, aber so wie Theo mit hängenden Schultern neben ihr saß, tat er ihr unwillkürlich leid, und sie war geneigt, seine Version der Geschichte zu glauben. Vielleicht wäre eine andere Person in ihrer Situation wütender gewesen, aber sie hatte auch in der Vergangenheit nie großen Groll gehegt gegen ihn, ihren Indianerhäuptling. Ja, so hatte sie sich ihren Vater als Kind vorgestellt: als starken und mutigen Indianerhäuptling mit langen dunklen Haaren. Aber irgendwann waren dieses Bild und diese Sehnsucht in ihr verblasst. Er war einfach kein Teil ihres Lebens gewesen, und sie hatte keine richtigen Erinnerungen an ihn. Sie hatte ihn nie vermisst. Bis vor ein paar Monaten…

„Ich fand es nett von dir, dass du mich gestern gleich hereingebeten hast in dein Haus. Das hatte ich nicht erwartet", meinte sie endlich.

Theo ließ seinen Blick weiter auf ihr liegen, quittierte ihre Worte dann mit einem Nicken und lehnte sich zurück.

„Wie geht es Gerda?", fragte er beiläufig und ohne Überleitung, und jetzt war es Denisa, die schlucken musste. Klar, dass diese Frage irgendwann von ihm kommen musste. Sie hatte sie befürchtet, denn sie wollte kein Mitleid von ihm, aber verschweigen konnte sie die Wahrheit auch nicht mehr.

„Sie ist Ende November gestorben", antwortete sie deshalb knapp.

Theo starrte sie ein paar Augenblicke nur an, den Mund halb geöffnet, Ungläubigkeit in seinem Ausdruck. Dann fuhr er mit seinen Händen abermals übers Gesicht.

„Ach du Scheiße!", flüsterte er und Denisa war ehrlich erstaunt, solche Worte von einem Mann seines Alters zu hören. Das klang eher nach Mia!

Er schien sich auch gleich zu besinnen, wie er von der Seite zu ihr blickte und hinzufügte: „Das tut mir leid, Denisa."

Und dann tat er etwas, was Denisa nicht erwartet hatte: er hob zögerlich seine Hand und legte sie auf ihre Schulter. Warm fühlte sie sich an. Schön warm. Es war ein paar Wochen her, dass Denisa solche Nähe bewusst gespürt hatte, eigentlich seit dem Abschied von Mia nicht mehr. Theo strich leicht über ihr Schulterblatt, als er weitersprach: „Wie geht es dir damit?"

Was glaubte er denn? Es verging kein Tag, an dem Denisa ihre Oma nicht schrecklich vermisste! Sie hob die Schultern und ließ sie wieder fallen, und sie war froh, dass er seine Hand wegnahm, auch wenn die Berührung schön gewesen war. Irgendwie war sie mit einem Mal zu intim für Denisa.

„Es geht schon", antwortete sie wieder knapp. Sie wollte ihm hier nicht ihr Herz ausschütten, dafür kannte sie ihn noch nicht gut genug.

„Das Haus ist jetzt vermietet", fügte sie daher sachlich hinzu. Er nahm diese Information still zur Kenntnis und schaute sie noch immer von der Seite an. Seine silbrigen Haarsträhnen schillerten im Licht.

„Du Arme", murmelte er irgendwann. Denisa straffte ihre Haltung. Sie wollte kein Mitleid von ihm, auch wenn sie noch immer die Wärme seiner Hand auf ihrer Schulter zu spüren glaubte. Dieser kurze Moment der Innigkeit zwischen Vater und Tochter…

Ihr Vater schien ihr Unbehagen wahrzunehmen, denn er beugte sich zu ihr und wechselte abrupt das Thema: „Hör' mal, ich wollte dich fragen, ob du morgen Nachmittag zu uns kommen möchtest. Ben kommt nach Hause, und wir wollen im Garten grillen."

Ben! Der junge Mann, der mit Theo und Daisy auf dem Facebook-Foto gewesen war! Augenblicklich wusste Denisa, von wem die Rede war. Er kam nach Hause… von wo, fragte sie sich unwillkürlich. Theo sah sie noch immer an und musste ihren überrumpelten Gesichtsausdruck bemerkt haben. Wie selbstverständlich hatte er von seinem Sohn gesprochen, aber nun schien auch ihm aufzufallen, wie seltsam das war in dieser Situation. „Ben… dein Bruder", stammelte er.

‚Mein Bruder!', wiederholte es sich wie ein Echo in Denisas Gedanken. Sie würde ihren Halbbruder kennenlernen! In den letzten Monaten, seit sie das Foto von Theo und Ben im Internet gefunden hatte, hatte sie sich immer wieder ausgemalt wie es sein würde, plötzlich einen Bruder zu haben. Soweit sie zurückdenken konnte, hatte sie sich immer nur als Einzelkind wahrgenommen, und der Gedanke, dass sich das ändern könnte, hatte ihr irgendwie gefallen. Aber jetzt, wo aus der Phantasie plötzlich so schnell Realität wurde, da war sie nicht sicher, ob sie wirklich dafür bereit war. Und sie fragte sich, ob Ben, genau wie Anja, von seiner Schwester wusste. Sie traute sich jedoch nicht zu fragen.

„Ich komme gerne", sagte sie stattdessen.

Auf Theos Gesicht erschien ein Lächeln, das etwas wie Erleichterung widerspiegelte.

„Schön, dann sagen wir, so gegen siebzehn Uhr?"

Denisa nickte zustimmend, dann warf Theo einen Blick hinter sich in Richtung Pensionsgebäude. „Du… ich muss jetzt los. Daisy wartet vor der Tür auf mich. Sie muss um halb zwölf beim Tierarzt sein."

Er erhob sich langsam, und Denisa folgte ihm. Kurz standen sie sich unschlüssig gegenüber, bis er sagte: „Dann sehen wir uns morgen, ja?"

Denisa bejahte, und plötzlich machte Theo einen Schritt auf sie zu und legte seine Arme um sie. Kurz nur und ganz locker, aber als er wieder wegtrat, musste Denisa heftig schlucken. Ein Nicken noch von ihm, dann wandte er sich um und ging zu der Hintertür des Hauses und hinein. Ein paar Sekunden stand Denisa noch, ohne sich zu rühren, dann ließ sie sich zurück auf die Bank fallen, wobei sie sich versehentlich halb auf das Buch setzte. Sie zog es hervor und schlug es nach kurzem Zögern zu. Unmöglich, jetzt damit weiterzumachen! Viel zu aufgewühlt war sie! Sie warf einen langen Blick auf die Geige, ehe sie das Tuch darüber legte und den Koffer schloss.

‚Dass du sie hast‘, hatte er gesagt. Was hatte es nur auf sich mit diesem Instrument? Zu Lebzeiten hatte Denisas Oma es immer unter Verschluss gehalten, unerreichbar für ihre Enkelin und doch gehütet wie einen Schatz. Was war sein Geheimnis? Denisa kam nicht dahinter, was es war, aber sie begann allmählich zu ahnen, dass ihr Vater die Antwort kannte.

Vielleicht konnte er ihr auch erklären, was dieser Zettel bedeutete, den sie vor ein paar Monaten im Futter des Geigenkoffers gefunden hatte. Gelb und verblichen – offensichtlich ein altes Stück Papier, das sie nun sorgsam in ihrem Geldbeutel verwahrte. Als sie nun danach griff und es herauszog, überkam sie ein schauerliches Gefühl, wie schon hundertmal zuvor, wenn sie die handschriftlichen Zeilen darauf gelesen hatte. Diese sonderbare Nachricht, von der Denisa nicht wusste, für wen sie bestimmt war:

Ich würde gerne bald wieder zwischen deinen Schenkeln eintauchen.

Kapitel sechs

Zum Grillen war der Abend perfekt. Die Luft trug noch eine solche Wärme in sich, dass Denisa froh war, ihr türkises Sommerkleid angezogen zu haben. Tagsüber war es drückend heiß gewesen, sodass sie nach ein wenig Spazieren viel Zeit mit Lesen und Dösen in ihrem Zimmer verbracht hatte. Nun war sie eine Viertelstunde zu früh am Haus ihres Vaters angekommen, deshalb schlenderte sie von ihrem Auto aus hin zu dem Feldweg, auf dem sie schon mit Theo gegangen war. Dort angekommen bückte sie sich, um ihre Sandalen auszuziehen und barfuß auf dem Streifen Gras zwischen Weg und Feld zu schlendern. Dabei musste sie aufpassen, um keine der Mohnblumen plattzutreten, die überall im leichten Wind flatterten. Angenehm kühl fühlte sich das Gras unter Denisas Fußsohlen an, und es war eine willkommene Erfrischung an diesem schwülen Tag.

Wonach rochen eigentlich Mohnblumen? Ohne lange zu zögern ging sie in die Hocke, um an einer der leuchtend roten Blüten zu schnuppern. Jedoch fiel es ihr schwer, irgendeinen Duft von ihnen wahrzunehmen. Viel intensiver, wenn auch nicht lecker, rochen die Margeriten daneben, und auch das Gras verströmte ein intensives Aroma.

Auf einmal hörte Denisa neben sich leises Hecheln, das näherkam. Sie schaute zur Seite, und da tauchte Daisys Schnauze auch schon in ihrem Blickfeld auf. Die Hündin kam näher und beschnupperte Denisas Kleid, als diese sich aufrichtete.

„Hierher, Daisy!", war zu hören, und dann sah Denisa ihren Vater hinter der Biegung des Weges und dem hochgewachsenen Mais hervorkommen.

„Daisy, aus!", rief er noch, schien dann jedoch zu erkennen, wen das Tier da beschnupperte. Mit einem Lächeln kam er auf die beiden zu und begrüßte seine Tochter.

„Ich bin ein bisschen zu früh", bemerkte sie, nachdem sie den Gruß erwidert hatte. Sie wunderte sich über ihre eigene Verlegenheit, aber zugleich war sie froh, dass sie noch nicht am Haus geklingelt hatte. Es wäre ihr echt unangenehm gewesen, den anderen dort ohne Theo zu begegnen. Der machte eine abwinkende Geste und meinte: „Ah, das macht nichts."

Und mit einer Handbewegung in Daisys Richtung fuhr er fort: „Die alte Dame hier brauchte noch ein bisschen Bewegung. Tagsüber war es ihr zu heiß."

Tatsächlich trottete Daisy schwerfällig neben ihnen her, und Denisa hatte den Eindruck, dass sie heute ein wenig humpelte. Als sie Theo darauf ansprach, bestätigte er ihre Feststellung.

„Sie hat immer mal wieder Hüftschmerzen", erklärte er, und in seinem Gesicht stand Besorgnis. Denisa hatte gar nicht gewusst, dass Hunde an so etwas leiden konnten, aber sie erinnerte sich an den Tierarztbesuch, den ihr Vater gestern erwähnt hatte.

„Wart ihr deshalb beim Arzt?", erkundigte sie sich, woraufhin er seufzte.

„Unter anderem. Sie hat auch seit längerem Kreislaufprobleme. Ich brauchte neue Tabletten für sie." Er wuschelte der Hundedame durch das Fell am Rücken und scherzte: „Du machst mich noch arm, meine Liebe!"

In seiner Stimme schwang jedoch so eine Zuneigung mit, die bei Denisa keinen Zweifel hinterließ, dass er alles für diesen Hund tun würde. Irgendwie gab ihr dieser Gedanke einen kleinen Stich.

Sie waren zurück am Haus angekommen, aber anstatt zur Vordertür, führte Theo sie außen um das Haus herum zu einem Gartentor, das er öffnete, indem er darüber griff und die Klinke innen hinunter drückte. Denisa hätte das nicht gekonnt, und sogar er musste sich dafür auf die Zehenspitzen stellen. Er ließ Daisy vorangehen, dann hielt er seiner Tochter das Tor auf. Sie betraten den Garten von der Seite, wo sie als erstes an drei knorrigen Obstbäumen vorbeikamen. Apfelbäume, vermutete Denisa. Dahinter standen Hochbeete mit hölzernen Umfassungen, die auf beiden Seiten des Pfades jeweils zu einem U angeordnet waren. Kurz reckte Denisa den Hals, um zu erkennen, was darin wuchs. Verschiedene Sorten Salat meinte sie zu erkennen und Gurkenpflanzen, an denen schon kleine Früchte baumelten. Zucchini... oder war es Kürbis?

Sie wurde durch Stimmen, die hinter den Büschen zu hören waren, wo sie die Terrasse vermutete, von ihren Überlegungen abgelenkt.

„Wo sind die Grillanzünder, Anja?" Das war nicht die Stimme eines jungen Mannes, eher die einer Person in Theos Alter. Dann Anjas Stimme, die von Geschirrklappern untermalt wurde: „Wir müssen Theodor fragen, ich habe sie auch nicht gefunden."

Theodor. Theodor ging an Denisa vorbei und vorbei an den hohen Büschen, die den Nutzgarten von der Terrasse trennten.

„Da ist er!", rief Anja, dann waren polternde Schritte zu hören, die über ein Metallgitter liefen und eine junge Stimme, die sagte: „Papa, wo sind die Grillanzünder?"

Papa! Denisa spürte, wie ihr Herz zu klopfen begann, als sie den nächsten Schritt machte und hinter dem Busch hervortrat. Sechs Augen starrten sie an, und als Theo sich zu ihr umwandte, waren es acht. Ein paar Sekunden lang war nichts zu hören, außer ein paar Vogelstimmen in den Bäumen. Es war Anja, die das Schweigen brach.

„Ah, du hast sie gleich mitgebracht."

Auch sie trug ein Sommerkleid, was sie irgendwie sympathischer erscheinen ließ als beim letzten Mal.

„Ja", erwachte Theo aus seiner Starre. „Ben, Konrad, das ist Denisa."

Und an Denisa gewandt fügte er hinzu: „Konrad ist Anjas Bruder und Bens Patenonkel."

Eine gewisse Ähnlichkeit war tatsächlich erkennbar. Konrad kam als erster auf den unbekannten Gast zu und reichte ihm die Hand. „Hallo, schön, dich kennenzulernen."

Ben stand auf dem Lichtschacht-Gitter vor der Terrassentür, und Denisa war überrascht darüber, wie jung er aussah. Aber klar, er musste ein paar Jahre jünger sein als sie, schließlich war sie schon fünf gewesen, als Theo und Anja geheiratet hatten. Der junge Mann hielt einen vollen Beutel Grillkohle in der einen Hand, in der anderen ein Feuerzeug. Seine Augen musterten sie von oben bis unten, während er langsam das Feuerzeug in die Hosentasche schob und dann auf die Terrasse trat. Er stellte den Beutel Kohle ab, fuhr sich kurz durchs dunkle Haar, und Denisa fand es fast süß, wie er ihr zögerlich die Hand reichte.

„Hallo, Denisa."

Er hatte die Augenfarbe seines Vaters, ein Grau, in das ein wenig Braun einfloss. Einen Kopf größer als Denisa war er, und eine Haarsträhne fiel ihm erneut in die Stirn, als er sich an Theo wandte.

„Also Papa, wo sind die Grillanzünder?", wiederholte er seine Frage von vorhin. Theo trat zur Terrassentür, bereit ins Haus zu gehen.

„Ich hole sie", sagte er, und an seine Tochter gewandt: „Setz dich doch."

Dann verschwand er im Haus. Konrad machte eine einladende Geste auf die Bank, die vorm Terrassentisch stand, und deutete dann auf die Getränkeflaschen am Tisch.

„Was möchtest du trinken?"

Denisa ließ sich Orangensaft geben und setzte sich an das äußerste Ende der Bank. Unmittelbar neben ihr stand ein großer Blumenkübel, in dem ein Oleander herrlich blühte. Zu beiden Seiten der Terrasse waren verschiedene Blumentöpfe, größtenteils aus Terrakotta, aufgereiht mit Blühpflanzen darin, von denen Denisa nur Margeriten und Geranien erkannte. Lavendelduft zog vom Beet herüber, das vor der Terrasse lag. Auf dem kurzen Rasenstück, bevor die großen Büsche anfingen, steckten mehrere Stöcke im Boden, auf die bunte Ton-kugeln aufgesteckt waren. Eine bunte Deko, die sich gut in das Blumenensemble einfügte. Anja schien ein Händchen dafür zu haben, und Denisa nahm sich vor, ihr später dafür ein Kompliment zu machen.

Jetzt beobachtete sie, wie Ben die Kohle in den großen Grill kippte und die Grillanzünder von seinem Vater entgegennahm. Der verschwand gleich wieder mit den Worten „Ich gehe mich kurz umziehen" im Haus. Anja brachte einen Korb mit geschnittenem Brot und eine Flasche Ketchup nach draußen und stellte beides auf den Tisch. Denisa wollte gerade fragen, ob sie etwas helfen könne, als Anja sich an ihren Bruder wandte. Ihren Gast hatte sie kaum angesehen. Konrad schien nicht besonders erfreut über ihre Bitte, in der Küche zu helfen, denn er rollte kurz die Augen nach oben. Dann nahm er noch einen Schluck aus seinem Bierglas, stellte es ab und folgte ihr ins Haus. Er hatte die gleiche Haar-farbe wie Anja.

Denisa kam sich da alleine am Tisch etwas verloren vor und wollte auch nicht schüchtern wirken, deshalb stand sie auf und trat zu Ben, der gerade mit dem Feuerzeug die Grillanzünder in Flammen setzte. Zudem war jetzt eine gute Gelegenheit, ihren Bruder kurz alleine zu sprechen, ehe die anderen wiederkamen. Das Feuer verteilte sich rasch im Grill, loderte in die Höhe und erfasste schließlich auch die Kohlen. Denisa beobachtete das Spiel der Flammen, trank einen Schluck Saft und hielt sich an ihrem Glas fest, um Kraft zu haben für den ersten Schritt.

„Theo hat gesagt, du wärst zurück daheim. Zurück... von wo?", begann sie das Gespräch. Es kam ihr nicht passend vor, ‚dein Vater‘ zu sagen, noch weniger ‚unser Vater‘. Ben schob ein brennendes Stück Kohle mit dem Schürhaken in die Mitte des Grills.

„Von der Uni", antwortete er knapp, ohne Denisa anzusehen. „Ich studiere Maschinenbau."

Ihr Nicken musste ihm entgehen, da er mit dem Gesicht nahe am Grill hockte und auf die Kohlen blies. Dann richtete er sich auf, den Schürhaken noch immer in der Hand, und ging endlich richtig auf ihr Gesprächsangebot ein, indem er fragte:

„Was machst du denn beruflich?"

Denisa war ihm dankbar dafür, dass er sie nicht im Regen stehen ließ. Kurz erzählte sie von ihrer Arbeit im Verlag, und er grinste sogar einmal amüsiert, als sie von einem besonders zickigen Autor erzählte, mit dem sie mal hatte zusammenarbeiten müssen.

„Autoren sind oft eigenwillig", schloss sie ihre Erzählung in dem Moment, als Theo durch die Terrassentür kam. Er hatte helle Shorts angezogen und darüber ein blaues Poloshirt. Barfuß ging er, genau wie Denisa.

„Brennt es gut?", erkundigte er sich, während er zu ihnen trat. Zu seinen beiden Kindern. Ben sparte sich die Antwort und stocherte nur weiter in den Kohlen herum. Da erschienen auch die anderen beiden aus der Küche wieder und brachten Kartoffelsalat und Grillsoßen. Konrad trug eine große Platte voll mit rohem mariniertem Fleisch.

„Et voilà", sagte er und stellte die Platte auf ein kleines Tischchen nahe dem Grill. Denisa staunte nicht schlecht über diesen Haufen Fleisch, über den Mia bestimmt entsetzt gewesen wäre als überzeugte Vegetarierin. Theo musste ihren Blick wohl registriert haben, denn er bemerkte:

„Ich habe dich gar nicht gefragt, ob du überhaupt Fleisch isst."

Denisa beeilte sich, zu bejahen.

„Eine Freundin von mir lebt vegetarisch, deshalb habe ich auch mal versucht, weniger Fleisch zu essen. Das ist alles", erzählte sie.

Anja verteilte Getränke an alle, und dann standen sie um den Grill und beobachteten die Flammen, die noch ein Weilchen brauchen würden, um die Kohle in Glut zum Grillen zu verwandeln. Denisa blickte um sich und registrierte abermals die Blütenpracht auf der Terrasse und davor.

„Der Garten ist wunderschön", sagte sie an Anja gewandt, um ihr Vorhaben von vorhin in die Tat umzusetzen, und sie konnte sehen, wie Anjas Gesicht aufleuchtete. Offenbar hatte Denisa das richtige Thema getroffen, denn Theos Frau begann zu erzählen, wie sie die verschiedenen Pflanzen besorgt und arrangiert hatte.

„Hast du das Gemüsebeet gesehen?", fragte sie, und Denisa konnte erahnen, dass es sich dabei um den besonderen Stolz der Hausherrin handelte. Deshalb bejahte sie begeistert und schob hinterher: „Ich habe nur im Vorbeigehen nicht genau erkannt, was dort alles wächst."

Wie erwartet ging Anja sofort darauf ein und bot an, ihr alles zu zeigen. Theo blickte ihnen mit einem erfreuten Lächeln hinterher.

„Das Hochbeet haben wir selber gebaut", erläuterte Anja im Gehen und ihre Augen leuchteten dabei richtiggehend. Beim Salat hatte Denisa mit ihrer vorherigen Schätzung richtig gelegen, und auch verschiedene

Gurkensorten wuchsen in dem Hochbeet. Ansonsten gab es eine Ecke mit verschiedenen Kräutern wie Salbei, Thymian und Rosmarin, und an anderer Stelle wuchsen Zucchini und sogar Melonenpflanzen.

„Mal schauen, ob da überhaupt Früchte wachsen", kommentierte Anja, „ich probiere das zum ersten Mal aus dieses Jahr."

Die hinterste Ecke des Beetes war mit Spinatpflanzen bewachsen. Denisa war von diesem umfangreichen Küchengarten echt beeindruckt, denn sie hatte so etwas noch nie in Natura gesehen. Ihre Oma hatte zwar auch gerne im Garten gearbeitet, jedoch nur mit Zierpflanzen. Gerade wollte sie danach fragen, was Anja zur Schneckenbekämpfung einsetzte, denn ihre Oma hatte mit diesen Tieren immer viel Ärger gehabt, als mit dem nächsten Schritt ein scharfer Schmerz durch ihren rechten Fuß raste.

„Scheiße!", entfuhr es ihr, und sie taumelte nach vorne und musste sich an der Einfassung des Beetes festhalten. Verdammt! War sie in eine Wespe getreten? Das war ihr seit Kindertagen nicht mehr passiert, und sie hatte völlig vergessen, wie weh das tat! Anja streckte ihren Arm nach Denisa aus, dann rief sie nach Theo, der sofort zu ihnen herübergelaufen kam.

„Ich glaube, sie ist in eine Biene getreten", klärte sie ihren Mann auf. Auch Konrad und Ben schauten nun zu ihnen hinüber, und Denisa war das Ganze auf einmal sehr peinlich.

„Es geht schon", keuchte sie, ließ das Beet los und humpelte einen Schritt nach vorne, wobei der Schmerz erneut durch ihren Fuß schoss. Theo griff nach ihrem Arm und zog sie zu sich heran.

„Komm, setz' dich erst mal hin", sagte er und half ihr zu der Bank auf der Terrasse. Als sie den Fuß hob, war eine rote Schwellung vom Durchmesser eines Golfballes zu sehen. Himmel! Sie hatte gar nicht gewusst, dass sie allergisch war! Ihr Vater ging in die Hocke und inspizierte den Fuß genau.

„Der Stachel steckt noch drin", informierte er sie dann. Er wollte gerade ins Haus gehen, um eine Pinzette zu holen, doch Denisa hielt ihn am Arm fest und erhob sich.

„Ich komme mit, dann musst du sie nicht holen", sagte sie schnell. Mann, war ihr das unangenehm, hier vor den anderen so wehleidig zu sein, ganz bestimmt wollte sie nicht auch noch vor ihren Augen den Stachel gezogen bekommen! Ihr Vater schien den Wink zu verstehen, denn er half ihr, ganz aufzustehen und führte sie ins Haus unter den verwunderten Blicken der anderen drei.

„Ist aber die Treppe hoch, schaffst du das?", fragte er. Denisa nickte nur. Wenn sie auf der Ferse auftrat, war das Gehen auszuhalten. Im ersten Stock ging Theo voraus in das zweite Zimmer am Gang. Dort räumte er ein paar Zeitschriften von einem breiten Ledersessel und ließ seine Tochter darin Platz nehmen und den Fuß über die Armlehne hochlegen.

„Ich hole aus dem Bad die Pinzette", sagte er, verschwand auf dem Gang, und Denisa hörte durch die offenen Türen, wie er in Schubladen kramte.

Das Zimmer, in dem sie nun saß, war nicht groß, aber gemütlich. Ein Regal mit Büchern und Zeitschriften darin stand an der Wand. Daneben hing ein großes Poster, auf dem ein Strand abgebildet war. Das gefiel Denisa, denn an so einem tollen Strand mit Palmen und weißem Sand war sie selbst noch nie gewesen. Sie kannte nur die italienischen Kiesstrände. Als sie den Kopf drehte, war sie überrascht, an der gegenüberliegenden Wand eine Angel hängen zu sehen. Darunter stand ein Sideboard mit allerlei Kram darauf.

Theo kam zurück und brachte nicht nur eine Pinzette, sondern auch ein Spray zum Desinfizieren mit. Er holte sich die Stehlampe aus der Zimmerecke heran, knipste

sie an und kniete sich dann auf den Boden, direkt vor
den zu behandelnden Fuß. Denisa machte eine Geste
durch den Raum.

„Ein gemütliches Zimmer ist das", meinte sie dazu.

„Das ist mein Reich", schmunzelte er und sagte dann
etwas ernster: „Das tut jetzt ein bisschen weh."

Es tat weh, wie er die Pinzette mehrmals ansetzen musste, um den Bienenstachel zu fassen zu kriegen, aber nach
ein paar Sekunden war es geschafft. Kurz prüfte er, ob er
wirklich alles davon erwischt hatte, dann desinfizierte
er die ganze Stelle.

„Wir müssen das kühlen…", murmelte er dabei.

Denisa war froh, ein bisschen mit ihm alleine zu sein,
wenn auch unter solchen Bedingungen.

„Angelst du?", fragte sie und wies mit dem Kopf in die
Richtung der Wandaufhängung. Ihr Vater folgte ihrem
Blick, dann erhob er sich vom Boden.

„Ja, ab und zu. Ich finde das sehr entspannend." Er
sprühte noch mehr Desinfektionsmittel auf die Ein-
stichstelle und verschloss dann die Flasche.

„Das ist für mich wie Meditation", fügte er hinzu. Denisa konnte sich das nicht richtig vorstellen, denn der
Gedanke, einem Tier wehzutun, und sei es nur einem
Fisch, missfiel ihr. Andererseits stellte sie es sich entspannend vor, dass man stundenlang Zeit alleine in der
Natur zubrachte. Theo blickte auch einen Moment lang
sinnend auf die Angel, dann schien ihm etwas einzufal-
len.

„Hier, warte mal…", ließ er vernehmen, trat zu dem
Sideboard und holte eine kleine Pappschachtel heraus.
Er öffnete sie, blickte kurz hinein und reichte sie dann
an Denisa weiter. Und was sie darin sah, ließ sie schlucken: es war ein Stapel Fotos, fein säuberlich nach Datum sortiert. Ganz unten lag eine Aufnahme, die sie
nicht kannte. Darauf war ihre Mutter abgebildet, wie

sie Denisa im Arm hielt, die etwa ein paar Monate alt war.

„Das Bild habe ich gemacht", murmelte Theo neben ihr. Denisa war so berührt, dass ihre Hände leicht zitterten, als sie die Bilder durchblätterte. Sie waren alle auf der Rückseite mit einem Datum versehen in der Handschrift ihrer Oma.

„Wie ist Gerda gestorben?", fragte Theo auf einmal ohne eine Vorwarnung, und jetzt musste Denisa wirklich schlucken. Sie wollte nicht über Omas Tod sprechen, sie war schon aufgewühlt genug! Andererseits hatte er ein Recht, es zu erfahren.

„Sie hatte einen Schlaganfall", antwortete sie deshalb und war froh, dass er nicht weiter nachhakte. Sie betrachteten nur beide stumm die Bilder, bis schließlich von unten Konrads Stimme zu hören war: „Kommt ihr? Das Fleisch ist fertig!"

Tatsächlich zog von unten schon ein verführerischer Duft herauf. Also verstaute Theo die Schachtel wieder, und sie gingen zusammen nach unten zurück zu den anderen. Aus der Küche holte Anja noch einen Eisbeutel, mit dem Denisa ihren Fuß kühlen konnte.

Das Essen war lecker. Denisa bemerkte nun, dass sie seit dem Frühstück nichts mehr gegessen hatte. Konrad servierte ein Stück Grillfleisch nach dem anderen und kam dabei selber kaum zum Essen, bis Anja irgendwann meinte, er solle sich doch auch mal hinsetzen. Ben erzählte von seinem Studium und den Prüfungen, die er jetzt am Ende des zweiten Semesters geschrieben hatte.

„Und, wie geht es Moni?", fragte Theo und kassierte dafür einen Schubser von Anja.

„Sie haben sich doch getrennt!", zischte sie ihm zu, doch ihm schien diese Information neu zu sein, denn er hakte nach: „Wann ist das denn passiert?"

Ben warf einen flüchtigen Blick zu Denisa, als wäre ihm das Thema unangenehm und raunte dann: „Papa, wir sind schon seit einem Monat nicht mehr zusammen."

Theo nahm diese Aussage mit einem Kopfschütteln auf, sagte aber nichts mehr dazu. Stattdessen wandte er sich an Denisa und unerwartet direkt äußerte er seine Neugier, indem er fragte: „Und du? Hast du einen Freund?"

Denisa musste schmunzeln, so frech fand sie die Frage. Konrad setzte sogar noch eins drauf: „Sie könnte auch verheiratet sein."

Dabei zwinkerte er ihr zu, sodass sie auflachen musste. Sie schluckte den Bissen, den sie im Mund hatte, hinunter, tupfte mit der Serviette den Mund ab und zeigte dann kopfschüttelnd ihre ringlosen Finger hoch. Konrad zuckte mit den Schultern.

„Hätte ja sein können", meinte er und biss in sein selbstgebautes Sandwich. Kurz huschte in Denisas Gedanken das Bild von Mia hindurch, sie entschied sich aber, nichts von ihrer Freundin zu erzählen. Noch nicht. Während des restlichen Abendessens unterhielten sie sich über verschiedene Dinge. Denisas Arbeit, Anjas Gemüsebeet, Daisy, Konrads neue Kamera, die er stolz vorführte. Locker und unbefangen. Denisa war froh darüber, und sie hatte das Gefühl, dass sie damit nicht alleine war. Sogar Ben verlor etwas von seiner Zurückhaltung, als er Denisa nach ihrer Zeit an der Uni und ihren WG-Erfahrungen fragte. Sein Mitbewohner Andi und er schienen sich gut zu verstehen, jedenfalls erzählte Ben von ein paar lustigen Abenden mit ihm.

„Ich hoffe, ihr vergesst dabei das Studieren nicht", konnte Theo sich nicht verkneifen zu kommentieren. Ben verdrehte dazu nur die Augen.

Sie waren gerade mit dem Essen fertig, als sich in der Ferne am Himmel die ersten Gewitterwolken auftürmten. Zwar waren sie noch entfernt, aber die Abstände zwischen Blitz und Donner wurden zügig kürzer. Dazu kam ein Wind auf, der die Servietten über den Tisch fegte, also entschlossen sie sich abzuräumen. Daisy, die die ganze Zeit über still unter dem Tisch gelegen hatte, folgte ihnen ins Wohnzimmer. Während die Männer sich dort um den Nachtisch kümmerten, half Denisa Anja in der Küche, das Geschirr in die Spülmaschine zu räumen.

„Geht das denn mit deinem Fuß?", fragte Anja mit einer Stimme, in der ehrliche Sorge schwang.

„Es ist schon viel besser", erwiderte Denisa deshalb, auch wenn der Fuß schon noch wehtat.

Anja klappte die Spülmaschine zu, schaltete sie ein und wischte mit einem Lappen die Arbeitsfläche sauber. Ihre Bewegungen waren auf einmal langsamer als eben noch. Vom Wohnzimmer her waren die Stimmen der Männer zu hören.

„Hör' mal", sagte Anja plötzlich ganz ernst, „Theo hat mir das von deiner Oma erzählt." Sie wandte sich zu Denisa um und sah sie direkt an, als sie leise fortfuhr: „Das tut mir leid."

Denisa war so überrumpelt, dass sie beinahe vergaß, sich zu bedanken. Sie wusste nicht, worüber sie sich mehr wunderte: dass Theo seiner Frau davon erzählt hatte, oder dass die so gefühlvoll ihr Beileid aussprach. Vom Wohnzimmer her war auf einmal das Knallen eines Flaschenkorkens zu hören, und Anja schaute irritiert in die Richtung.

„Was machen sie denn jetzt?", nuschelte sie und legte den Lappen neben das Spülbecken, um dann auf den Gang und zum Wohnzimmer zu gehen. Denisa folgte ihr humpelnd.

Theo hielt eine geöffnete Flasche Sekt in der Hand. Daneben stand Ben mit dem Korken in der Hand. Als er die beiden Frauen sah, grinste er und hob abwehrend die Hände.

„Frag' nicht mich", reagierte er auf den forschenden Blick seiner Mutter. Sein Onkel war schon dabei, aus einer Vitrine Sektgläser zu holen, die Theo gleich befüllte.

„Was machst du da?", wandte Anja sich nun an ihn, doch anstatt zu antworten reichte er ihr eins der vollen Gläser und verteilte dann die anderen. Als sie sich alle im Kreis gegenüberstanden, sandte er ein fröhliches Lächeln in die Runde.

„Ich möchte mein Glas auf Denisa erheben." Er schwenkte sein Glas in ihre Richtung. „Es ist schön, dass du da bist."

Die anderen erhoben ebenfalls ihre Gläser, doch Denisa entging der flüchtige Blick nicht, den Ben und Anja sich zuwarfen. Irritiert, skeptisch, alarmiert? Denisa konnte es nicht einschätzen, und in diesem Moment wollte sie einfach nicht darüber nachdenken. Sie lächelte Theo zu, bedankte sich und prostete zurück, während sich vor den Fenstern der Gewitterregen über den Garten ergoss.

KAPITEL SIEBEN

Das Gewitter von letzter Nacht hatte einen grauen Dunstschleier in der Luft hinterlassen, aber es war am Vormittag danach deutlich milder als die letzten Tage. Denisa ließ sich Zeit mit dem Frühstück, genoss Rührei mit Brot und ein Schälchen mit frischen Früchten. Diesen Tag wollte sie ganz ruhig angehen, zumal Theo heute arbeiten musste. Er hatte ihr gestern noch von seiner freiberuflichen Tätigkeit erzählt, bei der er auch oft samstags arbeitete. Sie würden sich also frühestens am Nachmittag sehen können.

Das Wetter war so angenehm mild, dass Denisa richtig Lust bekam auf einen langen Spaziergang. In ihrem Zimmer packte sie daher dieses Mal nicht nur Geld, Handy und Sonnenbrille in ihre Handtasche, sondern auch eine Flasche Wasser. Die Sandalen ließ sie stehen, denn die rieben unangenehm an ihrer Fußsohle, wo die Biene sie gestochen hatte. Zwar war es noch gerötet, aber die Schwellung fast vollständig zurück gegangen. In den leichten Ballerinas war die Stelle kaum zu spüren. Ein Halstuch band sie sich noch um, sodass es locker über ihr Trägershirt fiel. Dann sperrte sie ihr Zimmer ab und versenkte den Schlüssel in der Hosentasche ihrer Jeans.

Die frische Luft, die sie draußen begrüßte, roch nach der Feuchte des vergangenen Regens. Denisa schlenderte dieselbe Straße hinunter wie bei ihrem ersten Spaziergang, und obwohl es schon halb elf war, wirkte alles irgendwie verschlafen. Ein paar Geschäfte hatten geschlossen, und Denisa wunderte sich darüber, bis ihr wieder einfiel, dass Samstag war. Da machte es natürlich Sinn, dass kleinere Läden nicht geöffnet hatten. Umso mehr wunderte sich Denisa, als sie das Esoterikgeschäft mit dem bunt gefüllten Schaufenster offen vorfand. Die stark geschminkte Verkäuferin lehnte am Türrahmen in einem ähnlich farbenfrohen Kleid wie beim letzten Mal, aber dieses Mal gefiel es Denisa irgendwie besser. Die Frau hatte die Augen geschlossen und das Gesicht der Sonne zugewandt, doch als sie Denisas Schritte hörte, schlug sie sie auf.

„Hallo", grüßte sie mit freundlicher Stimme und lächelte. „Schöner Tag, nicht wahr?"

Da konnte Denisa ihr nur zustimmen. Die aufgestickten Bänder auf dem bunten Kleid glitzerten herrlich in der Sonne, sodass sie ihren Blick einen Moment lang nicht abwenden konnte, so gefesselt war sie. Die Frau schien das zu bemerken, denn ihr Gesicht bekam einen fragenden Ausdruck.

„Oh, Entschuldigung! Ihr Kleid gefällt mir nur so gut", erklärte Denisa rasch. Die Frau lächelte verstehend, sah an sich herunter und witterte dann wohl ihre Chance.

„Ich habe solche Kleider im Laden. Möchten Sie mal schauen?"

Dazu machte sie eine einladende Geste, und Denisa fluchte innerlich, denn das hatte sie damit nicht erreichen wollen. Sie hatte nur beabsichtigt, ein nettes Kompliment zu machen. Andererseits konnte sie die Frau nun nicht einfach abweisen. So war sie nun mal.

„Das nicht...", stammelte sie deshalb, „aber Sie hatten letztes Mal so ein schönes Meditationskissen..."

Damit war die Verkäuferin auch zufrieden, und abermals bat sie ihre Kundin in den Laden und ging dann direkt auf das Regal zu, in dem die Kissen lagen. Denisa folgte ihr. Das schwarze Exemplar mit den schönen Bändern entdeckte sie sofort und griff danach.

„Oh ja, das ist ein schönes", ging ihr Gegenüber sofort darauf ein und erklärte ihr dann, mit welchem speziellen Material das Kissen befüllt war.

„Der Bezug ist in Indien hergestellt von einer Firma, die sich auf fairen Handel spezialisiert hat."

Das fand Denisa sehr positiv, und obwohl sie die hohe Zahl auf dem Preisschild bereits erspäht hatte, wollte sie dieses Kissen jetzt wirklich haben. Vielleicht würde es ihre Absicht, häufiger zu meditieren, irgendwie beflügeln. Die Verkäuferin plauderte munter weiter, während sie zur Kasse ging und den Betrag eintippte.

„Ich wünsche Ihnen damit viel Freude", schloss sie dann und reichte Denisa den Jutebeutel, in welchen sie das Kissen gesteckt hatte. Dazu schob sie noch eine Visitenkarte.

Als Denisa wieder auf den Gehweg trat, fühlte sie sich irgendwie beschwingt, fast wie berauscht von dem betörenden Duft der Räucherstäbchen, den sie beim letzten Mal noch als unangenehm empfunden hatte. Auch das Kissen roch intensiv danach. Sie trank einen Schluck Wasser aus ihrer Flasche, denn langsam wurde es schon wieder ordentlich heiß und schwül. Ein leckeres Eis wäre jetzt genau das Richtige, dachte Denisa und hielt Ausschau nach einer passenden Gelegenheit, um sich diesen Wunsch zu erfüllen. Eine halbe Stunde spazierte sie noch weiter durch die Straßen, bis irgendwann doch ihre Fußsohle schmerzhaft zu pochen begann. Ein Blick in ihren Schuh bestätigte ihren Verdacht: die Stelle um den Stich war wieder geschwollen, wenn auch nicht ganz so stark wie beim letzten Mal. Eine Eisdiele fand sie leider nicht, wo sie sich hätte hinsetzen und ausruhen können, nur einen Kiosk, der Eis zum Mitnehmen verkaufte. Darauf hatte sie keine Lust.

Mittlerweile war es fast zwölf Uhr und Mittagspausenzeit für die meisten Geschäfte. Deshalb und wegen der Schmerzen im Fuß beschloss Denisa, zurück zur Pension zu gehen und sich dort in den Garten zu setzen. Am Nachmittag könnte sie immer noch ein Eis essen gehen, und Frau Wormser würde ihr bestimmt eine Eisdiele oder ein Café empfehlen können.

Es dauerte eine gefühlte Ewigkeit, den Weg zurück zu humpeln. Wie plötzlich dieser stechende Schmerz zurückgekommen war! Immer wieder musste sie Pausen machen und kurz probierte sie, ob es nicht besser wäre barfuß zu gehen. Aber auch das brachte keine Linderung. Sie war gerade an der Pizzeria angelangt, als sie echt glaubte, nicht mehr weiterzukönnen. Mit der Hand hielt sie sich am Zaun fest, hinter dem die Tische und Stühle des Lokals im Garten standen. Sie waren alle leer. *Da Mario* schien noch geschlossen zu haben, aber auf einmal kam jemand durch die offenstehende Fronttür mit einem Tablett in der Hand. Es war Vittorio. Denisa duckte sich unwillkürlich und beobachtete, wie der Mann mit dem schwarzen Pferdeschwanz kleine Vasen mit Blumen auf den Tischen verteilte. Immer näher kam er an den Zaun, hob den Kopf plötzlich in Denisas Richtung, erblickte sie und schien sie zu erkennen. Ein Lächeln umspielte seine Mundwinkel.

„Ciao, Bella Denisa! Come stai?"

Was sollte das jetzt bedeuten? Sie musste ihn wohl irritiert angesehen haben, denn er grinste und fuhr auf Deutsch fort: „Wie geht es dir?"

Ah! Das war seine Frage. Auch wenn sie sie nicht verstand, gefielen Denisa die italienischen Worte. Sie deutete auf ihren Fuß, den sie aus dem Schuh gezogen hatte und antwortete: „Danke, nett, dass du fragst. Gerade nicht so gut."

Der fröhliche Ausdruck in seinen Augen wich sofort der Besorgnis.

„Was ist passiert?", erkundigte er sich fast betroffen, und Denisa war es schon peinlich, überhaupt damit angefangen zu haben. Schließlich war es echt keine große Sache, also winkte sie ab und ergänzte:

„Ach, halb so wild! Ich bin nur gestern in eine Biene getreten, das ist alles."

Vittorios ernste Miene änderte sich daraufhin jedoch kaum, und Denisa musste fast lachen, als sie sein mitfühlendes „Autsch!" vernahm.

„Wie gesagt, ist halb so wild", wiederholte sie, doch ihr Gegenüber war jetzt nicht mehr zu bremsen und bestand darauf, dass sie sich auf einen der Stühle setzte und den Fuß hochlegte. Tatsächlich war die Schwellung ausgeprägter als eben noch, und Vittorio ließ es sich nicht nehmen, in die Küche zu gehen und Eis zum Kühlen zu holen. Diese überschwängliche Fürsorge war Denisa erst unangenehm, aber als er dann mit dem Beutel Eis zurückkam und ihn ihr reichte, da tat ihr diese Geste sehr gut.

Vittorio setzte sich ihr gegenüber an den Tisch und beobachtete sie mit wachen Augen. Sein Oberkörper steckte dieses Mal nicht in einem weißen Kellnerhemd, sondern in einem schlichten roten T-Shirt. Es stand ihm irgendwie.

„Ich habe dich gestern vermisst", meinte er schließlich. Denisa musste schmunzeln, und er erwiderte ihre Mimik, aber irgendwie hatte sie das Gefühl, dass er das nicht nur im Scherz gesagt hatte.

„Ich konnte nicht hier essen, ich war eingeladen", erklärte sie, weiterhin lächelnd. Sein Grinsen blieb, aber in seinen Augen erschien etwas Ähnliches wie die Besorgnis von vorhin.

„Soso", murmelte er und verschränkte die Arme vor der Brust. War das sein Ernst? Er konnte doch nicht eifersüchtig sein!

„Bei meinem Vater", ergänzte Denisa trotzdem und legte den Eisbeutel auf den Tisch. „Deshalb bin ich hier, ich besuche meinen Vater."

Vittorio ließ diese Information sinken, legte die Arme auf den Tisch, und sein Lächeln wurde wieder offener.

„Ich habe dich noch nie vorher hier gesehen." Seine Hand griff nach dem Salzstreuer auf dem Tisch. „Und ich bin hier aufgewachsen."

Denisa verstand seine Andeutung. Klar konnte er sich darüber wundern in so einem kleinen Ort, in dem bestimmt fast jeder jeden kannte.

„Es ist das erste Mal, dass ich ihn besuche", murmelte sie, und nun hob Vittorio verwundert die Augenbrauen und beugte sich nach vorne. Eine leise innere Stimme warnte Denisa davor, hier zu offen ihr privates Leben auszubreiten, aber seine Haltung wirkte ehrlich interessiert. Also erzählte sie diesem Fremden ihre Geschichte. Knapp, aber ohne etwas Wesentliches auszulassen, und er hörte zu, ohne sie zu unterbrechen. Als sie fertig war, lehnte er sich zurück und blies die Luft geräuschvoll aus.

„Das muss krass sein, ihn jetzt kennenzulernen!", meinte er dann, und Denisa konnte nur zustimmend nicken. Auch wenn es im Großen und Ganzen bis jetzt gut gelaufen war mit Theo und seiner Familie, so waren die letzten Tage doch eine außergewöhnliche Erfahrung gewesen für sie. Und sie konnte sich nicht wirklich vorstellen, wie es weitergehen sollte, hatte sich aber vorgenommen, es auf sich zukommen zu lassen.

Vittorio streckte die Arme nach oben und reckte sich.

„Wenn ich mir vorstelle, ich würde meinen Vater erst jetzt kennenlernen, mit seinen Marotten. Ich würde schreiend weglaufen!", sagte er scherzhaft, und Denisa verstand, dass er die Situation auflockern wollte. Sie war ihm dankbar dafür, griff nach dem mittlerweile nur noch mäßig kühlen Eisbeutel und legte ihn erneut auf ihre Fußsohle.

„Wo wohnt dein Vater denn?", fragte sie, um auf sein Smalltalk-Angebot einzugehen. Er deutete auf das erste Stockwerk des Hauses, in dem sich die Pizzeria befand.

„Da oben, und das auch schon sein ganzes Leben. Mein Opa hat das Restaurant 1952 eröffnet."

Jetzt war Denisa verblüfft. „Mario ist dein Großvater?", fragte sie, sich nach vorne lehnend. Vittorio nickte schmunzelnd: „So schaut's aus."

Denisa lehnte sich zurück an die Rückenlehne, legte den Eisbeutel auf den Boden und wischte sich ihre feuchten Hände an der Jeans ab.

„Eine lange Familientradition", gab sie anerkennend zurück, „und du führst sie fort."

Vittorio ließ seine Arme zurück auf den Tisch sinken und betrachtete Denisa kurz, dann schüttelte er den Kopf.

„Nein, wahrscheinlich nicht. Ich bin nur hier, weil ich Semesterferien habe", sorgte er für Klarheit. „Ich studiere Architektur."

Auf einmal richtete er sich unvermittelt auf, so als hätte er etwas vergessen und fragte: „Sag' mal, willst du was trinken?"

Tatsächlich hatte Denisa schon wieder großen Durst, also meinte sie, dass ein Glas Wasser super wäre. Er stand sofort auf und kehrte keine Minute später mit einer Flasche Wasser und einem Glas zurück. In der anderen Hand hielt er gekonnt eine offene halbvolle Flasche Wein und zwei Weingläser. Er stellte alles auf den Tisch, schenkte erst Wasser ein, dann verteilte er den Wein auf die beiden Gläser, die ziemlich voll wurden. Er wartete, bis Denisa das Glas Wasser geleert hatte und setzte sich dann wieder ihr gegenüber. Als er das eine Weinglas direkt vor sie schob, machte sie unwillkürlich eine abwehrende Handbewegung.

„Oh, wenn ich das jetzt trinke, dann liege ich gleich unterm Tisch", folgten ihre Worte.

„Das macht nichts", zwinkerte er ihr zu, ging dann aber zurück ins Restaurant, um kurz darauf mit einem Teller voller Antipasti zurückzukommen.

„Prego", sagte er und stellte ihn auf den Tisch zwischen sie beide. Kurz hatte Denisa ein schlechtes Gewissen, sich hier so einladen zu lassen, aber als Vittorio wie selbstverständlich anfing, von dem Teller zu mampfen, da verlor sie dieses Gefühl. Seine Nähe hatte so etwas Ungezwungenes.

„Architektur also?", fragte sie, während sie sich nach einem Happen gebackener Paprika die Finger ableckte. Vittorio nickte schmatzend.

„Das hat mich schon immer fasziniert, als Kind schon." Er deutete in eine Richtung. „Ungefähr zwanzig Kilometer von hier steht eine Burg. Es ist mehr eine Ruine, aber eine gut erhaltene. Als Junge hat sie mich schon unglaublich beeindruckt mit diesen dicken Mauern und hohen Fensterbögen."

Denisa musste lächeln, als sie sich diesen Mann als Jungen vorzustellen versuchte. „Und deswegen wolltest du selber Burgen bauen?", hakte sie nach. Vittorio erwiderte ihr Lächeln mit einem langsamen Nicken. „So ungefähr", meinte er und hob sein Glas zum Toast.

Auf einmal öffnete sich über dem Restaurant ein Fenster und ein Mann mittleren Alters streckte den Kopf heraus. Er trug ein Unterhemd.

„Vittorio!", rief er und schien dann erst zu bemerken, dass dieser nicht alleine war, denn er hob kurz die Hand zum Gruß.

„Si, Babbo?", rief Vittorio zurück, und dann folgten ein paar italienische Worte aus dem Fenster, die Denisa nicht verstand und die der Angesprochene wortlos zur Kenntnis nahm. Das Fenster wurde wieder geschlossen, und Vittorio nahm noch einen großen Schluck aus seinem Weinglas.

„Ich muss das Lager vorbereiten. Der Getränkelieferant kommt gleich", erklärte er dann auf Denisas fragenden Blick hin. Sie trank ebenfalls noch einen Schluck Wein, auch um das Glas zügig zu leeren und ihn nicht aufzuhalten. Vittorio schien es jedoch nicht allzu eilig zu haben, denn er fischte die letzten Antipasti vom Teller und schob sie sich in den Mund.

„Ich könnte sie dir zeigen", sagte er dann unvermittelt und löste bei Denisa erneut einen fragenden Blick aus.

„Die Burg, wir könnten zusammen hinfahren."

Denisa war für einen Moment zu überrumpelt, um zu antworten. Sollte das ein Date werden? Sie spürte plötzlich irritiert, wie ihr Herz schneller pochte.

„Ähm...ich weiß nicht... ich muss schauen wegen meinem Vater..." Sie ärgerte sich über ihr Gestammel. Vittorio jedoch lächelte sie ruhig an.

„Hey, ist okay. Gib mir einfach Bescheid, wenn du Zeit hast."

Damit erhob er sich und griff nach der leeren Weinflasche und seinem Glas. Er holte eine Visitenkarte aus seiner Hosentasche und legte sie vor Denisa auf den Tisch. Dann machte er eine Kopfbewegung in Richtung Lokal.

„Du, ich muss", sagte er nur.

Denisa nickte schnell. „Ja, natürlich, danke." Dabei hob sie das Glas ein wenig an.

„Bis bald." Er zwinkerte ihr ein letztes Mal zu, wandte sich dann um und ging ins Haus.

Zurück blieb Denisa. Durcheinander, aber auf eine angenehme Weise. Ihre Hände waren feucht. Als sie die Visitenkarte hochhob, entdeckte sie, dass Vittorio auf die Rückseite mit Handschrift seine Handynummer notiert hatte.

KAPITEL ACHT

Zurück in der Pension ließ Denisa sich auf das Bett sinken und schloss die Augen für einen Moment. Unglaublich schwül war es schon wieder, so, als hätte sich davon kein Bisschen abgeregnet letzte Nacht. Ihre Ballerinas streifte Denisa im Liegen ab und ließ sie auf den Boden fallen. Dann kramte sie in der Handtasche nach ihrem Handy. Halb zwei war es mittlerweile, und sie hatte noch keine Nachricht von ihrem Vater, dabei hatten sie ausgemacht, er würde vormittags Bescheid geben, ab wann er Zeit hatte. Aber vielleicht war ihm etwas Unerwartetes dazwischen gekommen. Zum Glück hatten sie gestern Abend noch alle Telefonnummern ausgetauscht, bevor sie sich voneinander verabschiedet hatten. So gut gelaunt, ja fast übermütig war Theo gestern gewesen, und nach dem Glas Sekt hatte Denisa sich gerne davon anstecken lassen. Die gute Laune war geblieben, trotz der Schmerzen in ihrem Fuß. Denisa drehte sich auf den Rücken und winkelte ihr Bein an, um den Bienenstich zu betrachten. Die Stelle an ihrer Fußsohle war immer noch geschwollen, aber Vittorios Eisbeutel hatte gut geholfen. Sofort tauchte in ihrem Kopf das Gesicht des netten Kellners auf. Moment, er war ja eigentlich kein Kellner, rief sie sich ins Gedächtnis. Er studierte Architektur, und das gefiel Denisa.

Ihr Blick schweifte zur Seite neben das Bett, wo sie den Beutel aus dem Esoterikladen abgelegt hatte. Nun griff sie danach und ließ das runde Kissen neben sich auf das Bett rollen. Der intensive Duft von Räucherstäbchen strömte sofort in ihre Nase, und die Verzierungen auf dem Kissen schillerten schön im Licht. Versonnen betrachtete Denisa sie eine Weile, dann schloss sie die Augen. Die Hitze hatte ihren Körper eingenommen und müde gemacht. Eine Hand auf dem neuen Kissen döste sie immer wieder ein, wurde zwischendurch wach und döste dann weiter. Ihr Handy blieb stumm.

Etwa zwei Stunden verbrachte sie in diesem Dämmerzstand, bis sie so dringend zur Toilette musste, dass sie sich hochrappelte und ins Badezimmer torkelte. Wieder zurück am Bett sah sie erneut auf ihr Handy. Schon fast vier Uhr und immer noch keine Nachricht von Theo. Mittlerweile fand Denisa das wirklich seltsam. Hatte sie ihm wirklich ihre richtige Handynummer gegeben? Auf einmal überkamen sie Zweifel, denn es wäre nicht das erste Mal, dass sie beim Diktieren zwei Ziffern vertauscht hatte. Nach kurzem Hin- und Her-Überlegen beschloss sie, nicht mehr länger zu warten. Sie öffnete eine leere Textnachricht und tippte:

Hallo Theo, gestern war es echt schön bei euch! Vielen Dank für die Einladung! Weißt du schon, wann du Zeit hast?
VG, Denisa

Ein kurzes Innehalten noch, dann schickte sie die Nachricht ab, und die Rückmeldung, dass sie auch zugestellt wurde, kam nur eine halbe Minute später. Nun konnte Denisa wieder nur warten.

Einer plötzlichen Eingebung folgend griff sie nach ihrem neuen Kissen und nahm es vom Bett auf. Das Preisschild baumelte noch an einem dünnen Bändchen, also riss Denisa es behutsam ab. Dann legte sie das Kissen vor das Bett und hockte sich vorsichtig darauf, die Beine rechts und links abgewinkelt, um es einzuweihen. Was sprach dagegen? Sie hatte Zeit, und es gab sonst nichts zu tun. Und schließlich sollte dieser Kauf ja der Umsetzung ihres Vorhabens dienen. Das Sitzen darauf war wirklich angenehm, da es genau die richtige Höhe hatte. Denisa straffte ihren Rücken und schloss die Augen.

Nur wahrnehmen, nicht denken, alles vorbeiziehen lassen, alles ist unwichtig...

Die Worte aus dem Meditationsratgeber wirbelten in ihrem Kopf umher, und Denisa versuchte, sich daran zu orientieren. Sie versuchte, die Hitze einfach nur zu spüren und dann zu ignorieren, genauso wie das Jucken auf ihrer Kopfhaut. Was man alles wahrnahm wenn man so still saß! Das Gurgeln im Bauch, den Geruch des Kissens, die Konturen ihrer Wirbelsäule, die Denisa irgendwie ganz krumm vorkam in diesem Moment. Je länger sie still saß, desto seltsamer fühlte sich ihr ganzer Körper an. Schief, kribbelnd und schwer. Immer wieder musste sie sich zum aufrechten Sitzen ermahnen.

Irgendwann bewegte sie mit einem Seufzen ihr rechtes Bein, das ihr beinahe eingeschlafen war. In der Theorie war Meditation so simpel beschrieben, aber in der Praxis fand Denisa sie unglaublich schwer. Vor allem, ihre Gedanken zum Schweigen zu bringen, erschien ihr absolut unmöglich. Wer konnte das überhaupt schaffen? Und wie bewerkstelligte man es, die Gedanken, wenn sie schon kamen, nicht festzuhalten, sondern weiterziehen zu lassen?

Denisa war es ein Rätsel, und sie konnte sich nicht vorstellen, wie das gehen sollte. Aber als sie jetzt die Augen öffnete, fühlte sie sich doch irgendwie erfrischt. Wenn das auch nur das einzige Ergebnis war, so war es ja immerhin etwas. Sie reckte ihre Glieder und stand langsam vom Boden auf. Das Kissen ließ sie einfach vor dem Bett liegen. Ein Blick aufs Handy: immer noch keine Nachricht und gleich halb fünf!

Denisa seufzte erneut. Was sollte sie jetzt machen? Das Wetter draußen war leicht bewölkt aber dennoch immer wieder von Sonnenstrahlen durchsetzt. Sollte sie noch einmal rausgehen? Spazieren? Ein Eis essen?

Der Gedanke an etwas Süßes reizte sie zwar, aber das Pochen in ihrem Fuß erinnerte sie an den strapaziösen Rückweg von vorhin. Auf diese Schmerzen hatte sie jetzt echt keine Lust! Sie griff nach dem Kekskarton, der auf ihrem Nachtschränkchen stand und ließ sich damit aufs Bett rollen. Diese Schokokekse würden den Zweck auch erfüllen. Und weil sie keine Lust zum Lesen hatte, zappte Denisa ziellos durch das Programm des alten Röhrenfernsehers. Wie erwartet kam um diese Zeit nichts besonders Anspruchsvolles. Das Beste war noch eine Reisesendung, in der es um Grönland ging. Weite Wälder wurden gezeigt und endlose schneebedeckte Landschaft, die Denisa nicht besonders reizte, denn die warmen Jahreszeiten waren ihr allemal lieber trotz der momentanen Hitze. Gerade war sie drauf und dran umzuschalten, als der Moderator eine einheimische Biologin traf, um sie zum Tierleben unter dem Eis zu interviewen. Nicht, dass Denisa sich dafür brennend interessiert hätte, aber diese Biologin hatte etwas an sich, was sie dennoch am Wegzappen hinderte. Sie war schlank, soweit das unter dem dicken Daunenmantel, den sie trug, zu erahnen war. Ihre Beine steckten in hochschaftigen Stiefeln, und auf dem Kopf trug sie eine Wollmütze, unter der lange dunkle Haare hervorschauten. Ponysträhnen lugten unter dem Rand der Mütze hervor in ihr schlankes Gesicht mit hohen Wangenknochen. Am eindrucksvollsten fand Denisa jedoch ihre grünen Augen und diesen Blick: sachlich, während die Biologin die Fragen des Interviewers beantwortete, und doch irgendwie geheimnisvoll, wenn sie direkt in die Kamera blickte. Denisa ertappte sich bei der Frage, was diese Frau wohl unter ihrem Mantel trug. Pullover? Bluse? Etwas mit Ausschnitt oder Kragen? Und ließen sich darunter die Rundungen ihrer Brüste und ihrer Taille erahnen? Denisa stellte sie sich wunderbar geformt vor, perfekt zum Betrachten und Berühren…

Es war nicht das erste Mal, dass sie solche Gedanken überkamen. Die Freundschaft zu Mia hatte ihr die Augen nicht nur für neue Ansichten geöffnet, sondern auch für die weibliche Schönheit. Denisa konnte nicht leugnen, dass sie immer wieder Frauen sah, die sie attraktiv fand, und dann erinnerte sie sich an die intimen Momente mit Mia, diese neue Lust, die ihr bis dahin völlig unbekannt gewesen war. Würde sie das auch mit anderen Frauen erleben wollen? Denisa war sich nicht sicher. Vielleicht war ihre Geschichte mit Mia auch einmalig gewesen, denn sie hatte unbestreitbar etwas Besonderes an sich.

In Denisas Bauch begann es beim nächsten Gedanken plötzlich zu kribbeln. Und Vittorio? Schlagartig fiel ihr seine Einladung zur Burg wieder ein. Und auch seine freundliche Art davor, die ihr sehr wohlgetan hatte, aber das war nicht alles daran. Zu diesem Gefühl der Sympathie hatte sich seit dem ersten Kennenlernen noch etwas anderes gesellt: eine unbestimmte Aufregung, die sie bis tief in ihr Innerstes spürte. Wann hatte sie das letzte Mal in der Gegenwart eines Mannes Herzklopfen bekommen, also, mal abgesehen von ihrem Vater?

Denisa schaltete den Fernseher aus und legte die Fernbedienung auf den Nachtkasten. Eigentlich hatte sie zur Zeit etwas Wichtigeres zu erledigen, als sich auf ein Date einladen zu lassen. Schließlich war sie hier, um Theo kennenzulernen! Ein weiterer Blick auf ihr Handy bestätigte ihr jedoch, dass der sich immer noch nicht zurückgemeldet hatte. Was war los?

Frustriert warf sie das Handy neben sich aufs Bett. Attraktiv war Vittorio durchaus, schoss es ihr durch den Kopf. Mit seinen langen schwarzen Haaren war er nicht das, was sie bisher als ihren Typ bezeichnet hätte. Ihr Exfreund David war blond und kurzhaarig gewesen und von drahtiger Statur. Aber andererseits… wer entsprach überhaupt ihrem Typ? Mia? War es möglich, dass Denisa beides lieben konnte: die Stärke eines Mannes und die weibliche Schönheit? Sie konnte es sich zumindest vorstellen. Überhaupt hielt sie mittlerweile sehr viel mehr Dinge für möglich als vor Omas Tod.

Aber war es möglich, dass ihr Vater sie nicht mehr sehen wollte nach dem gestrigen Abend? Nein, das wollte Denisa nicht glauben! Eine Viertelstunde noch wälzte sie sich auf dem Bett hin und her, dann nahm sie ihr Handy und wählte Theos Nummer. Es klingelte eine gefühlte Ewigkeit, und als endlich ein Klicken zu hören war, da war es nur die Mailbox. Enttäuscht legte Denisa auf, ohne eine Nachricht zu hinterlassen. Sie wollte mit ihm persönlich sprechen, denn eine Nachricht hatte sie ja schon geschrieben.

Natürlich hatte sie auch die Festnetznummer der Familie Lechner, aber so wie eben tutete es auch hier ewig, sodass Denisa schon drauf und dran war wieder aufzulegen, als plötzlich doch jemand den Anruf annahm.

„Ja?" Es war Ben. Er klang ziemlich außer Puste, und Denisa fragte sich unweigerlich, wobei sie ihn gestört hatte.

„Hallo, hier ist Denisa", antwortete sie und hörte ihn am anderen Ende schnaufen. Dann sagte er: „Oh, hallo." Es wirkte auf Denisa nicht allzu erfreut. Eine Pause entstand, und sie überlegte, ob sie kurz mit ihrem Bruder plaudern sollte, zum Beispiel über den Grillabend. Sein Schnaufen jedoch wirkte so unentspannt auf sie, dass sie sich schließlich nur schlicht erkundigte: „Kann ich mit Theo sprechen?" Wieder eine Pause. Wieder nur sein geräuschvolles Atmen. Wieso sagte er nichts?

„Oder ist er nicht da?", fügte sie hinzu, um endlich eine Antwort zu bekommen und schob gleich hinterher: „Ich habe mich nur gewundert, dass er nicht ans Handy geht."

Auch jetzt ließ Ben sich Zeit mit der Antwort, und Denisa war kurz davor, ihren Unmut kundzutun, als sie endlich doch wieder seine Stimme vernahm:

„Er ist da, aber ich kann ihn gerade nicht stören. Probier es doch in ein paar Tagen wieder."

In ein paar Tagen? Was sollte das jetzt heißen? War ihr Vater wirklich so lange nicht verfügbar, oder wollte Ben sie fernhalten? Dieser letzte Gedanke erfüllte Denisa unweigerlich mit Wut.

„Arbeitet er noch?", startete sie einen letzten Versuch, eine Erklärung zu bekommen. Bens Stimme klang nun echt genervt, als er knapp antwortete: „So etwas in der Art."

So etwas in der Art? Ging es noch ungenauer? Denisa bemühte sich, möglichst ruhig „Ah, okay" zu sagen. Sie wollte sich hier vor Ben keine Blöße geben, indem sie ihren Emotionen freien Lauf ließ! In sich drin spürte sie tiefe Verwirrung und eine ordentliche Portion Wut. Was war, verdammt nochmal, los? Sie hatte sich die Annäherung gestern doch nicht nur eingebildet! Oder doch? So knapp, wie Ben sich jetzt mit „Bis dann" verabschiedete, fühlte sie sich richtiggehend abserviert, sodass sie nach dem Auflegen das Handy neben sich aufs Bett pfefferte.

‚Wenn ihr mich nicht wollt...!', dachte sie trotzig. Dann würde sie ihre Zeit eben mit jemandem verbringen, der ihre Gegenwart zu schätzen wusste! Sie würde die nächsten Tage nicht alleine in der Pension herumhängen! Mit zwei Fingern suchte sie in ihrer Handtasche nach der Visitenkarte, die Vittorio ihr zuvor gegeben hatte, und ohne ihren Gedanken Zeit für Zweifel zu geben, tippte sie die Ziffern in ihr Handy. Dann machte sie eben einen Ausflug zu einer unbekannten Burg. Sie brauchte die Lechners nicht!

Keine dreimal klingelte es, bis Vittorio sich meldete, und Denisa erkannte sein „Pronto?" sofort.

„Hallo?", sagte sie, ohne eine lange Begrüßung abzuwarten. „Hier ist Denisa. Morgen hätte ich Zeit."

Kapitel neun

Denisa war zu früh dran. Eigentlich hatten sie zehn Uhr vereinbart, aber bis sie die paar Meter zu *Da Mario* gefahren war, zeigte ihr Handy gerade einmal neun Uhr fünfzig an. Heute war der Himmel stellenweise bewölkt, was jedoch keine Pause von der Hitze schenkte. Im Gegenteil: dunstig war es jetzt schon und versprach, ein richtig schwüler Tag zu werden.

Sie parkte das Auto am Straßenrand neben dem Zaun des Lokals, stieg aus und ging langsam auf dem Bürgersteig auf und ab, wobei sie sich dabei ertappte, wie ihre Hand immer wieder durch die Haare fuhr. Vielleicht hatte Vittorio sie vom Haus aus gesehen, denn keine zwei Minuten nach ihrer Ankunft erschien er in der Eingangstür. In der Hand hielt er eine breite Tasche.

„Wie geht es deinem Fuß?", erkundigte er sich, nachdem er Denisa begrüßt hatte.

„Schon viel besser", antwortete sie, und das stimmte. Die Schwellung war fast vollständig zurückgegangen.

„Wir werden auch nicht viel laufen", sagte Vittorio mit einem angenehmen Lächeln.

Er trug eine lange leichte Hose aus hellem Stoff, dazu Sandalen und ein schwarzes Poloshirt. Seine Arme wirkten darin noch gebräunter als in der Kellneruniform. Er hob seine Tasche an. „Wegzehrung", kommentierte er nur. „Andiamo?" Dazu machte er eine Geste auf Denisas Auto, und sie nickte und schloss per Klick am Schlüssel die Türen auf. Die Tasche stellte Vittorio wie selbstverständlich auf die Rückbank und setzte sich dann auf den Beifahrersitz.

Als sie losfuhren, deutete er nach vorne und sagte: „Erstmal einfach der Straße folgen. Ich sage dir dann, wann wir abbiegen müssen."

Er schien kein Problem damit zu haben, nicht selbst zu fahren. Lässig hockte er in dem Sitz, den rechten Arm vor dem Seitenfenster aufgestützt. Seine offenen Haare flatterten im Luftzug, der durch das halboffene Fenster hereinzog. Immer wieder schielte Denisa beim Fahren zu ihm hinüber und befolgte brav seine Anweisungen.

„Hast du kein Auto?", siegte schließlich ihre Neugier. Ihr Begleiter schüttelte den Kopf.

„Das habe ich verkauft, als ich zu Studieren angefangen habe." Und als hätte er ihre nächste Frage erahnt, fuhr er fort: „Ich habe vor zwei Jahren mit Architektur angefangen. Davor wusste ich ewig nicht, was ich machen soll mit meinem Leben. Das hat meinen Vater fast in den Wahnsinn getrieben." Er lachte kurz auf. „Eine Zeitlang habe ich wirklich gedacht, ich würde das Lokal übernehmen."

Soviel also zur Familientradition. Vittorio nahm den Arm vom Fenster, strich sich die Haare aus dem Gesicht, die der Wind nach vorne geweht hatte, und lehnte sich im Sitz zurück. Denisa spürte seinen Blick auf sich.

„Was machst du beruflich, Bella?", fragte er. Denisa musste schmunzeln, weil er sie schon wieder ‚Bella' genannt hatte. Ein bisschen kitschig war das ja schon, aber irgendwie auch schön.

„Ich bin Lektorin in einem kleinen Verlag. Wir machen hauptsächlich Lehrmaterial für geistig behinderte Schüler." Vittorio zog eine Augenbraue hoch.

„Nicht schlecht! Was muss man studiert haben, um so etwas zu machen?"

Denisa musste über seinen faszinierten Ausdruck lächeln. Dann holte sie zu ihrer Erklärung aus: „Ich habe Linguistik und Sonderschulpädagogik studiert. Zwei

Jahre habe ich in einer Förderschule gearbeitet, aber das hat mir nicht so gut gefallen."

Jetzt beugte Vittorio sich wieder nach vorne, kniff kurz die Augen zusammen und deutete dann mit einer Kopfbewegung an, dass Denisa abbiegen musste.

„Da vorne müssen wir links", sagte er und deutete auf eine Straße, die von der Landstraße abging. Tatsächlich zierte den Straßenrand an der Ecke schon ein kleines braunes Schild, auf dem der Umriss einer Burg abgebildet war. Denisa folgte der Straße, die sich mit leichter Steigung durch die Landschaft schlängelte.

„Warum?", fragte Vittorio unvermittelt, und Denisa schaute fragend zu ihm hinüber, sodass er seine Frage präzisierte: „Warum hat es dir in dieser Schule nicht gefallen?"

Ach, das meinte er.

„Hm… es war dort nicht wirklich schlecht", fing sie zögerlich an, „ich bin nur mit meiner Chefin gar nicht zurecht gekommen." Aber das war nicht der einzige Grund und sie überlegte, wie sie den anderen erklären sollte.

„Weißt du, ich habe in den beiden Jahren angefangen, dieses ganze Schulkonzept in Frage zu stellen." Sie warf einen kurzen Blick zu Vittorio und stellte fest, dass er sie aufmerksam betrachtete.

„Ich hatte das Gefühl", fuhr sie fort, „dass die Kinder dort gar nicht richtig auf ein Leben in unserer Gesellschaft vorbereitet werden. Es wird fest davon ausgegangen, dass sie später eh alle in Einrichtungen leben. Einen normalen Beruf werden die wenigsten von ihnen ausüben, auch wenn sie dazu mit Unterstützung in der Lage wären."

Denisa verlangsamte ihre Fahrt ein wenig, da die Straße nun holpriger und schmaler wurde. Sie wollte bremsbereit sein, falls Gegenverkehr kam. „Ich fand das sehr frustrierend", fuhr sie fort. „Der Verlag, bei dem ich jetzt bin, konzipiert Unterrichtsmaterialien, die sich am allgemeinen Lehrplan orientieren." Sie sah zu Vittorio und konnte ein begeistertes Lächeln nicht unterdrücken, denn sie brannte für dieses Konzept.

„Die können also auch mit eingeschränkten Kindern verwendet werden, die in Regelschulen gehen", beendete sie ihre Beschreibung.

Vittorio nickte verstehend. „Das klingt nach einer guten Sache", kommentierte er, „wobei ich dich mir auch gut als Lehrerin vorstellen könnte." Dieser letzte Satz war begleitet von einem breiten Grinsen.

Die Straße führte durch ein kleines Wäldchen und dann zu einer Lichtung, von wo aus man in einigen Metern Entfernung auf einer Anhöhe die Burgmauern sehen konnte. Davor stand ein großes braunes Schild, auf dem die Geschichte der Burg, oder besser der Burgruine beschrieben war. Als sie angekommen waren, parkte Denisa am Rand der Straße, die nunmehr fast nur noch als Weg zu bezeichnen war, und schaltete den Motor aus. Von hier aus waren tatsächlich nur ein paar nicht allzu hohe Mauerreste mit Fensteröffnungen zu sehen. Zwei Türme, oder genauer gesagt ihre Überreste befanden sich zu beiden Seiten der Frontmauer.

„Die ist ja nicht besonders groß", entfuhr es Denisa, und sie wollte auflachen, unterdrückte es aber gerade noch, als sie Vittorios Gesichtsausdruck sah. Seine Augen trugen so etwas wie einen Ausdruck der Kränkung in sich.

„Auf die Größe kommt es nicht an", sagte er mit überraschendem Ernst und stieg aus. Denisa folgte seinem Beispiel. Vittorio stand einen Moment neben dem Wagen und schaute hoch zu der Burg. Dann wandte er sich zur Seite, holte die Tasche von der Rückbank und ging voraus. Denisa schloss das Auto ab und beeilte sich, ihm zu folgen. Es ging einige Meter mehr oder weniger steil aufwärts, sodass sie richtig außer Puste war, als sie oben vor der ersten Mauer ankamen. Vittorio half ihr, über diese Steine zu klettern und so zu der eigentlichen Burgmauer zu gelangen. Dort führte ein kleiner Pfad entlang der Mauer bis zu einem Aussichtspunkt, von wo man weit über die Landschaft blicken konnte. Weite Wiesen, Felder und hier und da ein Stückchen Wald. Der nächste Ort war nur in der Ferne auszumachen. Vittorio blieb stehen und wischte sich mit dem Handrücken über die Stirn. Er wandte sich zu Denisa um, lächelte und schüttelte seinen Kopf, sodass seine offenen Haare umherflogen.

„Alles okay bei dir?", fragte er, während er seine Haare zusammenraffte und mit einem Haargummi zusammenband. Denisa nickte zustimmend und beneidete ihn um den Gummi, denn auch sie hätte ihre Haare gerne hochgebunden, so heiß war ihr. Vittorio atmete ein paarmal tief durch, die Hände in die Hüften gestemmt.

„Riechst du die Jahrhunderte?" Er strich mit der Hand über die Mauer. „Diese Steine stehen seit fast siebenhundert Jahren hier. Aus kaum etwas anderem als Stein kann man so etwas Dauerhaftes schaffen."

Da hatte er Recht, und so langsam konnte Denisa seine Faszination nachvollziehen. Auch sie berührte mit den Fingerspitzen die alten Steine, die sich angenehm kühl anfühlten. Vittorio führte sie an der Mauer entlang aufwärts über Gras und uralte Treppenstufen, bis sie schließlich zu einer Öffnung kamen. Hier konnte man erst richtig erkennen, wie dick der Steinwall wirklich war. Vittorio warf seine Tasche durch das Loch, stieg dann mit einem großen Schritt über die Mauerbrocken am Boden und reichte Denisa dann die Hand, um ihr abermals zu helfen. Als nächstes standen sie in einer Art Innenhof, umgeben von hohem Gemäuer, in dem es erstaunlich kühl war. Eine willkommene Erfrischung! Zielsicher ging Vittorio auf eine Steingruppe zu, die

mit einigem Moos bewachsen war. So trocken wie es
war, bot es sich als Sitzpolster richtiggehend an. Die Tasche ließ Vittorio auf den Boden plumpsen, dann setzte
er sich und schüttelte seine Sandalen von den Füßen.
Mit der Hand klopfte er neben sich auf das Moos und
blickte seine Begleiterin von unten an.

„Komm, setz' dich", lud er sie ein, was sie gerne tat,
denn das Moos war weich und der Stein darunter kühl.
Die Wasserflasche, die Vittorio dann aus der Tasche holte und ihr reichte, strahlte ebenfalls erstaunliche Kälte
aus. Denisa konnte es kaum erwarten, das klare Wasser
in ihren Mund laufen zu lassen, während Vittorio sie
mit amüsiertem Ausdruck beobachtete.

„Besser?", fragte er, nachdem sie ihm die Flasche zu-
rückgegeben, sich bedankt und mit einem wohligen
Stöhnen gestreckt hatte. Ihr fiel auf, wie seine dunklen
Augen sie versonnen musterten. Er trank auch einen
Schluck, verschloss dann die Flasche und lehnte sie zu
seinen Füßen gegen den Stein.

Dann öffnete er die große Tasche weit und holte einige
Dosen und Tüten heraus, die er am Boden und neben
sich auf dem Stein ausbreitete. Einen Kunststoffteller
reichte er Denisa, sowie Messer und Gabel.

„Ich hoffe, du hast dich an meine Anweisung gehalten",
kommentierte er sein Tun. Um sieben Uhr in der Frühe hatte er ihr heute eine SMS geschrieben mit dem
Auftrag, wenn überhaupt nur ganz wenig zu frühstücken. Also war Denisa lange im Bett liegen geblieben und hatte nur den letzten Keks aus ihrer mitgebrachten Packung geknabbert. Und nun war sie froh
darüber, denn als Vittorio die erste Tüte öffnete und
ein großes duftendes Ciabattabrot hervorzog, lief ihr
augenblicklich das Wasser im Mund zusammen. Und
auch beim Anblick, der sich ihr bot, als er daraufhin
eine Dose nach der anderen öffnete, in denen Antipasti, Oliven, Schinken, Frischkäse, süßer Aufstrich und

geschnittenes Obst herrlich angerichtet war. Mit einer einfachen Geste lud Vittorio seine Begleitung ein, sich zu bedienen, nachdem er ihr ein großes Stück von dem Brot aufgeschnitten und gegeben hatte. Immer wieder reichte er ihr einen besonders guten Happen mit seiner Gabel oder ließ sie von seinem Brot abbeißen, das er mit Frischkäse bestrichen hatte.

„Das ist eine besondere Kreation meines Vaters", meinte er dazu und beobachtete ihre Reaktion. Und tatsächlich schmeckte der Bissen, den Denisa probierte, absolut köstlich. Zitronig mit einer leichten Note Salbei. Das war es zumindest, was Vittorio dazu sagen konnte.

„Verrät dein Vater dir seine Rezepte denn nicht?", fragte Denisa erstaunt. Vittorio ließ seinen Blick über die gegenüberliegende Mauer schweifen.

„Das würde er wohl gerne", erwiderte er dann. „Aber ich muss sagen, ich bin nicht sonderlich begabt in der Küche." Er schmunzelte und stopfte sich dann den Rest des Brotes in den Mund.

„Was nicht heißt, dass ich nicht gerne esse", schob er grinsend hinterher, und Denisa konnte sich dem nur anschließen. Es schmeckte wirklich alles ausnahmslos köstlich, sodass sie sich mehr als einmal die Finger ableckte!

„Du wirst eben Architekt", sagte sie sinnierend, während sie ihren Teller auf den Knien ruhen ließ und ihren Gastgeber anschaute. „Was würdest du denn gerne bauen?"

Vittorio kaute langsam einen Bissen Brot und schien zu überlegen. „Ich würde natürlich gerne etwas ganz Außergewöhnliches entwerfen. So etwas wie die Oper in Sydney." Er blickte zu Denisa, und sie signalisierte durch ein Nicken, dass sie wusste wovon er sprach. Dann machte er eine wegwerfende Handbewegung und streckte seinen Rücken durch.

„Ach, das wollen bestimmt alle meine Studienkollegen auch: etwas Einmaliges schaffen, was am besten noch die Jahrhunderte überdauert. Aber das Alltagsgeschäft sind Wohn- und Bürogebäude, die werden ja am meisten gebraucht. Da sind auch gute Ideen gefragt." Er streckte sich erneut. „Jetzt muss ich erst einmal das Studium schaffen", beschloss er dann das Thema und fragte ohne Überleitung: „Und, wie läuft es mit deinem Vater?"

Diese Wendung des Gesprächs überrumpelte Denisa, auch wenn die Frage natürlich nahelag. Wie lief es mit Theo? So spontan konnte sie das gar nicht beantworten. Klar, der Grillabend mit seiner Familie war ein besserer Start gewesen als erwartet, aber die Unsicherheit darüber, was jetzt los war, die belastete sie schon sehr, wie sie jetzt feststellte. Sie musste wohl ein betretenes Gesicht gemacht haben, während sie Vittorio die Antwort schuldig blieb, denn auf einmal spürte sie seine Hand, die ihr Kinn sanft berührte und ihren Kopf zu ihm drehte.

„Hey, was ist los?", fragte er, und sein Ausdruck trug wieder diese Besorgnis vom Vortag in sich. Irgendwie tat Denisa das gut, und sie antwortete:

„Ich weiß es auch nicht. Eigentlich lief es ganz gut, aber jetzt meldet er sich gar nicht mehr, und ich verstehe nicht warum." Und dann erzählte sie ihm von dem Grillabend und dem Telefonat mit Ben, ihrem Halbbruder. Vittorio sagte nichts dazu, auch nicht, als sie mit ihrer Erzählung geendet hatte. Er hielt nur ihre Hand die ganze Zeit über, auch während sie eine Weile schwiegen. Denisa spürte auf einmal das Verlangen, ihren Kopf an seine Schulter zu legen, aber gerade als sie kurz davor war es zu tun, drückte Vittorio ihre Hand und sagte:

„Komm, ich zeige dir etwas." Er erhob sich und zog Denisa an der Hand mit hoch. Die mitgebrachten Sachen ließen sie einfach liegen, und Vittorio führte sie an den Mauern entlang, durch Löcher und an der gegenüberliegenden Außenmauer vorbei bis zu einem Pfad, der bergab führte. Er lief barfuß mit präziser Sicherheit, so als würde er jeden Stein und jede Wurzel hier kennen. Denisa folgte ihm in ihren Ballerinas wackelig und war an manchen Stellen echt froh, seine Hand zu halten. Am Fuß des Burghügels führte ein Pfad durch die Wiese, etwa in der entgegengesetzten Richtung, aus der sie gekommen waren. Nur wenige Bäume standen hier, dafür mehr Büsche und Sträucher, aber die waren teilweise so hochgewachsen, dass sie verbargen, was hinter der nächsten Wegbiegung kam.

Und so erblickte Denisa die Weide erst, als sie unmittelbar davor standen. Eine große Grasfläche mit einzelnen erdigen Löchern und einem Zaun aus Holzbalken. Darauf verteilt zählte Denisa zwölf Alpakas, die teilweise in Grüppchen zusammenstanden und die Umgebung beobachteten, während die anderen grasten. Ihren aufmerksamen Ohren entging nicht, dass da vor dem Zaun zwei Menschen aufgetaucht waren, und als Vittorio einmal kurz pfiff, setzten sich drei von ihnen augenblicklich in Bewegung und kamen zum Zaun. Mit neugierigen Blicken streckten sie ihre Hälse über die Holzbalken hinweg und beschnupperten die ausgestreckten Hände der Besucher. Die Nüstern, die Denisas Haut berührten, fühlten sich wunderbar weich an, und eines der Tiere kam sogar so nahe heran, dass sie seinen Kopf und den langen Hals streicheln konnte. Das schwarze Fell war kurzgeschoren und dennoch samtig weich. Denisa konnte gar nicht genug bekommen! Immer wieder ließ sie ihre Hand über den feinen Flaum streichen und sprach mit liebevoller Stimme zu dem Tier. Vittorio beobachtete sie amüsiert.

„Das hier ist Ariane", sagte er und zeigte auf eine Stute mit hübschem hellbraunem Fell, die zielstrebig auf ihn zukam und mit ihrer weichen Nase seine Hand beschnupperte. Über dem rechten Auge hatte sie einen dunklen Fellfleck, was ihr ein keckes Aussehen verlieh.

„Woher weißt du, dass sie Ariane heißt?", fragte Denisa, während sie weiter den Hals des Tieres vor sich kraulte. Vittorio ließ die braune Schönheit ausgiebig an seiner Hand lecken.

„Weil ich sie so getauft habe", grinste er. Tatsächlich ließ sich die Alpakadame zutraulich von ihm hinter den Ohren kraulen, als würde sie ihn kennen. Ab und an befühlte sie mit den Lippen seinen Arm und leckte ihn ab. Vittorio ließ es lachend geschehen.

„Sie ist die Zutraulichste. Braucht zwar immer eine Weile bis sie kommt, aber dann lässt sie alles mit sich machen." Wie um das zu beweisen, kraulte er das schöne Tier nicht nur an den Ohren und am Hals, sondern sogar an der flauschigen Brust, was es wirklich ohne Widerstand geschehen ließ. Ihr schwarzer Artgenosse ließ diese Behandlung nicht zu, aber dennoch fand Denisa ihn sehr entzückend mit den großen Kulleraugen, den großen Ohren, der weichen Schnauze und dem lustig gelocktem Fell auf dem Kopf. Sie konnte sich gar nicht losreißen und bemerkte nur aus dem Augenwinkel, wie Vittorio aufhörte Ariane zu streicheln und sich ganz ihr zuwandte. So verharrte er, betrachtete sie, und sein Lächeln war auf einmal nur noch ein Hauch. Denisa wurde es mit jeder Sekunde unangenehmer, so unter Beobachtung zu stehen. Sie spürte, wie ihr Gesicht heiß wurde.

„Sie sind so süß", äußerte sie nervös, um ihre Verlegenheit zu überspielen. Vittorio jedoch änderte seine Haltung nicht. Er stützte nur einen Arm auf dem Zaunbalken neben sich auf und legte den Kopf schief darauf.

„Genau wie du", erwiderte er leise, hob die Hand und strich ihr sanft über die Wange.

Es war einer dieser Momente, in denen alles schnell und langsam zugleich abzulaufen schien. Denisa sah Vittorio nahe neben sich, sie spürte wie er nach ihren Händen griff und sie zu sich zog. Seine dunklen Augen sahen direkt in die ihren, sein Gesicht war ganz nahe. Die Lippen fühlten sich heiß an, wie sie sich auf ihrer Haut vorantasteten, zuerst über ihre Wange, zu ihrem Ohr, wo sie das Ohrläppchen küssten. Dann zurück über ihre Wange zur Nasenspitze, bis sie schließlich bei ihrem Mund angekommen waren, den sie zu einem wunderschönen Kuss einluden. Denisa schloss instinktiv die Augen und legte ihren Kopf in den Nacken, während ihre Finger Vittorios Hände umklammerten. Große weiche Hände. Ein dezenter Duft von seinem Aftershave stieg ihr in die Nase, und da, wo ihre Oberkörper sich berührten, zog seine Wärme tief in sie hinein.

Sie küssten und küssten sich, verschmolzen regelrecht miteinander, bis Denisa plötzlich etwas Kühles an ihrem Ohr wahrnahm. Erschrocken zuckte sie zurück und konnte einen kleinen Aufschrei nicht unterdrücken. Im nächsten Moment strich das Kühle, das auch sehr feucht war, über ihre Wange, und als sie die Augen öffnete, erblickte sie den riesigen Kopf des braunen Alpakas neben sich. Vittorio lachte auf und schob das Tier mit einem Arm zur Seite.

„Also wirklich, Ariane, du Eifersüchtige!", rief er und lachte erneut. Das Gesicht der Alpakadame trug einen irritierten und zugleich wütenden Ausdruck, während die feuchte Zunge noch zu sehen war.

Denisa wischte sich mit dem Handrücken den Sabber von der Wange und konnte ihr Lachen auch nicht unterdrücken. Von zwei so unterschiedlichen Wesen gleichzeitig geküsst zu werden, war wahrhaftig eine einzigartige Erfahrung. Ariane wich keinen Millimeter zurück, und sobald Vittorio seinen Arm zurückzog, kam ihr flauschiger Kopf wieder näher. Dazu scharrte sie mit dem Fuß.

„Ich habe den Eindruck, die ist verliebt in dich", stellte Denisa belustigt fest. Vittorio ließ ihre rechte Hand los und streichelte Ariane über den Hals.

„Jaja, wir kennen uns schon eine Weile", sagte er leise, und dann nach einer kurzen Pause wandte er sich wieder seiner Begleitung zu und meinte:

„Weißt du was? Ihr beide lernt euch besser kennen, und ich hole grad unsere Sachen von oben." Er deutete in Richtung Burgruine. „Und dann suchen wir uns hier ein schönes Plätzchen."

Dagegen hatte Denisa nichts einzuwenden. Vor allem war sie nicht böse, bei der Hitze nicht noch einmal zu der Burg hinaufsteigen zu müssen. Und während Vittorio sich flink entfernte – nicht ohne ihr vorher einen schönen Abschiedskuss gegeben zu haben – setzte sie sich nahe der Weide im Schatten der Büsche auf das lange Gras. Die Tiere hatten sich schnell wieder ihren Beschäftigungen zugewandt und beachteten sie nicht weiter. Auf der Weidefläche gab es eine größere Stelle, auf welcher fast kein Gras wuchs und die staubige Erde hervor lugte. Auf einmal, wie auf Kommando, warfen sich die Tiere eines nach dem anderen auf den Rücken und wälzten sich genüsslich darauf. Zu schade, dass Vittorio jetzt nicht da war! Er verpasste ein amüsantes Schauspiel, das Denisa gerne mit ihm geteilt hätte. Minutenlang dauerte diese Wälzorgie, bis schließlich alle Alpakas wieder auf ihren Beinen standen, von oben bis unten voller Staub. Mit ihrem Handy machte Denisa ein paar Fotos, aber an den realen Anblick kamen die nicht heran.

Etwa zehn Minuten dauerte es, bis Vittorio wieder hinter den Büschen auftauchte. Die Picknicktasche ließ er ins Gras fallen, bevor er sich neben Denisa setzte. Er atmete rasch, offenbar hatte er sich beeilt. Und als wolle er gleich dort anknüpfen, wo sie zuvor aufgehört hatten, legte er seinen Arm um Denisa und küsste sie erneut. Etwas unruhig zwar und nicht ganz so sinnlich wie vorhin, aber ihr gefiel es dennoch. Vor allem fühlte es sich gut an, seinen Arm um ihre Schultern zu spüren, angelehnt an seine Seite. Die Hand auf ihrem Oberarm war groß und ihr Griff bestimmt. Wieder nahm sie sein Aftershave wahr, aber auch noch einen anderen Duft. Einen angenehm männlichen Duft. Lange erwiderte sie seinen Kuss, und als sie beide eine Pause brauchten, legte sie ihren Kopf an seinen warmen Hals. Sie sprachen nicht. In diesem Moment gab es nichts zu sagen, und Denisa wollte einfach nur genießen, seine Nähe, seine Wärme… Vittorio… Nie hätte sie früher geglaubt, dass sie sich mal in einen langhaarigen Mann verlieben würde. Aber irgendwie war es passiert, und bei diesem Gedanken musste sie unwillkürlich lächeln.

Irgendwann ließen sie sich beide nach hinten auf den Rücken sinken und streckten ihre Beine von sich. Vittorio hatte einen Arm unter seinen Kopf gelegt, mit der anderen Hand strich er Denisa über die Wange und zog sie schließlich an seine Brust. Eine wunderbare Wonne durchfloss Denisa, und in ihrem Bauch kribbelte es angenehm. Es war irgendwie ganz anders als mit ihrer Freundin. Mit Mia verband sie wunderschöne Gefühle, die erotisch, neu und aufregend zugleich waren. Aber ihre Emotionen hier bei Vittorio waren völlig anders. Auch aufregend und neu, ja… aber es war auch ein Stück Geborgenheit, so wie sie es früher manchmal mit David empfunden hatte. Eine Empfindung wie Nach-Hause-Kommen, wie Aufregung und Ruhe zugleich. Denisa atmete tief durch, um dieses Gefühl ganz und gar zu genießen.

„Danke für diesen Ausflug", flüsterte sie in die Stille zwischen ihnen, die nur durch das Zirpen und Summen zahlloser Insekten durchbrochen wurde. Vittorio umfasste sie noch etwas enger.

„Schön, dass du mitgekommen bist", erwiderte er ihren Dank und küsste sie auf den Kopf. Es war eine sanfte, liebevolle Geste, und Denisa konnte nicht anders, als leise wohlig zu stöhnen. Sie kuschelte sich in Vittorios Umarmung und überließ sich vollends seiner Wärme und seinen Atemzügen, die sie in eine Ruhe trugen, fern von ihrem immer rotierenden Gedankenkarussell.

Sie war beinahe eingedöst, als plötzlich das Klingeln ihres Handys sie aus diesem wohligen Zustand riss. Noch leicht benommen hob sie den Kopf von Vittorios Brust und tastete, von der Sonne geblendet, nach ihrer Handtasche. Auch Vittorio bewegte sich und half ihr schließlich, sich aufzusetzen. Das Handy klingelte unermüdlich schrill, und Denisa war erleichtert, als sie es endlich in der Tasche zu fassen gekriegt hatte. Ein Blick auf das Display: Theo.

Sofort war Denisa hellwach, sie spürte förmlich, wie das Adrenalin durch ihren Körper strömte. Theo! Jetzt rief er an! Warum ausgerechnet jetzt?

Denisa hielt das Telefon in der Hand und zögerte. Sie könnte den Anruf ignorieren. Sollte sie? Einfach nicht drangehen? Nein, das wollte sie nicht! Sie wollte wissen, was los war. Mit einem Tippen auf das Display nahm sie das Gespräch an und hob das Handy zum Ohr. Vittorio saß neben ihr, und Denisa bemerkte seinen aufmerksamen Blick, mit dem er sie beobachtete.

„Entschuldige, dass ich mich jetzt erst melde", sagte Theo, nachdem sie sich begrüßt hatten. „Mir ist etwas dazwischen gekommen."

Hatte Ben von ihrem Anruf erzählt? Denisa fand seine Erklärung reichlich knapp, aber ihr Vater ließ ihr gar keine Chance nachzuhaken, denn er sprach gleich weiter:

„Ich wollte dich fragen, ob du Lust hast, mich morgen zum Angeln zu begleiten."

Zum Angeln? Im ersten Moment fand Denisa diese Frage echt seltsam, andererseits hatte Theo ihr erzählt, wie sehr er dieses Hobby mochte und warum. Eigentlich war es eine nette Geste, dass er sie dabeihaben wollte.

„Ja klar, warum nicht?", antwortete sie deshalb, wenn auch noch leicht verwirrt. Bemerkte er den Zweifel in ihrer Stimme? Die Unsicherheit? Die ungestellten Fragen? Eine kleine Pause entstand, dann meinte ihr Vater langsam, so als würde er noch überlegen: „Gut, dann hole ich dich morgen um elf ab, okay?"

Denisa ertappte sich dabei, wie sie nickte. „Ja, ist gut." Sollte sie enthusiastischer wirken, mehr Freude über seine Einladung zeigen? Theo löste ihre Gedanken sogleich mit seinem Abschied auf: „Bis dann, tschüs!"

Und schon hatte er aufgelegt.

KAPITEL ZEHN

Einen Moment lang starrte Denisa auf das Handy. Ihre Finger waren klebrig, als sie es schließlich in ihren Schoß sinken ließ. Keine Minute hatte das Gespräch gedauert, und doch war ihre Stimmung mit einem Schlag radikal verändert. Vittorio saß neben ihr, einen Arm auf den Boden gestützt und beobachtete sie von der Seite.

„War das dein Vater?", fragte er schließlich. Denisa schob das Mobiltelefon in ihre Handtasche zurück und atmete tief durch. Mit beiden Händen fuhr sie sich übers Gesicht und durch die Haare, bevor sie ihn anschaute und antwortete: „Er will morgen mit mir angeln gehen."

Vittorio nickte langsam und wirkte nachdenklich, während er sich nach hinten sinken ließ. „Gute Gelegenheit, um zu reden, oder?", meinte er dann.

Damit konnte er Recht haben, aber genau das machte Denisa auf einmal ziemliche Angst. Hatte ihr Vater sie bewusst zum Angeln eingeladen, weil er ihr etwas Schlimmes sagen wollte? Womöglich, dass in seinem Leben kein Platz für seine Tochter war? Auch wenn sie diese Möglichkeit bei ihrer Ankunft durchaus in Betracht gezogen hatte, so kam sie ihr nun fürchterlich vor. Andererseits war es aber auch möglich, dass er sie einfach nur besser kennenlernen wollte und dass es wirklich eine vernünftige Erklärung dafür gab, warum er sich nicht früher gemeldet hatte. Sie würde abwarten müssen, etwas anderes blieb ihr nicht übrig.

„Ja, vielleicht hast du Recht", erwiderte sie nach einer Pause auf Vittorios Feststellung. Ihr Blick lag auf der Alpakaweide, wo die hübschen Tiere friedvoll grasten wie ein Gegenstück zu Denisas aufgewühltem Innenleben. Vittorio streckte seine Hand aus und berührte einladend ihren Arm.

„Komm her", sagte er leise mit einer Geste, die eine Umarmung andeutete, woraufhin Denisa sich in seine Arme sinken ließ und ihr Gesicht in sein weiches T-Shirt schmiegte. Seine Stimme war leise und angenehm ruhig, als er sagte: „Warte einfach ab, was passiert."

Er hatte ja Recht. Wieso fiel es Denisa so schwer, alles einfach auf sich zukommen zu lassen? „Ich habe ein bisschen Angst davor", gestand sie leise.

Vittorio antwortete nicht, stattdessen drehte er sich auf die Seite, sodass sie einander ansahen und nahm ihr Gesicht in seine Hände. Sein sanfter Kuss war mehr, als tröstende Worte hätten sein können. Denisa spürte ihre Haut kribbeln, aber diesmal war die Aufregung angenehm, vor allem als Vittorio seine Arme um sie legte und sie an sich zog, sodass ihre Körper sich ganz berührten. Das ruhige Auf und Ab seiner Atemzüge hatte etwas sehr Beruhigendes, und Denisa ließ sich gerne davon tragen.

Eine Weile noch lagen sie zusammen dort im Gras bis die Mittagssonne um die Büsche herumgewandert war und unerträglich herunterbrannte. Sie hatten beide Durst, den der Wasserrest in Vittorios Flasche nicht zu stillen vermochte. Also packten sie ihre Sachen zusammen und gingen zurück in die Richtung, in der sie das Auto geparkt hatten. Ein Weg führte um den Burghügel herum, sodass er weitgehend eben verlief. Denisas Auto stand in der prallen Sonne, weshalb sie zuerst einmal alle Türen öffneten, um die Hitze herauszulassen. Als sie sich schließlich hineinsetzten und losfuhren, war es fast zwei Uhr. Eine Anzeige am Armaturenbrett blinkte unaufhörlich, und als sie genauer hinsah, erkannte Denisa, was das bedeutete: das Bremslicht war links kaputt. Sie stöhnte. Was sollte das denn jetzt? Vor paar Wochen hatte sie doch erst fast tausend Euro für eine große Inspektion hingeblättert, und jetzt war schon wieder etwas kaputt!

„Verdammter Mist!", fluchte sie leise, und auf Vittorios fragenden Blick hin zeigte sie auf das Blinken und erklärte, was los war. Er schien nicht allzu viel von Autos zu verstehen, wie sie seinem „Ah, okay…blöd" entnahm. Nicht, dass sie selbst viel Ahnung gehabt hätte, Gott bewahre! Sie war immer froh, so wenig wie möglich mit Autotechnik zu tun zu haben. Andererseits war sie somit auch total abhängig, das war ihr klar.

„Jetzt muss ich schon wieder in die Werkstatt", stöhnte sie genervt. Vittorios Gesichtsausdruck signalisierte Verständnis, während er sich anschnallte. Noch immer war er barfuß. Seine Sandalen hatte er zuvor in der Tasche verstaut.

„Naja, heute jedenfalls nicht mehr", meinte er mit einem Zwinkern, und er hatte Recht: es war Sonntag. Da konnte Denisa nichts mehr unternehmen.

Sie fuhren denselben Weg zurück, den sie gekommen waren und hielten vor der Pizzeria, in deren Garten reger Betrieb herrschte. An so einem schönen Sonntag zog es offenbar viele Leute nach draußen. Vittorio stöhnte bei dem Anblick, dann sagte er: „Komm, lass uns weiter zu dir fahren, sonst spannt mein Vater mich gleich mit ein."

Tatsächlich wirkten die Kellner alle sehr beschäftigt. Zu Denisa zu fahren bedeutete zur Pension fahren, also schlugen sie diese Richtung ein. Kurz fragte Denisa sich, ob sie überhaupt jemanden mit auf ihr Zimmer nehmen durfte, aber dann war es ihr egal. Sie traf ohnehin nur selten jemanden auf den Gängen. Die Wahrscheinlichkeit, dass sie gesehen wurden, war gering. Tatsächlich war Frau Wormser nicht am Empfang und auch sonst nirgends zu sehen, sodass sie beide ganz entspannt die Treppen zu Denisas Zimmer hochsteigen konnten. Dort war es überraschend kühl, und Denisa schloss das schräg gestellte Fenster, damit das auch so blieb. Dann legte sie ihre Tasche auf den Boden und zog die Schuhe aus.

„Außer Leitungswasser kann ich dir leider gar nichts anbieten", meinte sie mit einem unschlüssigen Blick durchs Zimmer.

„Wasser ist super", erwiderte ihr Gast, kramte die leere Wasserflasche aus seiner Tasche und ging zum Badezimmer, um sie aufzufüllen. Nachdem sie beide ihren Durst gestillt hatten, ließ Denisa sich auf das Bett sinken und bedeutete Vittorio mit einer Handbewegung, sich neben sie zu setzen, was er bereitwillig tat. Von der Seite blickte er sie an, die Wasserflasche noch immer in der Hand.

„Und nun?", fragte er leise. Gute Frage… Denisa bemerkte auf einmal, wie müde sie war und konnte ein Gähnen nicht unterdrücken.

„Entschuldige, ich bin so müde von der Hitze. Und ich habe nicht gut geschlafen letzte Nacht", erklärte sie leicht beschämt. Sie hatte befürchtet, dass Vittorio nun beleidigt sein könnte, aber er stellte die Flasche auf den Boden, ließ sich nach hinten fallen und streckte sich.

„Ein kleines Nickerchen täte mir auch gut", gähnte er ebenfalls. „Wir können ja Siesta halten."

Eine gute Idee! Denisa legte sich flach auf das Bett neben ihn, und er brauchte keine Einladung, um seinen Arm um sie zu legen und sie an sich zu ziehen wie vorhin im Gras. Der Duft seines Aftershaves stieg ihr wieder in die Nase, und trotz des schwülen Tages genoss sie es sehr, auch Vittorios Wärme zu spüren. Immer wieder lief ein Gänsehautschauer über ihren Körper, denn auch wenn sie eben noch sehr müde gewesen war, konnte sie an Schlafen mit einem Mal gar nicht mehr denken. Vittorios schöner kräftiger Körper so nahe bei ihr reizte sie ungemein. Seine Atemzüge gingen ruhig, so als wäre er tatsächlich eingedöst, und nach ein paar Momenten des Zögerns ließ Denisa ihre Hand bis zum Saum seines Poloshirts und darunter gleiten. Seine Haut war am Bauch heiß, und ihre Glätte wurde nur von vereinzelten Härchen unterbrochen. Der Mann zeigte keine Regung, offenbar döste er wirklich, also ließ Denisa ihre Hand immer weiter nach oben wandern bis zu seiner Brust. Auf einmal jedoch spannte er seine Muskeln an und hielt ihre Hand durch das Shirt von außen fest. Denisa sah, wie er mit geschlossenen Augen lächelte.

„Doch kein Nickerchen?", fragte er. Denisa zog ihre Hand nicht zurück, als er die Augen öffnete und sich halb zu ihr drehte.

„Ich wollte dich nicht wecken", flüsterte sie. Vittorio lächelte und gab ihr einen zärtlichen Kuss auf den Mund, dann auf die Wange und schließlich aufs Ohrläppchen.

„Da habe ich nichts dagegen", raunte er wohlig und zog sie noch enger an sich heran. Ihre Hand war zwischen ihnen beiden eingeklemmt, und er hielt sie weiter fest, genau über seinem Herzen. Spürte sie es schlagen? Sie war sich nicht sicher. Aber was sie bestimmt spürte, waren seine Küsse, die nun intensiver wurden und ihren Hals und ihr Gesicht bedeckten. Wunderbar warm und weich fühlten sich seine vollen Lippen an. Sein sie umschlingender Arm hielt sie fest, seine Hand in ihrem Nacken ruhend. In Denisas Bauch kribbelte es jetzt wahnsinnig, so ähnlich, wie sie das zuletzt mit Mia erlebt hatte. Doch so schön das alles war, meldete sich doch wieder ihr Kopf mit seinen störenden Gedanken. War das richtig? Wollte sie das überhaupt so schnell? Und, verdammt! Sie hatte keine Kondome dabei!

Vielleicht hatte Vittorio ihr Zögern bemerkt, denn sein Mund löste sich von ihrer Haut und er blickte sie prüfend an.

„Alles okay?", fragte er leise. Denisa überlegte, wie sie nun zurückrudern sollte. Aber wollte sie das überhaupt? Seine Nähe gefiel ihr, sie wollte nur nicht gleich mit ihm schlafen!

„Ich war vielleicht zu schnell", sagte sie deshalb, damit er sie nicht falsch verstand und ihr Zögern auf sich bezog. Vittorio stutze kurz, schmunzelte dann und gab ihr einen Kuss auf die Stirn. „Oh, Bella, keine Angst! Auch wenn ich Italiener bin, müssen wir nicht gleich heiraten."

Seine Hand kraulte ihren Hinterkopf, und Denisa musste auflachen, als er plötzlich nach unten griff und sie am Bauch kitzelte. Strampelnd versuchte sie sich zu wehren, aber gegen seine Kraft hatte sie keine Chance. Schließlich hockte er sich auf sie drauf und hielt sie grinsend fest, sodass sie außer Zehen und Fingern kein Glied mehr rühren konnte. Außer Puste ergab sie sich, er jedoch lockerte seinen Griff nur leicht. Seine Augen trugen einen amüsierten Ausdruck, aber noch etwas anderes stand darin.

„Ich verstehe dich nicht, Bella. Du tust so unschuldig." Er ließ ihren linken Arm los und strich ihr das Haar zurück, das ihr wild ins Gesicht hing. „Und doch glaube ich, du hast es faustdick hinter den Ohren!" Die letzten Worte flüsterte er, kurz bevor sein Mund den ihren berührte. Sanft knabberte er an ihrer Lippe.

‚Wenn er wüsste!', schoss es Denisa durch den Kopf, und sie hatte unweigerlich Mias Gesicht im Kopf. Was würde Vittorio sagen wenn er wüsste, dass sie eine Frau geliebt hatte? Er hielt sie fest, beugte sich mit seinem ganzen Oberkörper zu ihr, und sie konnte nicht anders, als sich ihm entgegenzubiegen, während sie weitere heiße Küsse empfing. Und nun war es Vittorios Hand, die unter ihr T-Shirt fuhr und ihre Haut streichelte, immer weiter nach oben bis zu ihren Brüsten, um sie sanft zu kneten. Er liebkoste sie mit der einen Hand, während er sie mit der anderen festhielt, und als sie sich bewegen und ihn ebenfalls berühren wollte, bedeutete er ihr, still liegenzubleiben.

„Schschh... jetzt bin ich dran...", raunte er, während er ihr Hemd langsam hochschob, und begann, ihren Bauch sanft zu küssen. Heiß und weich fühlten sich seine Lippen an, und Denisa schloss ihre Augen, um seine Berührungen einfach zu genießen. Dann und wann zuckte sie zusammen, wenn seine langen Haare sie kitzelten. Irgendwann richtete Vittorio sich auf und schob ihr T-Shirt ganz nach oben. Es war klar, was er wollte, und Denisa wollte es auch. Sie hob ihren Kopf an und ließ sich ausziehen. Es fühlte sich richtig an, wie auch Vittorio nun sein Hemd auf den Boden fallen ließ, wie er unter Küssen ihre Hose öffnete, um sie dann über ihre Beine zu ziehen. Seine Handgriffe waren voller Bestimmtheit und auch die Art, mit der er dann über ihre Schenkel strich, sich über sie beugte und sie küsste. Er küsste die zarten Innenseiten ihrer Beine immer weiter hoch bis zu ihrem schwarzen Slip, warf einen kurzen Blick zu ihr hoch, um dann mit der Hand zwischen ihre Beine zu streichen. Seine Bewegung schien vorsichtig und zugleich verlangend. Schließlich taumelte er neben dem Bett auf seine Füße und zog auch seine Hosen aus, alle beide, sodass er seine Nacktheit und Erektion gänzlich preisgab. Es schien ihm nichts auszumachen, dass Denisa ihren Blick über die Konturen seines schönen Körpers wandern ließ. Nach einem Moment des Innehaltens kletterte er wieder neben sie auf das Bett und küsste sie, während sie seine glatte heiße Haut unter ihren Fingern wahrnahm. So nahe war sie lange nicht mehr neben einem nackten Mann gelegen. Seine Erregung zu spüren, machte sie an und ließ in ihr alles kribbeln, erst recht, als Vittorio seine Arme um sie legte und sie zu sich zog. Ein Schauer nach dem anderen überkam sie dort, wo seine Haut die ihre berührte und sich an sie drückte, und sie bedauerte es wirklich, sich ihm jetzt nicht einfach vollends hingeben zu können.

„Ich habe keine Kondome", flüsterte sie ihm ins Ohr. Er hielt sie fest, streichelte über ihren Rücken und liebkoste mit den Lippen ihren Hals, als schiene er gar nicht aufhören zu wollen, sie zu küssen.

„Dann machen wir das wann anders", vernahm Denisa schließlich seine Stimme an ihrer Schulter, wo sein Atem sich heiß auf ihrer Haut anfühlte. Dann zog er sie ganz eng an seinen nackten Körper, lachte leise in sich hinein und alles, was Denisa noch verstand war: „...faustdick hinter den Ohren."

KAPITEL ELF

Das Wasser des Sees lag ruhig und ohne eine Wellenbewegung im Licht des Nachmittags. Ein ganz leichter Windhauch ging, der das Wasser jedoch nicht zu berühren schien. In den Bäumen ringsherum zwitscherten Vögel, aber ansonsten war es still.

Denisa war froh, dass sie ihren Sonnenhut noch eingesteckt hatte, denn wenn der Wind die Zweige der Bäume leicht zur Seite bewegte, dann fielen die heißen Sonnenstrahlen ungefiltert auf sie herab.

Theo saß, wie sie selbst, auf einem Klapphocker neben ihr, und sein Blick lag auf dem ruhigen Wasser. Die Angel hielt er locker in der linken Hand und zog nur dann und wann mit einem Finger an der Leine und ließ so kleine kreisförmige Ringe auf der Wasseroberfläche entstehen. Seit zehn Minuten ungefähr saßen sie schweigend. Eigentlich hatten sie seit ihrer Ankunft nur wenige Worte gewechselt.

„Diese Stille ist es, was ich am Angeln am meisten liebe", ergriff Theo unvermittelt das Wort, den Blick unverändert auf das Wasser gerichtet. „Man ist alleine, nur umgeben vom Reichtum der Natur."

Denisa blickte ihn von der Seite an und konnte dazu nur nicken. Die Stille war schön, und doch schrie sie nach Worten der Erklärung. Bemerkte ihr Vater nicht, wie viele Dinge unausgesprochen zwischen ihnen standen? Denisa wollte reden! Gerade überlegte sie, mit welchen Worten sie ihre Fragen und Gefühle ausdrücken könnte, als Theo wieder unvermittelt das Wort ergriff: „Wie lange bleibst du eigentlich?"

Endlich drehte er seinen Kopf und sah sie an. Diese Frage kam für Denisa unerwartet.

„Ich weiß es noch nicht", erwiderte sie und fügte sogleich hinzu: „Ich habe unbezahlten Urlaub genommen. Mit den Mieteinnahmen von Omas Haus geht das gut."

Ihr Vater betrachtete sie einen Moment lang, dann richtete er seinen Oberkörper auf und zupfte erneut an der Angelleine.

„Ah, das ist gut. Dann haben wir noch etwas Zeit", murmelte er dann, wohl mehr zu sich selbst, als zu seiner Tochter, und er machte auch keine Anstalten, diese Äußerung näher zu erklären. Aber sie stimmte Denisa auf eine sonderbare Weise positiv, denn offensichtlich wünschte ihr Vater sich ihre Anwesenheit. Und diese Erkenntnis gab ihr den Mut für ihre erste Frage: „Warum hast du mich nicht angerufen, wie wir es vereinbart hatten?"

Theo warf einen kurzen Blick zu ihr, dann auf seine Hände. Er zögerte und schluckte ein paarmal.

„Manchmal geht es mir nicht gut", antwortete er schließlich. „Ich…" Er schien sich einen Ruck geben zu müssen, um Denisa anzusehen, ehe er fortfuhr: „Ich bin manisch-depressiv, Denisa. Normal wirken die Medikamente gut bei mir, aber der Alkohol nach dem Grillen war eine schlechte Idee."

Manisch-depressiv. Diese Worte hallten in Denisas Kopf nach wie ein unheilvolles Echo. Theos Augen musterten sie, und er leckte sich zwei-, dreimal über die Lippen, ehe er weitersprach:

„Das war mit ein Grund, warum Gerda mir nie vertraut hat. Deine Oma hat mich nie akzeptiert und meine Stimmungen nicht verstanden. Sie fand sie gefährlich."

Und nachdenklich fügte er hinzu: „Ich habe auch viel Mist gebaut damals…"

Sein Blick lag nun wieder auf dem Wasser, und sein Geist schien abzudriften in die Tiefen der Erinnerung. Locker hing die Angelleine zwischen seinen Fingern, so als wäre er sich ihrer in diesem Moment gar nicht bewusst. Denisa wagte nicht, etwas zu sagen oder sich zu bewegen.

„Sie hat mir nie vertraut", wiederholte Theo leise und schüttelte den Kopf, „erst recht nicht nach allem, was vor Brittas Tod passiert war."

Britta, das war Denisas Mutter. Sie hatte einen tragischen Autounfall gehabt, den sie nicht überlebt hatte, soviel wusste Denisa. Aber wie es dazu gekommen und was davor passiert war, darüber hatte sie nie etwas erfahren. Für ihre Großeltern war dieses Thema ein absolutes Tabu gewesen, aber nach Omas Tod waren diese unbeantworteten Fragen in ihrem Kopf aufgestiegen wie Luftblasen im Wasser, die nicht aufzuhalten waren.

„Was ist damals passiert?", wagte sie schließlich zu fragen, und als ihr Vater sie aufmerksam anschaute, erklärte sie: „Oma hat mir nie etwas erzählt."

Theo nickte langsam. Es wirkte zögernd und nachdenklich.

„Du hast ein Recht auf die Wahrheit. Du bist wirklich alt genug", entgegnete er endlich und straffte seine Haltung, ehe er zu erzählen begann:

„Deine Mutter hat angefangen, Geigenunterricht zu nehmen, da warst du so vier."

Was? Ihre Mutter hatte Geige gelernt? Denisas Gesichtsausdruck musste ihre Überraschung deutlich widerspiegeln, denn ihr Vater fuhr fort:

„Ja, dein Opa Herbert hat sich so gefreut, als sie sich dazu entschlossen hatte. Also ist sie jeden Mittwochabend zu diesem Anton zum Unterricht gefahren. Ich war da meist noch spät in der Arbeit, du warst also an diesen Abenden bei deinen Großeltern."

Er machte eine Pause und ließ den Blick über die ruhige Oberfläche des Sees gleiten.

„Irgendwann hat das angefangen, dass sie nach dem Unterricht immer länger wegblieb. Zwischen uns lief es nicht so gut, aber trotzdem habe ich das ein paar Monate lang nicht seltsam gefunden. Bis ich dann einen dieser Zettel bei der Violine gefunden habe. In Handschrift." Er sah seine Tochter von der Seite an.

„Ich erspare dir, was da draufstand, aber danach war mir klar, warum Britta immer so lange blieb. Ich habe sie zur Rede gestellt, und wir haben heftig gestritten."

Theo fuhr sich mit der freien Hand über das Gesicht und ließ ein leises Stöhnen vernehmen. Das hier war nicht leicht für ihn, Denisa spürte es.

„Ich bin so froh, dass du an dem Abend noch bei Herbert und Gerda warst und das nicht miterlebt hast", erzählte er weiter. „Britta ist irgendwann wutentbrannt mit dem Autoschlüssel abgehauen." Er zögerte kurz und ließ die Hand sinken. „Wahrscheinlich wollte sie zu ihm."

Es entstand eine lange Pause. Theo starrte über den See hinweg in die Ferne, und seine linke Hand krampfte sich um die Angelrute. Mit der anderen fuhr er immer wieder über sein Hosenbein, und Denisa konnte hören, wie er ein paarmal tief durchatmete. Kämpfte er mit den Tränen? Denisa wollte ihm nicht zu nahe treten, also blieb sie nur regungslos auf ihrem Hocker sitzen, folgte seinem Blick in die Ferne und wartete.

„Keine Stunde später hat die Polizei dann bei mir geklingelt und mir gesagt, dass die Mutter meiner Tochter tödlich verunglückt ist", beschloss er schließlich seine Erzählung.

Eine ganze Weile schwiegen sie danach, beide in die Ferne blickend. Vater und Tochter. Was Denisa gerade gehört hatte, musste sie erst einmal verdauen. Ihre Mutter war fremdgegangen? Sie wusste nicht, wie sie darauf reagieren sollte. Aber jetzt wurde ihr klar, warum ihre Oma nie etwas Näheres über den Unfall ihrer Tochter hatte erzählen wollen. Denisa hatte immer angenommen, dass es einfach zu schmerzhaft war, darüber zu sprechen. Aber wenn sie davon ausging, dass Theo ihr eben die Wahrheit gesagt hatte (und sie hatte keinen Grund, daran zu zweifeln), dann musste das für ihre Großeltern nicht nur sehr schmerzhaft, sondern auch beschämend gewesen sein! Zu erfahren, dass die eigene Tochter den Vater ihres Kindes betrog, das war bestimmt ein harter Schlag gewesen, besonders für ihre Oma. Hatte sie Theo auch deswegen so abgelehnt und jeden Kontakt zu ihrer Enkelin, zu Denisa, unterbunden? Weil sie alles vergessen wollte, was mit dieser beschämenden und schmerzhaften Geschichte zu tun hatte? Als hätte ihr Vater ihre Gedanken erraten, schaute er sie an und meinte:

„Gerda hat mir die Schuld an Brittas Tod gegeben, weil ich mich mit ihr gestritten hatte. Sie war ohnehin immer der Meinung gewesen, ich wäre Brittas Unglück. Ich bin danach total zusammengebrochen und war nicht in der Lage, mich um dich zu kümmern. Das tut mir so leid, dass ich da nicht stärker war."

Den letzten Satz sprach er so leise, dass Denisa ihn fast nicht verstand. Wortlos griff sie in ihre Tasche nach ihrem Geldbeutel und holte daraus den alten vergilbten Zettel hervor, den sie in dem Geigenkoffer gefunden hatte. Als sie ihn ihrem Vater reichte, sah er sie verwundert an.

„Den habe ich im Futter des Koffers gefunden", erklärte sie. Theo nahm das kleine Stück Papier, betrachtete es eine Weile, und seine Miene schien wie eingefroren.

„Er war sehr kreativ, der Anton", schnaubte dann er verächtlich, und seine Finger krampften sich um den Zettel. „Ich hätte nie gedacht, dass er mich bis hierher verfolgen würde."

In dem Moment, als er das sagte, spannte sich auf einmal die Angelleine an, und reflexartig hob Theo die Angelrute. Tatsächlich, da schien ein Fisch angebissen zu haben, jedenfalls beobachtete Denisa, wie ihr Vater von

dem Hocker aufstand und begann, die Angelschnur ein-
zuholen. Eine unbestimmte Spannung machte sich in
ihr breit. Was hatte da angebissen, und was würde Theo
mit seinem Fang machen? Als Kind hatte sie einmal
beobachtet, wie ein fremder Angler einen Fisch am An-
gelsteg totgeschlagen hatte, und beim Gedanken daran
schauderte ihr. Zügig, aber mit einer gekonnten Ruhe
rollte ihr Vater die Schnur immer weiter auf und zog
hin und wieder daran, sodass sich ihr Ende rasch dem
Ufer näherte. Als nächstes war heftige Bewegung unter
der Wasseroberfläche zu sehen, und dann hob Theo seinen zappelnden Fang aus dem Wasser. Und tatsächlich:
er ergriff ihn am Schwanz, löste ihn vom Haken, um
ihn dann dreimal kräftig gegen den Baumstamm neben
sich zu schmettern. Das klatschende Geräusch, das er
machte, löste bei Denisa eine Gänsehaut aus.
„Eine Brasse", sagte Theo nur, als er sich wieder umwandte und den toten Fisch am Schwanz in die Höhe
hielt. Denisa schätzte ihn auf zwanzig Zentimeter. Er
wanderte in den Eimer zu Theos Füßen.
„Jetzt du", sagte der nur, reichte seiner Tochter die Angelrute mit einem frischen Köder und ignorierte ihre
zweifelnde Haltung. Also griff Denisa schließlich nach
der Rute und stellte sich neben ihn. Auch wenn ihr vor
der Erfahrung grauste, empfand sie es doch als Glück,
dass Theo sie auf diese Weise in sein Hobby einweihen
wollte, und sie wollte ihn nicht zurückweisen.
„Mit ganz viel Schwung musst du sie werfen", erklärte er ihr und stellte sich hinter sie, um ihre Hände an
die richtigen Stellen an der Angelrute zu führen. Ein
Schwung, und die Leine landete im ruhigen Wasser
des Sees. Jetzt hieß es wieder warten. Ganz vorsichtig,
um die Angel nicht unnötig zu bewegen, setzte Denisa
sich auf ihren Hocker. Ein leichter Windhauch streifte
sie und brachte wohltuende Erfrischung. Es war wirklich wieder ein heißer Tag, und Denisa meinte sogar,

die Luft in der Ferne über dem Wasser flirren zu sehen. Oder waren es Mückenschwärme? Eine Zeitlang war es so still um sie herum, dass sie richtig erschrak, als in einem nahen Baum eine Waldtaube aufflatterte und sich mit lautem Flügelschlagen entfernte. Auch ihr Vater hob den Kopf und verfolgte den Flug des großen Vogels. Seine grauen Bartstoppeln am Kinn schimmerten im Sonnenlicht, und wie schon öfter in den letzten Tagen schoss Denisa dieser eine Satz der Erkenntnis durch den Kopf: ‚Er ist mein Vater!'

Auch wenn ihr Verstand dies längst aufgenommen hatte, war sie immer wieder erfasst von den aufwühlenden Emotionen, die dieser Satz mit sich brachte. Ein tiefes, fast schmerzhaftes Ziehen breitete sich dann für einen Moment in ihrem Bauch aus, von dem sie gar nicht mal sagen konnte, ob es unangenehm war oder nicht. Sie hatte einen Vater! Das war noch eine so neue Erfahrung für sie, denn seit sie denken konnte, hatte es in ihrem Leben für sie an Familie immer nur ihre Großeltern gegeben. Und nachdem ihr Opa kaum zwei Jahre nach ihrer Mutter gestorben war, nur noch ihre Oma.

Aber ganz tief in ihr drin war da doch dieser Hauch einer Erinnerung. Sie war schwer zu greifen, wenn sie unverhofft auftauchte… ein leicht kratzendes Gefühl in ihrem Gesicht. Ein Kratzen von Bartstoppeln? Doch immer, kaum dass sie sich das gefragt hatte, entglitt ihr die Erinnerung ins Dunkel des Vergessens. Unwillkürlich fasste Denisa nun mit der Hand an ihre Wange und blickte zu dem Mann, der neben ihr auf seinem Hocker saß und das Wasser beobachtete.

„Aber du hast mich am Anfang noch besucht, oder?", griff sie das Gesprächsthema von vorhin wieder auf, und als ihr Vater sie fragend anschaute fügte sie rasch hinzu: „Nach Brittas Tod."

Er nickte langsam, so als wäre er mit den Gedanken gerade eben noch weit fort gewesen. Seine beiden Hände hatte er auf seine Knie gestützt, als er antwortete: „Ja, auch wenn ich nicht für dich sorgen konnte, wollte ich den Kontakt aufrecht erhalten. Aber Gerda hat das nicht gerne gesehen." Er lachte bitter auf. „Sie fand wohl, ich wäre ein schlechter Einfluss für dich. Nach dem Tod deines Opas hat sie den Kontakt dann ganz unterbunden."

Er schüttelte den Kopf und ließ einen tiefen Seufzer vernehmen, ehe er weitersprach: „Zu der Zeit hatte ich Anja schon kennengelernt und wollte sie heiraten. Ich wollte ein neues Leben anfangen und alles hinter mir lassen."

Die letzten Worte waren leise gesprochen, und Denisa meinte, seine Bitterkeit heraushören zu können. Es klang ehrlich, wie er ihr das erzählte, und sie hatte nicht den Eindruck, dass er ihr etwas verschwieg. Konnte sie ihn verstehen? Ein wenig schon... und doch wieder nicht. Warum hatte er nicht um sie gekämpft! Er hatte es nicht gekonnt, hatte er zuvor gemeint... Aber was war später gewesen, nachdem ein paar Jahre vergangen waren? Hätte er es dann versuchen können? Und wie hätte sie selbst das gefunden?

Wie er jetzt so neben ihr saß, in sich zusammengesackt und an seinen Knien Halt suchend aufs Wasser starrte, da tat er ihr irgendwie leid. Ein Mann, gefangen in seiner Geschichte...

Er vergrub sein Gesicht in den großen Händen, schüttelte erneut seinen Kopf, und es war wieder kaum zu verstehen, was er murmelte: „Es tut mir leid, Denisa. Das war ein Riesenfehler, das weiß ich jetzt."

Die Angelleine bewegte sich mit einem Mal, sodass Denisa ordentlich erschrak. Sie zog reflexartig daran, doch gleich ließ der Widerstand nach, und die Schnur hing schlaff im Wasser. Theo war aufgesprungen, um nach der Angel zu greifen, ließ sie nun jedoch wieder los.

„Der hat es sich wohl anders überlegt", meinte er, während er sich wieder setzte.

„Ich habe im Moment kein Glück. Gestern ist schon mein Auto kaputtgegangen", erwiderte Denisa, froh darum, jetzt das Thema wechseln zu können. Da ihr Vater sie überrascht, fast bestürzt anschaute, fügte sie gleich hinzu:

„Naja, ist nur ein Licht kaputt, aber trotzdem ärgerlich. Ich war gerade erst bei der Inspektion."

Dazu nickte Theo und fuhr sich durch die Haare und über die Stirn, auf der Schweißperlen standen.

„Vielleicht ist es ja leicht repariert", meinte er dann sinnierend. „Frag doch mal Ben, der kennt sich ganz gut mit Autos aus." Er überlegte noch einmal kurz und fuhr dann fort: „Ich bin morgen zwar nicht da, aber er müsste vormittags da sein."

Vielleicht war das wirklich eine gute Idee.

KAPITEL ZWÖLF

Tatsächlich war Ben schon auf, als Denisa am nächsten Tag kurz vor zehn am Haus ankam. Er kam barfuß an die Tür, nur mit blauen Shorts und einem orangen T-Shirt bekleidet, die dunklen Haare zerzaust. Gut möglich, dass er gerade erst aus dem Bett gekrochen war.

„Na, gut geangelt gestern?", begrüßte er sie, und Denisa nickte, obwohl sie nicht richtig einschätzen konnte wie er das meinte. Noch immer geisterte ihr die Erinnerung an das unschöne Telefonat mit ihm durch den Kopf, also straffte sie ihre Haltung, während sie eintrat und blies sich eine Haarsträhne aus dem Gesicht.

„Ja, es war ganz gut", erwiderte sie knapp. Ben schloss die Tür und tappte in die Küche.

„Hast du was gefangen?", fragte er über die Schulter weiter. Denisa musste an ihren missglückten Versuch denken.

„Ich habe wohl zu ruckartig an der Schnur gezogen, der Fisch war jedenfalls weg", erzählte sie, während sie ihre Ballerinas abstreifte und ihrem Bruder in die Küche folgte. Ben griff nach einer Flasche Saft, die auf dem Tisch stand, und öffnete sie. Wie er jetzt dort stand mit den verstrubbelten Haaren, sah er noch jünger aus als bei ihrer letzten Begegnung. Sein Blick glitt kurz hinaus durch das Küchenfenster, durch das man die Straße sehen konnte.

„Ah, das ist mir beim ersten Mal auch passiert", entgegnete er überraschend locker. Dann hob er die Flasche in Denisas Richtung und fragte: „Magst du auch?"

Sie nickte und bedankte sich, als er ihr ein volles Glas reichte, um dann selbst die Flasche an den Mund zu führen. Er leerte sie fast vollends mit großen Zügen.

„Ich muss sagen, ich war nicht unglücklich darüber", meinte Denisa dann. „Ich hätte ihn nicht töten können, glaube ich."

Ben bedachte sie mit einem amüsierten, fast frechen Blick, ehe er austrank.

„Das muss man auch lernen", entgegnete er altklug und stellte die leere Flasche zurück auf den Tisch. „Aber Theo schafft das auch nicht immer. Je nachdem, wie er drauf ist."

Je nachdem, wie er drauf war... Denisa musste unwillkürlich an das denken, was ihr Vater ihr gestern erzählt hatte. Von seiner Krankheit... Sie nickte langsam und ließ ihr Glas sinken.

„Er hat es mir gestern erzählt... das mit der Depression", sagte sie langsam. Ihr Bruder rührte sich ein paar Augenblicke lang nicht. Er stand nur dort, an die Kante des Küchentisches gelehnt, eine Hand hinten aufgestützt. Sein Blick war auf den Türrahmen gerichtet, an dem Denisa sich anlehnte, bis er sich schließlich abstützte und seine Schwester direkt anschaute.

„Hat er es dir also doch erzählt", reagierte er endlich. „Dann verstehst du jetzt sicher, warum er nicht mit dir sprechen konnte, als du angerufen hast."

Denisa nickte erneut. Klar verstand sie nun einiges besser, aber was sie noch nicht durchschaute war, wie Ben sich verhalten hatte.

„Warum hast du mir nicht gesagt, was los war?", sprach sie ihren Gedanken nach kurzem Zögern aus. Ben lachte leise, fast höhnisch auf und schüttelte den Kopf.

„Das ist nichts, was man jedermann einfach erzählen kann!"

Aus seinen Augen sprach die Bitterkeit leidvoller Erfahrung. Es schien so, als zeigte Denisas Mimik deutlich die von ihr empfundene Empörung, denn Ben hob die Hände und fuhr fort: „Ich weiß, du bist nicht irgendwer, Denisa. Aber unser Vater wollte nicht, dass du es erfährst, jedenfalls nicht so bald."

Unser Vater... Es war das erste Mal, dass einer von ihnen das ausgesprochen hatte. Was vor ein paar Tagen beim Grillen noch unmöglich gewirkt hatte, war nun herausgekommen, einfach so.

„Ich verstehe schon", erwiderte sie, als er zu einer weiteren Erklärung anzusetzen schien, und machte eine abwinkende Geste. Es war ihr gestern schließlich nicht entgangen, wie schwer es Theo gefallen war, darüber zu sprechen. Und dennoch ärgerte sie sich über diese Geheimnistuerei.

Sie sprachen nicht weiter, sondern standen einander nur eine Weile gegenüber, bis Ben ihr das Glas aus der Hand nahm, es auf den Tisch stellte und winkte, während er an ihr vorbei aus der Küche ging. „Komm, ich schaue mir dein Auto mal an."

Theo hatte mit seiner Einschätzung Recht gehabt, denn sein Sohn schien keine zehn Sekunden für die Problemdiagnose zu brauchen, nachdem er mit der Taschenlampe unter der geöffneten Motorhaube herumgeleuchtet hatte.

„Sitzt etwas verwinkelt, aber das kriege ich hin", meinte er dann knapp. Er richtete sich auf, wischte sich die Hände an einem Taschentuch ab und wandte sich Denisa zu.

„Ich bestelle die Ersatzbirne im Internet", schob er hinterher. Damit schien das Thema für ihn erledigt, etwas zu schnell in Denisas Augen. Schließlich wollte sie nicht, dass er noch etwas an ihrem Auto kaputt machte. „Bist du sicher? Ich kann auch...", setzte sie an, aber Ben bejahte mit solcher Bestimmtheit, während er die Motorhaube zuklappte, dass sie verstummte.

Also blieb ihr nicht mehr, als „Ah gut, danke" zu erwidern. Ben machte eine Bewegung in Richtung Haustür. „Ich gehe mir mal die Hände waschen", sagte er dazu, und weil seine Haltung so locker wirkte, folgte Denisa ihm einfach wieder ins Haus, wo er in die Küche ging. „Geh doch schon mal ins Wohnzimmer, ich komme gleich", meinte er über seine Schulter hinweg, und sie folgte seiner Aufforderung. Im Wohnzimmer hörte sie als erstes das Hecheln der Hündin, die auf dem Boden vor der Terrassentür lag. Sobald sie Denisa wahrnahm, hob sie den Kopf und blickte treuherzig nach oben.

„Hallo Daisy", begrüßte Denisa sie sanft und ging vor dem Tier in die Hocke. Daisy ließ sich bereitwillig streicheln, aber sie hechelte unentwegt, als hätte sie einen anstrengenden Lauf hinter sich. Auch wenn Denisa keine Ahnung von Hunden hatte, kam ihr das seltsam vor. Als sie Bens schlurfende Schritte auf dem Gang vernahm, wandte sie sich um. Er hielt eine Packung Waffeln in der Hand, die er ihr entgegenstreckte, während er selber schon auf einer herumkaute. Wahrscheinlich was das sein Frühstück, vermutete Denisa. Ihr Bruder ließ sich neben Daisy auf den Boden plumpsen und hielt ihr den kleinen Rest seiner Waffel hin, den sie gleich verschlang, um anschließend ausgiebig seine Hände abzuschlecken. Ihn schien das gar nicht zu stören, denn er nahm sich eine neue Waffel aus der Packung und aß weiter.

„Heute ist sie nicht so gut drauf", nuschelte er mit vollem Mund. „Bei der Hitze machen ihr die Herzprobleme mehr zu schaffen als sonst." Er hielt einen Moment im Kauen inne, um der Hundedame über den Kopf zu streicheln.

„Wie als ist sie?", fragte Denisa und biss von ihrer Waffel ein kleines Stück ab. Ben schien kurz zu rechnen, seinem konzentrierten Ausdruck nach zu urteilen.

„Sie wird bald fünfzehn", teilte er dann sein Ergebnis mit, um mit einem liebevollen Kuss auf Daisys Kopf hinzuzufügen: „Ich kenne sie seit ich denken kann."
Diese Zuneigung ihres Bruders zu sehen, löste in Denisa unmittelbar mitfühlende Emotionen aus. Es musste wirklich schön sein, wenn einen ein Haustier durch Kindheit und Jugend begleitete. Sie selbst hatte sich oft eine Katze gewünscht als Kind, aber bis ihr Moritz zugelaufen war, hatte ihre Oma immer Bedenken gegen ein Haustier gehabt. Und als der Kater in ihr Leben getreten war, war Denisa schon über zwanzig und bereits ausgezogen.
„Ich durfte nie ein Haustier haben", erzählte sie nun ihrem Bruder, während er Daisy weiter am Kopf kraulte. Die Hündin schien diese Behandlung in vollen Zügen zu genießen, denn sie streckte sich seiner Hand entgegen und leckte sie immer wieder ab.
„Bei deiner Oma?", hakte Ben nach, knüllte die leere Waffelpackung zusammen und legte sie neben sich auf den Boden. Denisa bejahte. Bens Blick wurde mit einem Mal forschend, jedoch auch eine Spur zögernd wie er ihn auf sie richtete. Seine Hand ruhte auf dem Kopf der Hündin, ohne sie noch weiter zu kraulen.
„War es komisch ohne Mutter und Vater aufzuwachsen?", fragte er so unvermittelt, dass er Denisa damit überraschte. Sie fand diese Frage irgendwie sehr unverschämt, gerade weil sie von ihrem Halbbruder kam! Er hatte doch keine Ahnung! War sie neidisch auf die Zeit, die er mit ihrem gemeinsamen Vater gehabt hatte? Ein wenig vielleicht. Denisa zuckte mit den Schultern und versuchte, möglichst gleichgültig zu wirken.
„Ich weiß nicht…", erwiderte sie nach kurzem Sinnieren, "ich kannte es nicht anders."
Mehr wollte sie nicht dazu sagen, und Ben schien auch nicht mehr zu erwarten, denn er begann wieder, Daisy zu kraulen und reckte auf einmal seinen Hals, um die

Wanduhr schräg über ihnen lesen zu können. Kurz nach halb zwölf war es

„Du, ich muss mich fertig machen", sagte er, „ich kriege um zwölf Besuch." Er verriet nicht von wem, und Denisa fragte auch nicht nach. Das ging sie nichts an. Stattdessen erhob sie sich und strich ihre Jeans glatt.

„Ja, klar. Ich will dich nicht aufhalten", sagte sie und bewegte sich in Richtung Gang. Ben folgte ihr und beobachtete wie sie in ihre Ballerinas schlüpfte. Sie bedankte sich noch einmal für seine Hilfe mit ihrem Auto und verabschiedete sich dann.

„Immer gerne. Wir sehen uns", erwiderte er, bevor er die Tür dann hinter ihr schloss.

Einen kurzen Moment lang stand Denisa regungslos vor ihrem Wagen und überlegte, was sie jetzt machen wollte. Zwar war es schon wieder ziemlich warm, aber ein leichter Wind strich angenehm über ihr Gesicht, sodass sie Lust auf einen Spaziergang bekam. Deshalb beschloss sie, sich noch ein bisschen vom Haus der Lechners zu entfernen. Sie fuhr so weit, bis sie zu einem leuchtenden gelben Rapsfeld kam. Diese wundervoll intensive Farbe gefiel ihr sehr, also stellte sie das Auto am Rand des Feldes ab, stieg aus und spazierte entlang des Weges, der neben dem Feld verlief. Auf seiner anderen Seite befand sich ein Stück Wiese, hinter dem ein Weizenfeld begann. Der leichte Wind trug den Duft der Rapsblüten und bot eine angenehme Kühlung. Denisa war ungefähr fünfzehn Minuten gegangen, als ihr Handy in der Hosentasche vibrierte. Eine SMS von Mia:

Hallo Liebes,
wie geht es dir? Hast du schon mehr mit deinem Vater spre-
chen können?
Miss U! Mia

Denisa seufzte unwillkürlich. In den letzten Tagen hatte sie sich gar nicht mehr bei ihrer Freundin gemeldet, was ihr jetzt ein schlechtes Gewissen machte. Zwar hatten sie nichts Festes ausgemacht, wie oft sie Kontakt haben wollten, aber Denisa wusste schließlich, wie schwer es gerade war für Mia nach dem Tod ihres Vaters. Hatte sie ihre Freundin im Stich gelassen? Viel stärker jedoch machte sich jetzt noch ein anderer Gedanke in ihr breit: sie hatte sich mit einem Mann, mit Vittorio, eingelassen. Wie würde Mia das finden, wenn sie davon wüsste? Klar, sie und Denisa waren kein Paar mehr, wenn sie das überhaupt jemals gewesen waren, aber dennoch hatten sie viele intime Momente miteinander geteilt. Und nun fühlte es sich für Denisa ein wenig so an, als hätte sie Mia betrogen.

Denisa stand eine ganze Weile still am Weg, das Handy unschlüssig in der Hand haltend. Ihr Blick lag auf dem Gelb des Rapsfeldes, das sie schon halb umrundet hatte. Und als der erfrischende Windhauch erneut durch ihre Haare strich beschloss sie, Mia gleich anzurufen. Sie suchte sich eine Stelle am Rand des Weges, wo sie sich zumindest ein wenig im Schatten der hohen Rapspflanzen ins Gras setzen konnte und wählte die Nummer der Freundin. Es klingelte nur einmal, ehe Mia abhob und „Hallo?" sagte.

„Hallo ich bin's, das ging ja schnell!", erwiderte Denisa, einen bewusst fröhlichen Ton aufgelegt.

„Ich habe gerade mit Bernd geredet und hatte das Telefon noch in der Hand", erklärte Mia und fragte dann: „Wie geht es dir?"

„Ganz gut, und dir?", erwiderte Denisa, woraufhin ihre Freundin wohlig stöhnte und meinte: „Mir geht's so gut wie seit Wochen nicht mehr! Das schöne Wetter gibt mir richtig Aufschwung!" Das konnte Denisa in der Stimme ihrer Freundin hören, mit der die jetzt hinzufügte: „Ich glaube, ich fahre noch zum See heute."

Und bevor Denisa fragen konnte, erzählte ihre Freundin gleich weiter:

„Meine Mutter ist für ein paar Tage zu ihrer Schwester gefahren. Ich bin so froh. dass sie das gemacht hat! Es scheint ihr auch richtig gutzugehen dort, jedenfalls hat sie mir erzählt, dass sie und Tante Anna schon ganz viel unternommen haben."

Das hörte sich wirklich gut an! Nach allem, was sie durchgemacht hatte, hatte Rosi eine schöne Zeit mehr als verdient. Und Mia auch. Denisa konnte sich gut vorstellen, dass der die Zeit für sich richtig guttat.

„Super! Dann kannst du dich jetzt voll um dein Studium kümmern", meinte sie daher und stützte sich mit einer Hand im Gras ab. Die Sonne brannte jetzt sehr auf ihren Kopf, der vom Schatten des Feldes leider unberührt blieb. Wie gerne hätte Denisa ihren Sonnenhut aus dem Auto gehabt!

„Ja, ich habe mir schon ganz viel auf der Uniseite angeschaut", antwortete Mia. „In zwei Wochen fahre ich wahrscheinlich mal hin, um alles kennenzulernen."

Das konnte Denisa nur befürworten! Sie selbst hatte ihre Studienzeit sehr genossen und wünschte ihrer Freundin diese Erfahrung von Herzen. Besonders, da diese sich für Kunstgeschichte einschreiben wollte, was wirklich ihren Fähigkeiten entsprach.

„Das ist eine gute Idee! Das wird bestimmt schön", sagte sie deshalb. Mia dankte ihr und richtete gleich ihre Frage an sie:

„Wie ist es denn jetzt mit deinem Vater? Habt ihr nochmal reden können?"

Mit ein paar Sätzen brachte Denisa Mia auf den neusten Stand. Sie erzählte von dem Grillabend bei den Lechners, von ihrer ersten Angelpartie und von Ben. Nur Vittorio erwähnte sie nicht.

„Muss komisch sein, plötzlich einen Bruder zu haben", bemerkte Mia, die selbst auch keine Geschwister hatte.

„Ja...", entgegnete Denisa langsam, „es ist noch sehr unwirklich für mich."

„Wie ist Ben denn so?", hakte ihre Freundin nach.

„So alt wie du ungefähr, etwas chaotisch... studiert Maschinenbau...", überlegte Denisa. „Eigentlich passt er ganz gut zu dir", fügte sie scherzhaft hinzu, woraufhin Mia auflachte.

„Dann ist er nicht mein Typ", scherzte sie zurück, „ich stehe auf Ältere mit Brüsten."

Nun musste auch Denisa lachen und lehnte sich im Gras zurück, sodass ihre Haare im Raps hängenblieben.

„Aha", ließ sie nur vernehmen, und eine Weile lang schwiegen sie. Einige Insekten summten in Denisas Nähe im Raps und vom Feld zog der intensive Blütenduft herüber.

„Schön, dass du angerufen hast", sagte Mia dann leise, „es ist schön, deine Stimme zu hören." Es klang so innig und vertraut, und dann, ehe Denisa etwas erwidern konnte, fügte Mia hinzu: „Ich hoffe, dass es gut weiterläuft mit deinem Dad und seiner Familie."

Denisa dankte ihrer Freundin, und sie verabschiedeten sich herzlich. Nicht zu früh, wie Denisa feststellte, denn ihr Handyakku war so gut wie leer. Es war mittlerweile irre heiß, sodass ihr das T-Shirt am Körper klebte, also beschloss sie umzukehren und war bald wieder am Anfang des Feldweges angelangt, wo die Landstraße verlief. Gerade als sie nach links zu ihrem Auto gehen wollte, sah sie aus dem Augenwinkel, wie etwas Kleines auf die Straße flitzte. Zuerst hielt sie es für ein vorbeifliegendes Blatt, sodass sie es beinahe ignoriert hätte, aber das Etwas machte auf einmal eine Drehung und lief zum Straßenrand in ihre Richtung. Und jetzt konnte Denisa auch erkennen, was es war: ein kleines Entenküken! Es lief vor Denisa vorbei unter aufgeregtem Fiepen, um dann ungefähr zwei Meter von ihr entfernt wieder auf die Straße zu flitzen, direkt vor ein vorbeifahrendes Auto! Unwillkürlich riss Denisa ihre Hand vor ihren Mund, um einen entsetzten Ausruf zu verhindern, und sie stöhnte erleichtert auf, als das Küken wieder unbeschadet hinter dem Auto auftauchte. Jedoch währte die Erleichterung nicht lange, denn der kleine Vogel lief weiter unkontrolliert auf und ab und immer wieder auf die Fahrbahn. Jedes Mal, wenn ein Auto kam, blieb Denisa fast das Herz stehen. Das konnte sie nicht mehr länger mit ansehen! Weit und breit waren keine anderen Enten in Sicht, erst recht kein Muttertier, zu dem das Kleine hier hätte gehören können. Es schien so, als wäre es alleine, so als hätte es seine Familie verloren.

Diese Erkenntnis ließ in Denisa sofort ihren Entschluss reifen. Sie verfolgte das Küken am Straßenrand, was nicht leicht war, da es ungeheuer flink umherlief. Mehr als einmal versuchte sie es zu schnappen, doch es entwischte ihr immer knapp, und die kleine Verfolgungsjagd dauerte bestimmt zehn Minuten, bis das Entlein auf einmal stolperte und zur Seite kullerte. Geistesgegenwärtig griff Denisa mit beiden Händen danach und hoffte inständig, dass sie es sanft genug anfasste. In ihren Handflächen spürte sie die kleinen Füßchen und das flauschige Federkleid ihres Findlings. Was für eine Jagd! Denisa war selbst ganz außer Puste und durchgeschwitzt!

Mit einem vorsichtigen Griff trug sie das Küken die paar Meter zu ihrem Auto und hielt das Entlein mit einer Hand umklammert, während sie mit der anderen das Auto aufsperrte. Im Kofferraum fand sie nichts Brauchbareres als eine Stofftasche, in die sie ihren Fang behutsam hineinschob und sie mit den Trageschlaufen zuband. Das war sicher kein optimaler Transportbehälter, aber sie hatte wirklich keine bessere Idee. Die Tasche neben sich auf dem Beifahrersitz liegend fuhr sie los in Richtung Ort zur Pension. Hin und wieder waren klägliche Laute aus der Tasche zu vernehmen, aber zum

Glück hielt das Kleine die Fahrt über still. Nicht auszudenken, wenn es vom Sitz gekullert wäre!

Denisa war richtig froh, als sie endlich in der Pension angekommen war. Unschlüssig stand sie mit der Tasche in der Mitte ihres Zimmers. Das Kleine brauchte bestimmt Wasser, also beschloss sie, es ins Badezimmer zu bringen und in die Duschwanne zu setzen. Von dort konnte es bestimmt auch nicht entwischen. Ein paar Blätter zusammengeknüllten Klopapiers legte sie noch als Unterschlupf dazu, aber das Küken duckte sich nur zitternd in eine der Ecken und rührte sich nicht mehr. Es tat Denisa fürchterlich leid. Was sollte sie jetzt tun? Sie brauchte in jedem Fall Hilfe!

Als erstes steckte sie ihr Handy an das Ladekabel an und versuchte, ihren Vater zu erreichen, aber der ging auch nach mehrmaligen Versuchen nicht an sein Handy. Auch mit Vittorios Handynummer hatte sie kein Glück, also entschloss sie sich nach kurzem Überlegen bei der Nummer des Lokals anzurufen, die vorne auf der Visitenkarte stand. Wenigstens hier meldete sich jemand, wenn auch nicht ihr Freund selber. Als sie jedoch nach ihm fragte, wurde sie nach ein paar Sekunden weitergereicht. Vittorios Stimme klang gestresst, zumindest war er etwas außer Puste.

„Hey, hier ist Denisa, störe ich dich?", fing sie an, und sofort bekam Vittorios Stimme einen freundlicheren Klang.

„Chiao, Bella, hier ist leider gerade die Hölle los im Restaurant", sagte er, drehte sich dann wohl vom Telefon weg, um zu jemand im Hintergrund „Si, Antonio!" zu rufen. Dann fragte er in den Telefonhörer: „Was gibt's denn?"

Im Hintergrund waren das Klappern von Geschirr und verschiedene Stimmen zu hören, und Denisa bereute schon, Vittorio gestört zu haben, wenn er so im Stress war. Und weil sie auf die Schnelle nicht wusste, wie sie es am besten erklären sollte, platzte sie gerade heraus mit: „Ich habe ein Küken gefunden!"

Wegen des Geräuschpegels im Lokal hatte Vittorio sie wohl kaum verstanden, denn er fragte nach: „Wie, du hast ein Küken gefunden?"

Das klang auch echt seltsam, fand Denisa nun und beeilte sich zu erklären: „Ja, ein Entenküken! Das sitzt jetzt in meiner Dusche, und ich weiß nicht, was ich machen soll."

Sie hörte Vittorio ein paarmal durchatmen. Im Hintergrund rief jemand seinen Namen, worauf er knapp mit „Si!" reagierte. Dann sagte er:

„Bella, ich bin hier grad noch eingespannt, aber ich komme sobald ich kann, okay?" Und ohne ihre Reaktion abzuwarten fügte er hinzu: „So in zwei Stunden ungefähr."

Dann legte er auf, und Denisa ließ ihr Handy seufzend aufs Bett fallen. Zwei Stunden. Solange musste das kleine Kerlchen in ihrer Wanne dann eben noch aushalten.

KAPITEL DREIZEHN

„Das ist ja mal ein plusteriges Findelkind", bemerkte Vittorio.

Nebeneinander knieten sie auf dem Boden vor der Duschwanne in Denisas Badezimmer und betrachteten unschlüssig das kleine Entenküken, das darin in einer Ecke hockte und zitterte. Vor ihm stand ein kleines Becherchen mit Wasser, das ihm Denisa hingestellt hatte, jedoch unangerührt.

„Was sollen wir mit ihm machen?", richtete Denisa ihre dringlichste Frage an Vittorio, während sie sich ihm zuwandte. Er strich seine langen Haare hinters Ohr und stützte sich dann auf dem Wannenrand auf.

„Wir könnten es am Spieß braten", erwiderte er, und obwohl er es sofort lachend zurücknahm, war sie entsetzt, dass er zu so einem makaberen Witz fähig war. Noch dazu bei diesem Anblick, der in Denisa selbst nie dagewesene Muttergefühle hervorrief. Das flauschige braune Küken mit dem niedlichen kleinen Entenschnabel war das Süßeste, was sie je gesehen hatte! Mit einem kleinen Hieb zur Seite traf sie ihren Freund, der sich duckte und gleich den nächsten Vorschlag machte: „Wir könnten es Jonathan taufen."

Diese Idee war schon viel besser! Jonathan… das gefiel Denisa wirklich, und es passte gut zu diesem kleinen Wesen in ihrer Wanne. Aber noch wichtiger als ein Name war natürlich, was mit dem kleinen Kerlchen nun geschehen sollte. Denisa hatte noch nie einen Vogel großgezogen, geschweige denn ein Entlein. Was fraßen Entenküken überhaupt? Sie hatte keine Ahnung.

„Was sollen wir jetzt mit ihm machen?", wiederholte sie deshalb ihre Frage. Vittorio hob die Schultern und ließ sie wieder fallen.

„Ich habe als Kind mal Kaulquappen zu Fröschen groß-gezogen", meinte er, „aber von Enten habe ich keine Ahnung." Er wandte sich zu Denisa und strich ihr über die Haare.

„Du meinst, wenn Jonathan eine Kaulquappe wäre, dann wüsstest du, was zu tun wäre?", hakte sie zwei-felnd nach. Vittorio grinste.

„Schon möglich." Er stützte sich an dem Wannenrand ab, um sich zu erheben, woraufhin sich ihr Findelkind nur noch tiefer in seine Ecke duckte.

„Ich glaube, wir sollten ihn zu einer Vogelstation brin-gen", stellte er dann fest. Das klang vernünftig, aber nach einem Blick auf die Uhr kamen Denisa Zweifel, denn es war schon nach halb sieben. Solche Einrich-tungen machten doch sicher um sechs Uhr zu. Vittorio zückte trotz ihrer Bedenken sein Handy, um im Inter-net nach der nächsten Station zu suchen.

„Um sieben machen die zu", gab er die so gewonnene Information an Denisa weiter. „Ist eine Viertelstunde von hier entfernt." Das konnte knapp werden! In aller Eile baute Denisa für Jonathan aus dem leeren Kekskar-ton und Klopapier ein kleines Nest, und nachdem Vit-torio ihn erfolgreich wieder eingefangen hatte, stürm-ten sie hinunter zu Denisas Auto. Zum Glück fand das Navi die kleine Straße auf Anhieb, sodass sie neun Mi-nuten vor sieben vor dem flachen Gebäude parkten. Es sah schon reichlich verschlossen aus, denn alle Fenster waren dunkel, und zum Teil waren die Rollos herun-tergelassen. Auf ihr Klingeln reagierte niemand, und auch im Hof war kein Mensch zu finden, sodass Denisa einen enttäuschten Seufzer ausstieß. Jonathan beweg-te sich in der Keksschachtel und stieß immer wieder ein klägliches Fiepen aus. Wie tat ihr dieses Kerlchen leid! Sie waren schon drauf und dran wieder zu fahren, als auf einmal eine Tierpflegerin im grünen Overall die Tür von innen aufschloss und voll beladen mit Kisten und Papier herauskam. Sie balancierte ihre Ladung quer über den Hof in Richtung Mülltonnenhäuschen, während die beiden Besucher sich an ihre Fersen hefteten.

„Guten Abend, können Sie uns helfen?", sprach Denisa sie an, darum bemüht, das Entlein mit ihrem Laufschritt nicht zu sehr durchzurütteln. „Wir haben ein Entenküken gefunden."

Die junge Frau vor ihr ließ die Kartons laut auf den Boden plumpsen, sodass Denisa unwillkürlich ihre Hand schützend über Jonathan hielt. Der Arme musste sich ja zu Tode erschrecken bei dem Krach! Die Verursacherin des Lärms holte einen Schlüssel aus ihrer Hosentasche.

„Was fehlt ihm denn?", fragte sie mit einem leicht genervten Ton beiläufig, während sie ihn in das Schloss des Tonnenhäuschens steckte und es öffnete. Mit ein paar Fußtritten beförderte sie die Kartons am Boden in das offenbar leere Häuschen und drückte die Tür wieder zu.

„Die Mutter", antwortete Vittorio prompt auf die Frage und entlockte Denisa damit ein mitleidiges Lächeln. Auch die Tierpflegerin lächelte nun endlich mal und warf einen Blick in den Karton.

„Achje", seufzte sie dann, „so ein kleines Kerlchen." Jonathan hatte sich in der Kiste zu einer kleinen Kugel zusammengeduckt, sodass seine Füßchen kaum mehr zu sehen waren. Nur sein kleines Schnäbelchen lugte hervor, während er misstrauisch nach oben blickte. Denisa überkam eine erneute Welle von Mitleid.

„Können Sie ihm helfen?", fragte sie die Frau, die gerade dabei war, das Müllhäuschen wieder abzusperren. Die warf einen weiteren Blick auf das Entenküken und nickte langsam.

„Wir können es aufpäppeln und versuchen jemanden zu finden, der ihn aufziehen kann", meinte sie. „Es gibt ein paar Leute hier in der Gegend, an die wir immer wieder Jungvögel vermitteln", erklärte sie weiter.

Auch wenn es Denisa sehr schwer fiel Jonathan herzugeben, so wusste sie doch, dass es das Beste für ihr Findelkind war. Ein letztes Mal noch blickte sie auf das zierliche Wesen hinab.

„Tschüs, Jonathan", sagte sie leise, dann reichte sie den Karton der Tierpflegerin, die ihn entgegennahm und die Deckelklappe zuhielt.

„Er kommt erst einmal in Quarantäne, und morgen schaut ihn die Ärztin an. Danach sehen wir weiter." Sie warf Denisa einen beruhigenden Blick zu.

„Machen Sie sich keine Sorgen, wir finden schon etwas für ihn. Sollen wir Sie anrufen, wenn er ein neues Zuhause hat?"

Ja, das wollte Denisa unbedingt, deshalb schrieb sie ihre Handynummer in ein kleines Formular, das die Tierpflegerin aus dem Haus holte, nachdem sie Jonathan hineingebracht hatte. Dann verabschiedeten sie sich rasch voneinander, denn es war offensichtlich, dass die Tierpflegerin ihren Neuzugang schnell versorgen und sich dann in den Feierabend verabschieden wollte. Denisa seufzte leise, als sie ihr hinterherblickte, und Vittorio schien ihre niedergeschlagene Stimmung zu bemerken, denn er zog sie an sich und sagte: „Na, komm, jetzt fahren wir erst einmal zu mir."

Er gab ihr einem Kuss, bevor sie beide ins Auto stiegen. Die Fahrt über sprachen sie kaum, denn Denisa war in ihre Gedanken versunken. Sie versuchte sich vorzustellen, wie Jonathan in einem Garten zusammen mit anderen Enten lebte und glücklich war, denn mit diesem Gedanken wollte sie sich trösten. So gerne hätte sie dieses Entenküken behalten und selber großgezogen…

Es war fast acht Uhr, als sie vor *Da Mario* parkten. Im Garten saßen zwar noch einige Gäste, aber es schien nicht mehr so viel Betrieb zu sein wie vorhin, als Denisa dort angerufen hatte. Vittorio führte sie so unauffällig wie möglich um das Restaurantgebäude herum zu einem Hintereingang, von dem eine Treppe in den ersten Stock zur Wohnung seiner Eltern führte. Hier befand sich auch sein altes Jugendzimmer, welches er immer bezog, wenn er in den Semesterferien nach Hause kam. Denisa hatte erwartet, dass man hier oben den Geräuschpegel des Lokals mitbekommen würde, aber es war erstaunlich ruhig sobald Vittorio das Fenster geschlossen hatte. Auf dem breiten Bett an der Wand lag unordentlich hingeworfen seine Kellneruniform, die er nun nahm um sie neben der Tür auf den Boden zu werfen. Dann griff er nach Denisas Hand und zog sie auf seinen Schoß. Sein Arm fühlte sich angenehm warm um ihrer Taille an. Mit der freien Hand strich er ihr durchs Haar, das durcheinander geraten war.

„Du wirst sehen, Jonathan findet bestimmt ein schönes Zuhause", raunte er, bevor er sie sanft auf den Mund küsste. Bestimmt hatte er Recht, und Denisa war froh, der Tierpflegerin ihre Handynummer gegeben zu haben. Genauso froh wie sie darüber war, Jonathan erst einmal gut untergebracht zu wissen. Sie spürte Vittorios Hand, die nun sanft über ihren Rücken strich. Seinen Kopf hatte er an ihren Hals gelehnt, sodass seine weichen wohlduftenden Locken auf ihrer Haut kitzelten.

„Danke, dass du mir geholfen hast", sagte sie, das Gesicht in seinen Haaren vergraben, eingehüllt in seinen Duft. Er sah zu ihr auf und betrachtete ihr Gesicht einen Moment lang.

„Bella, es gibt vieles, was ich für dich tun würde", erwiderte er dann, und seine Stimme klang so ernst, dass Denisa eine Gänsehaut bekam. Sie kannten sich erst seit gerade mal einer Woche, und dennoch wirkte es aufrichtig, wie er das sagte. Seit einer Woche war sie erst hier, und dennoch war sehr viel passiert seit ihrer Ankunft und nicht nur in Bezug auf ihren Vater. Ganz unverhofft hatte sie diesen Mann kennengelernt und sich vollkommen unerwartet in ihn verliebt. Denisa spürte, wie bei diesem Gedanken ihr Herz einen kleinen Sprung machte, sodass sie schlucken musste. Vittorio lächelte, küsste sie erneut und ließ sich dann mit ihr zusammen nach hinten auf das Bett sinken.

„Ein langer Tag", gähnte er und rieb sich über das Gesicht. Klar, er hatte den ganzen Tag im Lokal gearbeitet, bevor er zu Denisa gekommen war.

Über seinem Bett hing an der Wand ein breites Brett, auf dem allerlei Dinge lagen, und bei näherem Hinsehen erkannte Denisa die Umrisse eines kleinen Hauses. Sie richtet sich auf und kniete sich schließlich auf dem Bett hin, sodass sie besser sehen konnte. Es war tatsächlich ein Hausmodell aus Holz, ungefähr zwanzig Zentimeter hoch, das auf einer Platte montiert war. Filigran wirkten die einzelnen Holzplättchen, die zusammengefügt die Fassade des Hauses bildeten mit eingelassenen Fenstern und einer Tür aus dunklerem Holz. Die Fensterscheiben waren aus einer stabilen Folie gefertigt, ebenso ein kleiner Teich, den Vittorio in den Garten neben dem Haus platziert hatte. Die Dachziegel aus kleinen Mosaiksteinchen machten das Ganze perfekt, und zusammen mit ein paar Modellbäumen drum herum sah das Häuschen echt schön aus. Denisa war beeindruckt, auch weil sie sich diese feinmotorische Arbeit sehr schwer vorstellte.

„Hast du das gebaut?", fragte sie. Vittorio reckte seinen Hals, dann nickte er.

„Das ist mein erstes Modell", erklärte er und stützte sich auf seinen Ellenbogen auf. „Im Keller stehen noch zwei andere."

Im Keller? So etwas Schönes konnte man doch nicht im Keller lagern! Wenn Denisa jemals so etwas selbst gebaut hätte, würde es bestimmt einen besonderen Platz in ihrer Wohnung bekommen! Aber mehr als die üblichen Bastelarbeiten in ihrer Kindheit hatte sie nie gemacht.

„Das ist echt schön", sagte sie versonnen, während ihre Fingerspitzen das Holz berührten. Dann glitt ihr Blick weiter über das Wandbrett, und sie musste unwillkürlich grinsen.

„Wolltest du auch mal große Schiffe bauen?", fragte sie scherzhaft und deutete auf ein Modellschiff, das am anderen Ende des Brettes stand. Vittorio schmunzelte ebenfalls und richtete sich auf, um nach dem Schiff zu greifen.

„Nein, das ist aus der Zeit, als ich unbedingt Pirat werden wollte", entgegnete er, während er es betrachtete.

„Du wolltest Pirat werden?" Denisa konnte sich das bei ihm nur schwer vorstellen, so höflich und nett, wie er war! Andererseits… wenn Vittorio seine langen Haare mit einem Tuch zurückbände, hätte er vielleicht wirklich etwas Piratenhaftes an sich. Etwas Geheimnisvolles, vielleicht sogar Bedrohliches. Sie fand gerade Gefallen daran, sich das vorzustellen, als Vittorio auf ihre Frage entgegnete:

„Ja, so wie *Long John Silver* aus der *Schatzinsel*. Den fand ich toll!"

Und auf ihren verständnislosen Blick hin schüttelte er den Kopf und meinte entrüstet:

„Sag mir jetzt nicht, dass du *Die Schatzinsel* nicht kennst!"

Er wartete ihre Antwort gar nicht ab, sondern stand vom Bett auf, ging zu einem Regal an der Wand, an dem er kurz mit seinen Blicken herum suchte. Dann zog er ein Buch heraus, kam zurück und reichte es Denisa. Es war ein Taschenbuch, dem man die häufige Nutzung deutlich ansah. Abgegriffen und mit einigen Knicken schien es schon einige Jahrzehnte hinter sich zu haben. Sein Cover zierte das Foto eines großen Segelschiffes, auf dem *Hispaniola* stand.

„Das Schiff haben sie in der Verfilmung verwendet", erklärte Vittorio und deutete auf das Bild. „Auf so einem wäre ich als Kind auch gerne herumgefahren, um die Ozeane zu erkunden und Abenteuer zu erleben wie auf der Insel, auf der der Schatz dann vergraben war in der Geschichte."

Richtig verträumt wirkte sein Ausdruck wie er so sprach, und seine Stimme klang richtig ungläubig als er sie ansah und fragte: „Kennst du den Film auch nicht?"

Denisa verneinte und musste über seine Entrüstung schmunzeln. Nein, davon hatte sie noch nie gehört, aber Vittorios Gesichtsausdruck ließ sie ahnen, dass er das dringend ändern wollte. Und prompt kam auch sein Vorschlag: „Wir können ihn ja zusammen mal anschauen."

Es war offensichtlich, dass er sie gerne an dieser Geschichte teilhaben lassen wollte, die ihn noch immer zu faszinieren schien, und irgendwie fand Denisa das rührend. Also nickte sie und gab ihm einen Kuss auf den Mund, und Vittorio schien das als Aufforderung zu verstehen, denn er legte das Schiff beiseite, stand auf und ging zu einer Kiste, die neben dem Bücherregal auf dem Boden stand. Er wühlte darin herum und förderte schließlich eine alte Videokassette zutage.

„Die habe ich jahrelang nicht angesehen", murmelte er, während er die Kiste schloss und aufstand. „Mal schauen, ob sie überhaupt noch funktioniert."

Vittorio besaß sogar noch einen alten Videorecorder, den er rasch an seinen Fernseher angeschlossen hatte und startete. Ein wenig zuckte das Bild als sich das Videoband in Bewegung setzte, aber nach ein paar Sekunden wurde es klarer.

„Na also!", ließ Vittorio vernehmen und kam zum Bett zurück, um sich dort neben Denisa zu legen. Eng nebeneinander lagen sie dort, die Oberkörper auf Kissen an der Wand gekuschelt. Nachdem die Töne der Titelmusik verklungen waren, legte Vittorio seinen Arm um sie und zog sie an sich.

„Du kannst auch über Nacht bleiben", flüsterte er ihr ins Ohr. Denisa zögerte mit einer Antwort. Natürlich war das lieb von ihm, aber irgendwie fühlte sie sich nicht ganz wohl bei dem Gedanken, vor allem weil seine Eltern mit im Haus wohnten. Die kannte sie ja noch gar nicht. Außerdem hatte sie gar nichts dabei zum Umziehen oder Zähneputzen. Nein, irgendwie kam ihr dieser Vorschlag zu plötzlich.

„Mal sehen...", erwiderte sie deshalb nur, und Vittorio ließ es kommentarlos stehen.

KAPITEL VIERZEHN

L iebe Oma,
nun bin ich seit über einer Woche hier und so viel ist
passiert! Ich habe einen Mann kennengelernt, und ich frage
mich, ob du ihn mögen würdest. Ich denke, ich bin in ihn
verliebt. Und dabei habe ich das wirklich nicht vorgehabt!
Schließlich bin ich hier, um meinen Vater kennenzulernen!
Mein Vater... ich weiß nicht, er ist ganz anders, als ich
ihn mir vorgestellt hatte. Warum hast du mir nur Schlechtes
erzählt von ihm? Er ist mein Vater!! Warum dachtest du, er
wäre schlecht für mich?

Denisa ließ den Stift sinken und schaute aus dem Fenster, durch das die Morgensonne hineinfiel. Ein paar
leichte Wolken zogen über den Himmel, aber sonst
versprach es, ein schöner Tag zu werden. Und wie so
oft, wenn Denisa das tiefe Blau des Himmels über sich
sah, fragte sie sich, ob ihre Oma jetzt irgendwo dort
oben weilte. Nicht auf einer Wolke, das wäre wirklich zu klischeehaft, aber irgendwo in den Weiten des
Universums. Mia glaubte daran, genauso wie sie es für
möglich hielt, dass die Verstorbenen in allen Wesen um
uns herum weiterleben. Aber konnte man herausfinden,
wie es wirklich war?
Denisa schlug langsam das Büchlein zu und betrachtete
einen Moment lang den Raben auf dem Cover, bevor sie
es beiseitelegte. Dann streckte sie sich, stand auf und
ging ins Badezimmer um zu duschen.
Ein hochsommerlicher Tag würde es wieder werden,
deshalb entschied sie sich, noch einmal ein Kleid anzuziehen. Wie sie den Tag heute verbringen wollte, wusste sie noch nicht. Vittorio musste arbeiten, das hatte er

ihr gestern Abend noch gesagt, und Theo hatte sie noch nicht gefragt, ob er Zeit hatte. Gerade als Denisa prüfen wollte, ob sie neue Nachrichten am Handy hatte, klingelte es prompt. Es war Lisa, ihre Kollegin.

„Hey, Denisa, wie geht es dir?" Es war schön, ihre Stimme zu hören, denn Denisa mochte Lisa wirklich gerne. Die Kollegin wusste als Einzige im Verlag den Grund für ihren unbezahlten Urlaub. Kurz vor ihrer Abreise hatte Denisa es ihr anvertraut.

„Danke, gut und dir?", erwiderte sie und ließ sich aufs Bett nieder. Lisa freute sich, das zu hören.

„Und wie läuft... na, du weißt schon... was du dir vorgenommen hattest?", fragte sie weiter, ohne viel von sich oder von der Arbeit zu erzählen. Knapp berichtete Denisa ihr, dass es ganz gut laufe. Zuviel wollte sie nicht preisgeben, solange sie selber nicht wusste, wie genau sie das Kennenlernen mit Theo einschätzen sollte. Es war alles einfach noch zu neu. Aber wovon sie Lisa gerne erzählte war, dass sie Vittorio kennengelernt hatte, denn sie wusste, dass die Kollegin nicht tratschte. Kurz quatschten sie über Männer, Affären und Beziehungen, bis Lisa irgendwann das Thema wechselte:

„Du, Agnes hat gefragt, wann wohl wieder mit dir zu rechnen ist. Sie ist ein bisschen angesäuert weil... naja, weil du am Jahresanfang schon so lange weg warst."

Das stimmte. Die Zeit, die Denisa im Frühjahr mit Mia und ihrer Familie verbracht hatte, war länger gewesen als ursprünglich geplant. Damals hatte Agnes, ihre Chefin, sie schon um ihre baldige Rückkehr gebeten, weil ein dringendes Buchprojekt gewartet hatte. Denisa seufzte und fuhr sich durch die Haare. Was sollte sie darauf sagen? Sie wusste einfach nicht, wie viel Zeit sie hier noch brauchte! Andererseits mochte sie ihren Job wirklich und wollte ihre Chefin auch nicht weiter verärgern.

„Sag ihr…", begann sie zögernd, „in zwei bis drei Wochen bin ich wieder da."

Sie hoffte innständig, dass sie damit allen Anforderungen genügen würde. Lisa fragte nicht weiter nach und als würde sie spüren, wie schwer das für Denisa war, antwortete sie nur leise „Okay, Süße" darauf, bevor sie sich voneinander verabschiedeten. Denisa war ihr wirklich dankbar dafür.

Wenn sie sich so beeilen musste, dann wollte Denisa heute in jedem Fall Zeit mit ihrem Vater verbringen. Also beschloss sie, nachdem er nicht ans Handy ging, einfach bei ihm vorbeizuschauen und zu hoffen, dass er Zeit hatte. Und tatsächlich öffnete er kurz nach ihrem Klingeln die Tür. Barfuß ging er, trug kurze Hosen und ein schlichtes weißes T-Shirt, auf dem ein paar Wasserflecken zu sehen waren. Er begrüßte sie kurz aber freundlich, und Denisa stockte als er die Tür ganz aufhielt, um sie hereinzulassen. Er hielt eine Babyflasche in der Hand! Wortlos deutete Denisa darauf, und ihr Blick musste völliges Unverständnis widerspiegeln, denn Theo lachte kurz auf.

„Nein, wir haben kein Baby", meinte er dann, „das ist Medizin für Daisy."

Seine Miene schien sich bei diesen Worten regelrecht zu verdunkeln, und seine Schultern fielen nach vorne, als wäre die Energie plötzlich aus ihnen gewichen.

„Geht es ihr denn wieder schlechter?", erkundigte sich Denisa, während sie die Tür schloss und ihrem Vater über den Gang ins Wohnzimmer folgte. Ihre Tasche stellte sie im Gang auf den Boden und streifte halb im Gehen die Sandalen ab. Neben dem Sofa lag ausgebreitet eine große braune Decke, auf der ein paar Kissen wahllos verteilt waren. Quer darüber lag die große Hündin auf der Seite und hechelte. Denisa fiel auf, dass ihr Fell an manchen Stellen sehr dünn war, und trotz ihrer Größe sah Daisy bei Weitem nicht füllig aus. Es schien sogar, als hätte sie seit ihrer letzten Begegnung noch abgenommen. Theo hockte sich neben sie, hob ihren Kopf ein wenig an und versuchte, die Babyflasche in ihre Schnauze zu stecken. Es gelang ihm nur mäßig. Kraftlos fiel Daisys Kopf wieder zurück.

„Sie frisst nichts mehr, deshalb habe ich ihr leicht verdauliche Babynahrung besorgt." Zwei weitere Male versuchte er noch, Daisy zum Trinken zu bewegen, dann gab er auf.

„Okay, mein Spatz, dann ruh dich aus", flüsterte er und strich ihr sanft über den Kopf. Dann stellte er die Babyflasche auf den Wohnzimmertisch und ließ sich auf das Sofa sacken. Denisa setzte sich in einen der Sessel gegenüber. Eine Weile lang betrachtete er die Hündin, und irgendwann wurde ihr Atem etwas ruhiger. Die Augen hatte sie geschlossen. Nach schier endlosem Schweigen, das Denisa nicht zu brechen wagte, schien ihr Vater sich einen Ruck zu geben und wandte sich ihr zu.

„Schön, dass du da bist. Wie geht es dir denn?", fragte er in leisem Ton, wohl um Daisy nicht zu stören. Denisa brauchte ihrerseits ein paar Sekunden, um den Schweigemodus zu beenden.

„Ganz gut soweit", antwortete sie dann und streckte sich leicht. „Ich habe vorhin mit meiner Arbeitskollegin telefoniert. Sie wollte wissen, wann ich wiederkomme, und ich habe nur grob in zwei bis drei Wochen gesagt."

Theo ließ das mit einem Nicken stehen, sein Blick haftete auf dem Tisch. Dann nach einer weiteren Pause hob er den Kopf und sah seine Tochter direkt an.

„Hey, ich möchte dir etwas zeigen."

Nach einem letzten rückversichernden Blick auf die schlafende Hündin stand er auf und bedeutete Denisa, ihm zu folgen. Sie gingen die Treppe hinauf in den ersten Stock zu Theos Zimmer, das Denisa vom Grillabend her schon kannte. Die Tür zum Badezimmer war geschlossen, aber von den beiden Türen am Ende des Ganges stand eine weit offen, sodass sie einen kurzen Blick hineinwerfen konnte. Das musste das Zimmer ihres Bruders sein, denn es war ein Bett zu erkennen, das für ein Ehebett deutlich zu schmal war. Zudem war es sehr unordentlich, die Bettdecke lag halb auf dem Boden. Darum herum lagen Kleider und verschiedene Dinge, unter denen Denisa Bücher und einen aufgeklappten Laptop ausmachen konnte. Sie musste sich zwingen, nicht zu lange in das Zimmer zu spähen, denn sie wollte nicht neugierig wirken und Bens Privatsphäre verletzen. Also folgte sie Theo rasch in sein Zimmer neben der Treppe, das eine Lüftung gut hätte vertragen können.

Ihr Vater schien ihre Blicke den Gang hinunter überhaupt nicht bemerkt zu haben. Insgesamt wirkte er etwas abwesend, auch wie er sich jetzt vor das Sideboard kniete und eine Tür daran öffnete. Heraus nahm er ein kleines Fotoalbum mit blauem Einband, auf dem eine schlichte weiße Blume abgebildet war. Insgesamt war es schon sehr vergilbt und offensichtlich alt. Einen Moment lang stand Theo nur da, betrachtete das Büchlein und blätterte es dann flüchtig durch.

„Das hat mir deine Mutter geschenkt als wir ein Jahr zusammen waren", sagte er, während er es Denisa reichte und fügte hinzu: „Ich wusste gar nicht, dass ich es aufgehoben hatte. Es ist jahrzehntelang nur im Schrank gelegen."

Er fuhr sich mit der Hand durch seine unordentlichen Haare und schüttelte dann den Kopf. „Gestern habe ich mich plötzlich daran erinnert, ich weiß nicht wieso."

Das Album fasste etwa zwanzig Bilder. Auf die erste Seite hatte Britta ‚Alles Gute zum Einjährigen' geschrieben und darunter ein Foto von sich und Theo geklebt, dessen Ecken sich hochbogen. Britta und Theo... um die zwanzig mussten sie beide auf diesem Bild sein und auch auf denen, die folgten. Fotos vom Picknicken, auf einem Spielplatz beim Schaukeln, in irgendwelchen Lokalen und auf einem Weihnachtsmarkt. Sie waren alle Zeugnisse inniger Zweisamkeit, und Denisa musste bei dem Anblick unwillkürlich schlucken. Das waren ihre Eltern. Die Eltern, mit denen sie nur eine kurze Zeit verbracht hatte als Kind. Fremd und doch vertraut, ganz seltsam fühlte es sich an, sie so glücklich zusammen auf den Fotos zu sehen. Denisa spürte ein schmerzhaftes Ziehen in ihrer Kehle, und sie musste erneut schlucken, um ihre Lippen davon abzuhalten zu zittern. Ihr Vater stand hinter ihr und betrachtete über ihre Schulter hinweg ebenfalls die alten Bilder. „Wir waren so verliebt…", sagte er leise und scheinbar mehr zu sich als zu seiner Tochter. Doch dann stellte er ihr unvermittelt eine Frage, die sie in dieser Direktheit nicht erwartet hätte: „Warst du schon einmal so richtig verliebt?" Unwillkürlich warf sie ihm einen verwunderten Blick zu, bevor ihre Gedanken zu den Männern schweiften, in die sie sich jemals verliebt hatte. Viele waren es nicht gewesen, nur zwei oder drei bevor sie David kennengelernt hatte. Und dann war da natürlich Mia gewesen…

„Ja, schon mehrmals", antwortete sie zögerlich. Und Vittorio? In ihn hatte sie sich auch verliebt, obwohl sie das gar nicht vorgehabt hatte… Aber das Kribbeln in ihrem Bauch, das der Gedanke an diesen Mann auslöste, war schön, und auf einmal wollte sie ihrem Vater davon erzählen.

„Ich habe mich sogar hier verliebt", sagte sie deshalb leiser und bemerkte, wie sie bei den Worten doch leicht errötete. Theos Züge schienen sich auf einmal aufzuhellen, jedenfalls lächelte er und sein Körper richtete sich merklich auf.

„Das ist doch toll!", meinte er, und seine Stimme klang mit einem Mal so euphorisch, dass Denisa ihn verwundert ansah. Aber er schien sich wirklich darüber zu freuen, denn seine Ausstrahlung war geprägt von Freude und Neugier als er jetzt weiterfragte: „Darf ich wissen, wer es ist?"

Denisa erzählte ihm wie und wo sie Vittorio kennengelernt hatte, und ihr Vater nickte verstehend. Natürlich kannte er das Restaurant nahe der Pension und offenbar auch den Sohn des Inhabers. Er grinste, als Denisa zu Ende erzählt hatte.

„Das muss auf meine Liste", meinte er, wandte sich abrupt um und ging zum Regal. Dort nahm er einen großen Block heraus, auf dessen oberstem Blatt bereits ein paar Punkte aufgeschrieben waren, griff nach einem Filzstift, der daneben lag und schrieb drei Worte in die nächste Zeile. Dann hielt er das Ganze so, dass Denisa es lesen konnte:

Denisa ist verliebt

Als Überschrift stand über den Zeilen, die mit Spiegelstrichen versehen waren:

10 Dinge, für die es sich heute zu leben lohnt:

Darunter hatte Theo ein paar Sachen aufgeführt wie: *Angeln, Anja und Ben, Spazieren mit Daisy, Urlaub am Meer, Radeln mit Bruno, … und Denisa ist verliebt.*

Denisas Blick blieb eine Weile auf dem Papier hängen, und ihr Vater musste das als Frage interpretiert haben, denn er warf selber einen langen Blick auf seine Zeilen, ehe er den Block langsam zurück ins Regal legte.

„Das hat mir mein Therapeut empfohlen", setzte er zu einer Erklärung an, während seine Augen noch immer auf dem Papier hafteten.

„Ich soll täglich so eine Liste machen, um mich auf das Positive in meinem Leben zu konzentrieren. Angeblich soll das helfen gegen die depressiven Stimmungen."

Geräuschvoll warf er den Stift auf den Block und zuckte mit den Schultern.

„Keine Ahnung, ob das stimmt. Bis jetzt merke ich noch nicht so viel davon."

So euphorisch er eben noch gewesen war wegen Denisas Neuigkeit, so kraftlos wirkte er im nächsten Moment. Seine Schultern waren wieder nach vorne gefallen, und Denisa hatte das Gefühl, dass seine Augen ausdrucksloser waren als gerade noch, so als hätten sie jegliche Energie verloren. Irgendwie fühlte sie sich unwohl dabei, ihn so zu sehen. Es war mehr als das Mitleid, das seine Haltung beim Angelausflug in ihr hervorgerufen hatte. Denisa merkte, dass sich auch ein Gefühl von Abneigung hinzugesellte. Sie wollte ihren Vater nicht so schwach sehen! Sie wollte, dass er stark war für sie und wusste, was zu tun war, so wie an dem Grillabend, als er in diesem Zimmer ihren Fuß versorgt hatte. Und um das jetzige Gespräch wieder in angenehmere Bahnen zu lenken, wandte sie sich von dem Regal ab, streckte sich und sagte: „Ich bin froh, dass du heute überhaupt zu Hause bist. Ich dachte, du arbeitest vielleicht."

Immerhin war es Freitag. Theo jedoch sah sie nach ihren Worten einen Moment lang nur an, dann blickte er auf seine Hände und schluckte.

„Ich bin arbeitslos, Denisa", erwiderte er leise, während er die Fingerspitzen beider Hände gegeneinander presste. „Ich habe mich bisher nicht getraut, dir das zu sagen. Aber in meiner letzten Krise habe ich meinen Job verloren. Ich war der Herausforderung nicht gewachsen."

Denisa konnte nicht anders, als geräuschvoll auszuatmen. Mann! Das war heute ein Tag schonungsloser Ehrlichkeit! Theo stand regungslos da, die Finger immer noch aneinandergelegt. Sein Blick lag nun auf dem Rahmen des kleinen Fensters, und es wirkte, als wäre er mit den Gedanken weit fort.

Weit fort... das wäre auch Denisa jetzt gerne gewesen, denn sie wusste nicht, wie sie mit seiner Beichte umgehen sollte. Sie betrachtete die dunkelgrauen Haare ihres Vaters, die stellenweise fettig aussahen, und sein von Bartstoppeln geziertes Gesicht. Und auf einmal kam ihr in den Sinn, was sie vor Kurzem noch über ihren Halbbruder gedacht hatte: nämlich dass er keine Ahnung hatte wie es war, ohne Vater aufzuwachsen. Das stimmte natürlich, aber ihr wurde nun bewusst, dass sie selbst dafür keine Ahnung davon hatte wie es war, mit einem Vater aufzuwachsen. Einem Vater, der mit seinen eigenen Gefühlen nicht zurechtkam...

Wie Theo da so gebeugt neben Denisa stand und auf das Fenster starrte, sah er richtig elend und kraftlos aus. Andererseits hatte er es geschafft, das mit dem verlorenen Job zuzugeben und dazu gehörte ja auch eine gewisse Stärke, fand Denisa nun. Sie trat einen Schritt auf ihn zu und hob ihre Hand, um ihn am Arm zu berühren. „Vielleicht ist es keine Herausforderung, wenn man es gar nicht schaffen kann. Vielleicht..."

Aber sie kam gar nicht dazu weiterzusprechen, denn mit einem Klappern wurde auf dem Gang plötzlich die Badezimmertür geöffnet und Ben trat heraus, lediglich mit einem Handtuch bekleidet, das er um die Hüften gebunden hatte. Theo ging zögerlich zum Gang und meinte: „Guten Morgen. Du hast ja ewig geduscht."

Der Blick, den sein Sohn ihm daraufhin zuwarf, wirkte auf Denisa herablassend und unterstrich die Worte, die gleich folgten: „Das täte dir auch mal gut."

Denisa war überrascht, so etwas von Ben zu hören, auch wenn er im Kern Recht hatte. Tatsächlich roch Theo streng, und seine Haare konnten sicher auch eine Wäsche vertragen. Der schien nach einer passenden Antwort zu suchen, doch sein Sohn wandte sich schon an Denisa und wechselte unvermittelt das Thema:

„Die Ersatzbirnen für dein Auto sind da. Ich könnte sie morgen einbauen, wenn du willst."

Denisa reagierte nicht sofort, woraufhin ihr Bruder ihr einen fragenden Blick zuwarf.

„Oh super, das wäre toll!", brachte sie dann heraus und lächelte ihn an, was er mit einem kurzen Nicken quittiere.

„Komm doch einfach morgen Vormittag vorbei, dann erledigen wir das." Damit wollte er in sein Zimmer gehen, als Theo ihn an der nackten Schulter berührte.

„Gehst du weg?", fragte er seinen Sohn.

„Ja, ich treffe mich mit Jannis, der ist ab morgen im Urlaub." Mehr sagte Ben nicht, sondern wandte sich ohne einen weiteren Blick ab, schlurfte in sein Zimmer und schloss die Tür hinter sich. Theo machte eine resignierte Handbewegung und seufzte.

„In letzter Zeit kommen wir nicht gut miteinander aus", meinte er, nachdem er tief durchgeatmet hatte und blickte Denisa an. Aber er sagte nicht mehr dazu, sondern bedeutete ihr nach einem Achselzucken, ihm zurück ins Erdgeschoss zu folgen.

Im Wohnzimmer lag Daisy unverändert auf der Decke am Boden und döste. Hin und wieder zuckte eines ihrer Beine im Schlaf, was lustig und irgendwie süß aussah. Deshalb musste Denisa unwillkürlich grinsen, auch wenn ihr eigentlich sonst nicht danach zumute war. Die Begegnung eben zwischen Vater und Sohn hing noch in ihren Gedanken fest, ebenso wie das unschöne Gefühl, das sie erzeugt hatte. Sie war kein Mensch, an dem Konflikte spurlos vorübergingen, auch wenn sie selbst gar nicht involviert war. Zwar hatten Theo und Ben sich nicht gestritten eben, aber die Spannungen zwischen ihnen waren deutlich wahrnehmbar gewesen. Aber vielleicht, dachte Denisa nun, als sie sich auf das Sofa sinken ließ, vielleicht schätzte ihr Vater Ben auch nicht richtig ein?

„Aber er hat dich gedeckt", sprach sie ihren Gedanken aus und fuhr auf den fragenden Blick ihres Vaters hin fort: „Ben… er hat mir am Telefon nichts von deiner Depression erzählt, weil du das nicht wolltest. Er hat dich gedeckt."

Theo sah sie einen Moment lang nur an, dann ging er neben Daisy in die Knie und setzte sich schließlich neben ihrer Decke auf den Boden. Eine Weile lang betrachtete er nur die schlafende Hündin, schien in Gedanken versunken zu sein, und es dauerte eine gefühlte Ewigkeit, bis Denisa endlich seine leise Stimme vernahm: „Als psychisch krank abgestempelt zu sein, ist nicht einfach, Denisa."

Eine Weile schwiegen sie, beide den Blick auf die schlafende Hündin gerichtet, bis irgendwann im ersten Stock eine Zimmertür geöffnet wurde und Ben die Treppe herunter gepoltert kam. Mit beigen Shorts und blauem Poloshirt bekleidet ging er direkt in die Küche, kam mit einer Flasche Cola wieder heraus und wollte gerade mit einem raschen „Tschüs!" zur Haustür gehen, als diese von außen geöffnet wurde.

„Hallo Mama", sagte er und fügte sofort hinzu: „Ich bin bei Jannis."

Vom Flur war das Rascheln von Tüten zu hören und Anjas Stimme, die Ben hinterherrief: „Kannst du mir noch beim Reintragen helfen?"

Offenbar kam sie gerade vom Einkaufen, schlussfolgerte Denisa. Ihr Bruder jedoch schien es wirklich eilig zu haben.

„Keine Zeit! Sorry!", rief er und Schwupp! war er weg.

Anja rollte mit den Augen, als sie ins Wohnzimmer trat. Sie trug einen kurzen schwarzen Rock und eine orange Seidentunika darüber, die zerknittert aussah. Aber vielleicht gehörte das auch so.

„Kannst du mir dann wenigstens helfen…?", sprach sie Theo an, dann erblickte sie Denisa auf dem Sofa. Sie lächelte, fuhr sich mit der Hand durch die Haare, und ihre Stimme wirkte etwas ruhiger als sie sagte: „Ah, du bist da."

Ihr Blick fiel auf Daisy, die durch den Krach wach geworden war und wieder zu hecheln begonnen hatte. Und als Theo den Arm ausstreckte, um die Hündin am Ohr zu kraulen, da tat Anja etwas, was Denisa überraschte: sie trat zu ihrem Mann und umarmte ihn liebevoll von hinten. Für einen Moment schien sie Denisa nicht mehr wahrzunehmen und ihre volle Aufmerksamkeit lag bei Theo als sie ihn fragte: "Wie geht es ihr denn?"

Theos Miene wirkte gequält, auch wenn Denisa sein Gesicht nur von der Seite sehen konnte. Er atmete ein paarmal tief durch und klang traurig, fast verzweifelt als er antwortete: „Ich weiß es nicht."

Er hob seine Hand und ließ sie kraftlos wieder sinken. Anja hielt ihn fest, wiegte ihn ein wenig und gab ihm einen Kuss auf den Kopf.

„Sie ist alt, mein Schatz", flüsterte sie, sodass Denisa es gerade noch hören konnte, und es fühlte sich seltsam an, diese Zweisamkeit der beiden zu erleben. Aber irgendwie auch schön. Eine ganze Weile saßen sie dort zusammen und betrachteten ihre geliebte Daisy, bis Anja sich irgendwann löste und erhob. Sie streckte leicht ihre Glieder, blickte Denisa an und lächelte traurig.

„Das ist nicht leicht für uns", seufzte sie.

Der vertrauliche Ton in ihrer Stimme überraschte Denisa, aber sie freute sich darüber. Und auch wenn sie selbst nie ein Haustier gehabt hatte, konnte sie die Sorge um Daisy nachvollziehen, zumal sie selbst die Hündin in dieser kurzen Zeit ihrer Bekanntschaft schon liebgewonnen hatte.

„Ja, das verstehe ich", sagte sie deshalb und erwiderte Anjas trauriges Lächeln.

Die blickte auf Theo und Daisy herab und klapperte mit dem Autoschlüssel, den sie die ganze Zeit in der Hand gehalten haben musste.

„Komm, wir müssen jetzt mal was tun", sagte sie und tätschelte ihrem Mann die Schulter. Und dann gingen sie gemeinsam nach draußen, um die Einkäufe aus dem Auto zu holen. Anja, Theo und Denisa.

KAPITEL FÜNFZEHN

Denisa saß auf der kleinen Mauer neben der Garage und beobachtete die beiden Jungs, die sich über ihr Auto beugten. Eigentlich kam es ihr seltsam vor, beim Anblick von Ben und Vittorio noch an ‚Jungs' zu denken, andererseits war auch das Wort ‚Männer' irgendwie nicht ganz passend. Zumindest für ihren Bruder nicht, dessen lässige, fast schlaksige Bewegungen noch etwas sehr Jugendliches an sich hatten. Warum gab es eigentlich keinen Begriff, der die Phase zwischen ‚Junge' und ‚Mann' bezeichnete? Vittorio natürlich hatte schon etwas sehr männliches an sich, dachte sie nun, wie sie seinen kräftigen Oberkörper betrachtete, der in einem grünen Poloshirt steckte. Auf der anderen Seite hatte auch er noch jungenhafte Züge, zum Beispiel seine Begeisterung für diese Piratengeschichte und die Burg. So ganz verloren Männer ihre Jugend vielleicht nie, resümierte Denisa mit einem Schmunzeln und musste feststellen, dass das bei ihr selbst auch nicht anders war. Wie gerne erinnerte sie sich an Dinge, die sie als Kind geliebt hatte, insbesondere an Weihnachten mit ihrer Oma! Und zu den ihr wertvollsten Stücken in ihrem Bücherregal zählten auch ein paar Kinder- und Jugendbücher, die sie geprägt hatten. Niemals würde sie darauf verzichten wollen, nur weil sie jetzt erwachsen war!

Ben war wortkarg heute, seine Laune schien nicht die beste zu sein. Zwar bemühte Vittorio sich mehrmals, ein Gespräch in Gang zu bringen, jedoch ohne großen Erfolg. Als Denisa die beiden vorhin einander vorgestellt hatte, hatten sie wissend genickt. Klar, in dieser Gegend kannte man sich zumindest vom Sehen, und die Lechners hatten schon öfters bei *Da Mario* gegessen und somit auch Vittorio dort getroffen. Miteinander zu tun gehabt, hatten sie jedoch noch nie wirklich.

Nach seinem dritten Konversationsversuch warf Vittorio einen resignierten Blick zu seiner Freundin und beschränkte sich dann darauf, die kleine Taschenlampe für Ben so zu halten, dass dieser gut arbeiten konnte. Nachdem das erste Lämpchen getauscht war, ging Denisas Bruder kurz um das Auto herum, um einen Schluck Wasser zu trinken, und gerade als er sich nach der Flasche bückte, fiel ein gefalteter Briefumschlag zu Boden, der locker in seiner Gesäßtasche gesteckt hatte. Er schien das nicht bemerkt zu haben, also stand Denisa von der Mauer auf, bückte sich nach dem Brief und reichte ihn Ben. Der hielt einen Moment inne, den Mund voller Wasser, bevor er den Brief wortlos nahm. Kurz betrachtete er ihn, drehte sich dann ruckartig um, ging die paar Schritte zur Mülltonne neben der Garage und pfefferte den Brief dort hinein.

„Blöde Weiber!", zischte er dazu. Vittorio, der die Szene ebenfalls beobachtet hatte, hob erstaunt die Augenbrauen.

„Oha! Hast du Ärger?", fragte er Ben als dieser zurück an das Auto trat.

„Nur Stress mit meiner Ex", antwortete der. „Die kommt jetzt doch wieder zurück gekrochen, nachdem sie mir fremdgegangen ist!"

Denisa erinnerte sich an das Gespräch beim Grillen vor ein paar Tagen. Da hatte ihr Bruder gesagt, die Beziehung wäre seit einem Monat vorbei. Vittorio machte ein herablassendes Gesicht und schüttelte den Kopf.

„Das ist bitter", ließ er vernehmen. Auch wenn Denisa neugierig auf Bens Liebesgeschichte war, so wollte sie nicht nachbohren, um ihn nicht zu verärgern. Es stellte sich auch gleich heraus, dass das unnötig war, denn ihr

Bruder erzählte von sich aus weiter, wenn auch eher an Vittorio gewandt:

„Jetzt heult sie mir die Ohren voll, dass alles ein Fehler war und sie das eigentlich gar nicht wollte." Er hielt sein Handy hoch, bevor er es auf das Mäuerchen neben seine Schwester legte. „Die ganze Mailbox hat sie mir zugemüllt mit ihrem Scheiß! Und jetzt auch noch dieser bescheuerte Brief!"

Vittorio warf Denisa einen alarmierten Blick zu, in dem leichte Belustigung mitschwang.

„Und was willst du?", fragte er dann, während er die Taschenlampe tiefer hielt und den Winkel beleuchtete, in dem Ben das zweite Lämpchen einbringen wollte. „Willst du sie wieder zurück?"

Die Pause, die Ben daraufhin machte, überraschte Denisa. Er hielt den Kopf gesenkt, sodass sie seinen Gesichtsausdruck nicht richtig sehen konnte, aber er schien mit einem Mal etwas zu verbissen an dem Lämpchen zu drehen. Offenbar war seine Ex für ihn noch nicht passé. Wie hatte Theo sie an dem Grillabend genannt? Moni?

Ben blieb die Antwort für geraume Zeit schuldig. Erst als die Arbeit beendet war, und er die Motorhaube geschlossen hatte, sprach er erneut: „Ich weiß es echt nicht. Bei den Frauen blickt doch keiner durch!"

Vittorio nickte wissend, grinste dann jedoch und deutete mit dem Finger auf Denisa.

„Da sitzt eine von denen, vielleicht kann die dir weiterhelfen."

Er legte die Taschenlampe in die Werkzeugkiste, trat zu ihr an die Mauer und schaute sie mit verschränkten Armen herausfordernd an, während er fragte:

„Was soll man als Mann in so einer Situation von euch Frauen denken?"

Denisa musste über seinen gespielten Ernst schmunzeln, und nur aus dem Augenwinkel sah sie auch Ben zu ihnen treten.

„Ich weiß es nicht, ich bin nie fremdgegangen", erwiderte sie den spielerischen Ton. Dann jedoch blickte sie zu ihrem Bruder.

„Wenn sie dir länger fremdgegangen ist, stellt sich natürlich schon die Frage, warum sie jetzt plötzlich wieder zurück will", analysierte sie die Situation. „Ist ihr Lover abgehauen, oder was?"

Ben machte eine Handbewegung zur Mülltonne, in die er zuvor den Brief geworfen hatte. „Sie schreibt, dass sie mit dem Typen noch zusammen ist. Sie will ihn aber verlassen und zu mir zurückkommen."

Was sagte er da? Denisa musste unwillkürlich nach Luft schnappen, und ihre Miene zeigte sicher deutlich ihr Unverständnis. Das war wirklich eine Frechheit von dieser Moni! Wie konnte Ben da überhaupt noch eine Sekunde lang drüber nachdenken!

„Wie? Sie ist noch mit dem Kerl zusammen?", hakte auch Vittorio entrüstet nach, und Denisa konnte sich nicht zurückhalten und legte ihrem Bruder mahnend die Hand auf den Arm.

„Ben, ehrlich, die verarscht dich!", sagte sie. „Die will sich nicht entscheiden und testet aus, wie weit sie bei dir gehen kann. Das darfst du nicht mit dir machen lassen!"

Ben sah sie einen Moment lang an, dann senkte er den Blick und nickte nur. Auf einmal kam er Denisa richtig zerbrechlich vor. Verdammt, er musste dieses Mädchen wirklich gern haben! Das hatte er beim Grillen gar nicht durchblicken lassen, als von Moni die Rede gewesen war.

„Wieso hat Theo noch nicht einmal gewusst, dass ihr euch getrennt habt?", sprach Denisa ihre nächste Frage direkt aus. Das hatte sie damals schon seltsam gefunden, es aber sofort wieder vergessen im Angesicht der vielen neuen Erfahrungen, mit denen sie selber konfrontiert gewesen war. In Bens bedrückte Miene mischte sich eine Spur von Bitterkeit als er reagierte: „Der ist doch nur mit seinem Kram beschäftigt... Und jetzt, wo Daisy krank ist, hat er sowieso für nichts anderes Nerven."

Diese Aussage traf Denisa unerwartet. Nie hätte sie angenommen, dass Ben so über ihren Vater denken könnte! Theo, Anja und Ben... sie waren doch eine glückliche kleine Familie, oder nicht? Ben schien ihre ausbleibende Reaktion als Ungläubigkeit oder Desinteresse zu deuten, jedenfalls warf er den Lappen, an dem er sich seine Hände abgewischt hatte, ungeduldig auf den Boden in Richtung Werkzeugkiste.

„Ich weiß auch nicht! Ich muss mich jetzt eh aufs Studium konzentrieren und habe keine Zeit für so einen Scheiß!"

Vittorio lockerte daraufhin seine Haltung und machte eine abwinkende Bewegung mit der Hand.

„Ach, sieh das mal entspannt. Die Studienzeit soll ja Spaß machen", meinte er nur, und Denisa war sich nicht sicher, wie sie das finden sollte. Vittorio hatte sich mit seinem Studium echt genug Zeit gelassen, immerhin war er ein Jahr älter als sie und noch mittendrin!

„Hey, gib meinem kleinen Bruder nicht solche Ratschläge!", rief sie deshalb in scherzhaftem Ton, obwohl sie es durchaus ernst meinte. Ihr Freund quittierte ihren Einwand mit einem teils amüsierten, teils genervten Blick und einem Stöhnen.

„Bella, sei doch mal entspannt. Der Junge soll doch was von seiner Jugend haben!"

Ben schien diese Bezeichnung gar nicht zu stören, im Gegenteil: er mochte Vittorios Art wohl. Jedenfalls grinste er und kickte einen Stein aus der Garageneinfahrt hinaus auf die Straße.

„Das Beste sind die Unipartys", fügte Vittorio mit einem Zwinkern hinzu, und Denisa fragte sich kurz, ob er sie ärgern wollte. So frech, wie er sie ansah, glaubte sie das zumindest, also straffte sie ihren Oberkörper und drehte ihm ihre Schulter zu.

„Das hast du wahrscheinlich auch nötig, weil hier in diesem Kaff gar nichts los ist", entgegnete sie schnippisch und warf ihm einen herausfordernden Blick zu. Er lächelte, schüttelte den Kopf und legte seine Arme locker um ihre Taille.

„Bella, Bella, du irrst dich. Heute Abend zum Beispiel ist bei meinem Freund Antonio Weinfest." Er zog sie näher an sich heran und flüsterte ihr ins Ohr: „Und du wirst mit mir dort hingehen."

Sein Atem kitzelte an ihrem Ohr und löste eine Gänsehaut aus, sodass Denisa schon befürchtete, ihr Bruder könnte es bemerken. Sie warf einen raschen Blick in seine Richtung, aber er hatte sich neben die Werkzeugkiste gehockt, um sie richtig einzuräumen. Vittorio folgte ihrem Blick, und schneller als sie reagieren konnte meinte er: „Hey, Ben, komm doch auch mit! Da vergisst du deine Ex und kommst auf andere Gedanken."

Eine gute Idee, fand Denisa! Ihr Bruder jedoch zögerte, während er langsam den Verschluss der Werkzeugkiste herunterklappte. Dann fuhr er sich durch die Haare und murmelte: „Ich weiß nicht... Moni wollte heute Abend mal anrufen..."

Oh Mann! Denisa konnte nicht anders, als ihre Augen zu verdrehen. Das konnte doch nicht sein Ernst sein! Klar, wahrscheinlich hatte er noch nicht viel Erfahrung mit Mädchen, aber er hatte doch eben eingesehen, dass Moni ihn nur verarschte!

„Wirklich, Ben, vergiss sie!", wiederholte sie deshalb mit Nachdruck, und Vittorio nickte zustimmend, während er sich von ihr löste.

„Hey, hör auf deine Schwester, die hat mehr Erfahrung als du! Die weiß, wie Frauen ticken."

Bei dieser Aussage musste Denisa unweigerlich schmunzeln, aber sie tat ihre Wirkung. Nach kurzem

Zögern grinste Ben leicht, erhob sich und trug dann den Werkzeugkasten in die Garage, wo er ihn im Regal verstaute.

„Du wirst sehen, der kommt mit", raunte Vittorio, zwinkerte und sagte dann laut, als Ben die Garage wieder verlassen hatte: „Du kommst mit, du kannst dir einen guten Wein nicht entgehen lassen!"

Ben reagierte kopfschüttelnd aber mit einem Grinsen, und damit war es abgemacht. Vittorio erklärte ihm noch genau, wo er abends hinkommen sollte, bevor er zu Denisa in ihren reparierten Wagen stieg.

Um acht Uhr erschien Vittorio dann, wie vereinbart, bei Denisa am Pensionszimmer, doch als sie den Autoschlüssel nehmen wollte, schüttelte er den Kopf.

„Heute darfst du nicht Auto fahren. Heute trinken wir Wein." Er zog sie an sich und gab ihr einen Kuss auf den Mund. „Viel Wein", raunte er ihr ins Ohr. Das konnte ja lustig werden, dachte Denisa, die sich sonst meist an Softdrinks hielt. Tatsächlich hatte Vittorio vor der Pension ein Fahrrad abgestellt, auf das er sich nun schwang. Denisa sollte sich auf den Gepäckträger hocken, wie er ihr bedeutete.

„Und halt dich gut an mir fest", sagte er noch, während er schon anfing, wackelig in die Pedale zu treten. Nach ein paar Metern gewannen sie an Geschwindigkeit und Sicherheit, sodass sie zügig die Straße entlang rauschten, vorbei an den letzten Häusern und weiter vorbei an den Wiesen und Feldern, die die Straße säumten. Die laue Abendluft umwehte sie angenehm, ab und zu spürte Denisa ein Insekt gegen ihre Haut fliegen. Einen Fahrradweg gab es hier nicht, und sie zuckte immer wieder zusammen, wenn ein großes Auto direkt neben ihnen vorbeiraste. Vittorio jedoch schien das gar nicht zu beeindrucken. Irgendwann bog er nach rechts ab, und ab da ging es weiter über holprige Feldwege und Wiesenabschnitte, sodass Denisa ordentlich durchgeschüttelt wurde. Die ganze Fahrt dauerte etwa eine Viertelstunde, bis schließlich ein Hof mit mehreren Gebäuden in Sichtweite kam. Das letzte Stück fuhren sie noch einmal querfeldein über eine Wiese mit teilweise tiefen Löchern darin. Als sie gerade in ein besonders tiefes hinein bretterten, verloren sie samt Fahrrad das Gleichgewicht und fielen seitwärts ins Gras. Beim Aufprall fühlte Denisa einen stechenden Schmerz durch ihre Schulter schießen, auf die sie mit ihrem ganzen Gewicht fiel. Vittorio indes lachte und schien das alles sehr lustig zu finden. Erst als er seine Freundin fluchen hörte, wurde er ernster. Er schob das Fahrrad von sich herunter und wandte sich zu ihr.

„Alles okay?", fragte er, und Denisa konnte ein wütendes Schnauben nicht unterdrücken. Was dachte er denn? Dass sie aus Gummi war? Er hätte, verdammt nochmal, besser aufpassen können! Ihre Miene musste ziemlich grimmig aussehen, während sie sich den Arm hielt, denn in Vittorios Gesichtsausdruck mischte sich nun Besorgnis.

„Hast du dich verletzt?", fragte er und berührte ihren Arm. Zugegeben, der Schmerz wurde schon weniger, und sie konnte den Arm uneingeschränkt bewegen. Der Schreck war wohl das Schlimmste gewesen, dachte Denisa, während sie ihrem Freund die Antwort schuldig blieb. Ihr blaues Kleid war auf der Seite voller Erde. Na toll! Auch das noch! Ungeduldig klopfte sie sich ab, während sie „Es geht schon" murmelte. Vittorio streichelte ihr vorsichtig über den Arm, und seine Augen musterten aufmerksam ihr Gesicht.

„Bella, nicht sauer sein! Es tut mir leid", sagte er leise. Denisa ließ sich von ihm aufhelfen und die restliche Erde von ihrem Kleid wischen. Das letzte Stück gingen sie zu Fuß auf eine hölzerne Scheune zu, aus der fröhliche Musik herüberklang. Gerade als sie das Fahrrad an der Scheunenwand abgestellt hatten, kam aus einer anderen Richtung Ben an, ebenfalls auf einem Fahrrad. Er bremste knapp neben ihnen, begrüßte sie noch etwas außer Puste, und sein Blick glitt an Denisas schmutzigem Kleid hinab.

„Wie siehst du denn aus", fragte er wenig taktvoll und kassierte von seinen beiden Gegenüber einen tadelnden Blick. Und ehe Denisa etwas sagen konnte, hob Vittorio beide Hände und erklärte: „Ist alles meine Schuld. Ich habe sie in den Dreck fallen lassen."

Dazu verbeugte er sich demütig und bot dabei einen so komischen Anblick, dass Denisa nicht anders konnte, als zu lachen und ihm einen Klaps auf den Kopf zu geben. Dann trat ein dunkelhaariger Mann aus der Scheune. Er sah sie drei dort stehen, hob die Arme und kam auf sie zu.

„Ciao, Vittorio!", rief er, und Vittorio gab ihm die Hand und erwiderte den Gruß. Sie wechselten ein paar Worte auf Italienisch, ehe Vittorio sich umwandte, um seine Begleiter vorzustellen. Auch sie wurden herzlich begrüßt von Antonio, wie sich herausstellte, und Denisa wurde schlagartig klar, woher sie ihn kannte: sie hatte ihn mehrfach im Restaurant gesehen. Er kellnerte wie Vittorio im *Da Mario*.

„Wir kennen uns seit wir Kinder sind", erklärte Antonio als sie ihre Erkenntnis mitteilte. „Ich habe schon oft in der Pizzeria ausgeholfen."

In der Scheune rief jemand Antonios Namen, woraufhin er sich kurz umdrehte. Dann erklärte er, er müsse noch ein paar Kisten Wein heranschaffen.

„Aber bitte, kommt doch rein." Dazu machte er eine fast theatralische Geste mit beiden Armen. Vittorio bot gleich an, beim Kistentragen zu helfen, nachdem er Ben und Denisa zu einem der Biertische begleitet hatte, die in der ganzen Scheune verteilt standen. In einer Ecke war eine kleine Bühne aufgebaut, auf der eine

Band spielte. Es waren italienische Lieder dabei, aber auch deutsche Schlager und typische Partylieder. Das Fest war schon ziemlich gut besucht, und ungefähr zwei Drittel der Tische besetzt.

Ben wollte ebenfalls beim Weinholen helfen, aber die beiden anderen Männer waren schneller zwischen den Leuten verschwunden, als er hinterherlaufen konnte. Also setzte er sich seiner Schwester gegenüber, und sie betrachteten einen Moment lang schweigend das Geschehen um sie herum.

„Kennst du hier jemanden?", fragte Denisa ihren Bruder über die laute Musik hinweg. Er sah sich nach allen Seiten um und schüttelte dann den Kopf.

„Vom Sehen kenne ich viele", antwortete er, „aber keinen näher."

Bei der Menge an Menschen überraschte das Denisa, denn sie hatte den Eindruck, dass das halbe Dorf hier sein musste. Aber das täuschte wohl, und es war gut möglich, dass viele auch aus anderen Nachbardörfern kamen.

„Schade, wäre ja schön gewesen, wenn ich von deinen Freunden wen kennengelernt hätte", gab sie zurück und Ben nickte zustimmend, zuckte dann jedoch mit den Schultern.

„Meine Freunde sind leider ziemlich in Deutschland verteilt. Die studieren alle in unterschiedlichen Städten. Und Jannis ist jetzt im Urlaub mit seiner Freundin."

Denisa wollte gerade etwas erwidern, als sie Vittorio erblickte, der auf ihren Tisch zukam. In den Händen hielt er vier Weingläser. Hinter ihm kam Antonio mit zwei Flaschen in der Hand. Offensichtlich hatten sie sich an den Kisten, die sie hereingetragen hatten, gleich bedient. Als sie alle saßen und jeder ein gefülltes Glas in der Hand hielt, sprach Antonio einen Toast aus: „Salute! Schön, dass ihr da seid!"

Der Wein schmeckte überraschend süß, und auch wenn Denisa gar nichts davon verstand, fand sie ihn richtig lecker. Sie nahm noch zwei Schlucke und stellte das Glas dann entschieden auf den Tisch.

„Ich darf nicht zu schnell trinken", erklärte sie auf den fragenden Blick ihres Freundes hin. Vittorio nickte verstehend.

„Oh, ich vergaß", zwinkerte er ihr zu, „du liegst dann ja gleich unter dem Tisch."

Antonio holte eine große Platte mit Käse und Wurst darauf, sowie lecker duftendes Brot.

„Gehört dir der Hof?", fragte Ben, während sie alle davon aßen. Antonio biss ein großes Stück Wurst ab, kaute es genüsslich und schüttelte dann den Kopf.

„Nein, der Hof und das Weingut gehören meinem Großvater. Meine Familie und die meines Onkels lebt hier." Und dann fing er an, die Namen seiner Geschwister, seines Onkels, seiner Tante und diverser Cousins und Cousinen aufzuzählen. Insgesamt musste die Familie zirka zwölf Personen umfassen, wenn Denisa genau mitgezählt hatte.

„Eine große Familie", staunte sie als er geendet hatte. Er nickte, riss ein Stück von dem Brot ab und belegte es mit Käse.

„Si, und wir helfen alle auf dem Hof mit. Mein Urgroßvater hatte in Italien schon ein Weingut. Ist eine Tradition in unserer Familie."

Eine Familientradition... wie in Vittorios Familie. Denisa schwieg und trank ihr Glas in einem Zug aus. Dieses Thema stimmte sie plötzlich traurig, denn es erinnerte sie daran, dass sie selbst keine richtige Familie hatte. Klar, ihr gegenüber saß ihr Bruder, aber Ben war nur ihr Halbbruder, den sie überhaupt erst seit ein paar Tagen kannte. Wie musste es sein, wenn man von klein auf eingebettet war in eine so große Familie wie Antonio sie hatte?

So in Gedanken vertieft, hatte sie gar nicht mitbekommen, wer ihr Glas mit Wein aufgefüllt hatte, aber sie trank gleich einen großen Schluck daraus. Das tat ihr jetzt irgendwie gut. Ben unterhielt sich mittlerweile mit einem blonden Mädchen, das mit zwei Freundinnen neben ihnen am Tisch Platz genommen hatte. Und als Antonio von ein paar anderen Freunden gerufen wurde und wegmusste, rückte Vittorio näher zu Denisa und legte seinen Arm um sie. Mit einer amüsierten Geste deutete er auf Ben, der total ins Gespräch vertieft war.

„Der ist erst mal beschäftigt", meinte er und strich seiner Freundin das Haar aus dem Gesicht. Die Musik schien noch lauter zu spielen als zuvor und verbreitete ausgelassene Stimmung. Denisa spürte deutlich die Wirkung des Alkohols, denn ihr war ziemlich schwindelig, aber auf eine angenehme Weise. Und auf einmal schien der Rhythmus der Musik ihren ganzen Körper zu erfassen, sodass sie aufstehen und Vittorio an der Hand mitziehen musste.

„Komm, lass uns tanzen", rief sie ihrem Freund zu. Der trank rasch den letzten Schluck Wein aus seinem Glas und folgte ihr dann zu der Fläche vor der Bühne, auf der schon einige Leute ausgelassen tanzten. Wann hatte sie das zum letzten Mal gemacht? So richtig losgelöst und frei getanzt ohne Hemmungen? Es musste Jahre her sein. Vittorios Gesicht trug einen belustigten Ausdruck, doch nach und nach ließ auch er sich aus der Reserve locken und tanzte mit ihr. Denisa schwang ihre Hüften, sie hüpfte und sprang, wie sie es zuletzt als Jugendliche getan hatte. Immer wieder, auf und ab, und sie hatte das Gefühl, ewig so weitermachen zu können. Irgendwann jedoch war sie schweißgebadet, und das Kleid klebte an ihrem Körper wie eine zweite Haut. Trotz des offenen Tores war die Luft in der Scheune stickig und heiß, deshalb bedeutete sie Vittorio, dass sie nach draußen gehen wollte. Er nickte, nahm ihre Hand und bahnte ihnen einen Weg durch die tanzende Menge hindurch bis zum Tor. Aus dem Augenwinkel meinte Denisa ihren Bruder zu erkennen, der mit dem blonden Mädchen von vorhin tanzte.

Die frische Nachtluft vor der Tür war wirklich eine Erfrischung, und Denisa musste erst einmal tief durchatmen. Ihr Herz klopfte noch wild vom Tanzen, und als Vittorio sie von hinten umarmte spürte sie, dass auch er rasch atmete.

„Du überraschst mich", lachte er und zog sie an sich. Das Abendlicht schien nur noch als leichter Schimmer am Horizont, und über ihnen breitete sich der Sternenhimmel in seiner ganzen Weite aus. An der Wand der Scheune fanden sie ein Plätzchen auf einem liegenden Baumstamm, auf den sie sich setzten. Vittorio ließ sie nicht los, seine Arme hielten sie weiter von hinten fest, sodass sie ihren Rücken an seinen Oberkörper lehnen konnte. Sie betrachtete den Sternenhimmel über ihnen, getragen von seinen ruhiger werdenden Atemzügen. Ihr ganzer Körper kribbelte wunderbar, und der Wein hatte in ihrem Kopf ein herrlich leichtes Gefühl hinterlassen.

„Ich glaube, ich bin in dich verliebt", murmelte Vittorio, während seine Lippen nicht aufhörten, ihren Nacken zu liebkosen. Denisa spürte, wie das wohlige Kribbeln in ihrem Bauch explodierte. Vittorio war in sie verliebt! Er erwiderte ihre Gefühle!

Sie kuschelte ihren Kopf an seine Schulter und ließ ein wohliges Stöhnen vernehmen. Sie wollte nicht sagen, dass sie auch verliebt war, denn das klang so kitschig. Er sollte es einfach nur spüren, und das schien er auch zu tun, denn er zog sie noch fester an sich und meinte: „Hmmm, ich will dich nicht loslassen."

Als Antwort wandte sie ihren Kopf nach hinten, und sie küssten sich lange.

„Du übernachtest heute einfach bei mir, das merkt doch keiner", flüsterte sie und spürte, wie er an ihrer Schulter nickte. Aber noch war es zu früh zum Schlafen, noch war Denisa wach und aufgedreht vom Wein. Deshalb drehte sie sich ganz zu ihrem Freund um und fragte ihn grinsend: „Lust auf eine zweite Runde?"

Es war schließlich fast drei Uhr, als sie und Vittorio auf dem wackeligen Fahrrad zur Pension zurückfuhren. Zu müde waren sie beide, um sich noch umzuziehen, zu waschen oder gar die Zähne zu putzen, also legten sie sich einfach in ihrer Unterwäsche in Denisas Bett und schliefen sofort ein.

KAPITEL SECHZEHN

Es war stickig im Zimmer, als Denisa plötzlich aus dem Schlaf hochschreckte. Was war das gewesen? Sie war sich sicher, ein Geräusch gehört zu haben! Vittorio lag regungslos neben ihr und gab nur leises Schnaufen von sich, das sie bestimmt nicht geweckt haben konnte. Verwirrt blinzelte Denisa um sich und entdeckte, dass ihr Handy auf dem Nachtkasten blinkte. Noch schlaftrunken langte sie zuerst daneben, als sie danach greifen wollte. Kein Wunder! Es war gerade mal kurz nach fünf, und sie waren nicht eben früh ins Bett gegangen. Das Handy zeigte eine neue Textnachricht an von einer Nummer, die sie nicht kannte:

Hallo Denisa, hier ist Ben. Ich wollte dir nur sagen, dass Daisy vorhin gestorben ist. Theo geht es gar nicht gut deshalb. Ich dachte, du solltest das wissen. LG, Ben

Denisa musste die Nachricht zweimal lesen, um sie richtig zu verstehen. Daisy, die Hündin der Lechners, die ihr Vater so liebte, war gestorben. Und ihm ging es schlecht deswegen, kein Wunder! Wie würde er das jetzt verkraften?

Sie musste ihre Gedanken vor sich hin geflüstert haben, denn Vittorio bewegte sich neben ihr und hob den Kopf.

„Was ist los?", raunte er, ebenfalls total schlaftrunken. Denisa ließ das Handy sinken, drehte sich auf den Rücken und starrte in die Dunkelheit.

„Daisy ist gestorben", antwortete sie und war sich in ihrer eigenen Verwirrung gar nicht dessen bewusst, dass

Vittorio mit dieser Information nichts anfangen konnte. „Wer ist gestorben?", fragte er auch prompt zurück und hob den Kopf. Mit der Hand wischte er sich über das verschlafene Gesicht.

„Daisy, die Hündin meines Vaters", erklärte Denisa und wandte ihm ihr Gesicht zu. „Ben hat mir gerade geschrieben. Sie war ziemlich krank."

Vittorio schien nicht zu wissen, wie er darauf reagieren sollte, denn er schwieg eine Weile. Er war so still, dass Denisa schon fast glaubte, er wäre wieder eingeschlafen, als er sich schließlich zu ihr drehte und nach ihrer Hand tastete.

„Das tut mir leid", sagte er in die Stille. „Was bedeutet das jetzt?"

Ja, was bedeutete das jetzt? Das war eine gute Frage, die sich Denisa auch nicht beantworten konnte. Und warum schrieb Ben ihr das mitten in der Nacht. War er etwa jetzt erst nach Hause gekommen? Sie hatte sich am Weinfest gar nicht von ihm verabschieden können, weil sie ihn nicht gefunden hatte. Aber sie hatte angenommen, er wäre schon gefahren, vielleicht mit seiner blonden Bekanntschaft.

„Ich weiß es nicht", antwortete sie auf Vittorios Frage. „Ich bin zu müde, um irgendwas zu wissen."

Trotz der schlimmen Neuigkeiten konnte sie ihre Augen kaum offen halten. Ihre Ohren rauschten noch von der lauten Festmusik, und der Wein arbeitete auch noch in ihrem Körper. Vittorio brummte zustimmend und sagte: „Dann lass uns doch erst noch schlafen. Jetzt kannst du eh nichts tun."

Und dann rollten sie sich zusammen, Vittorio hatte seinen Arm um sie gelegt, und sie schliefen nach ein paar Minuten beide wieder ein. Wenn auch nicht für lange. Es war gerade mal sieben Uhr, als Denisa erneut erwachte. Einen verrückten Traum hatte sie gehabt, der sie recht benommen zurückgelassen hatte, doch wie sie

171

langsam wacher wurde, kam auch die schreckliche Erinnerung wieder: Daisy war tot. Theos liebe Hündin war tot. Obwohl Denisa sie nicht lange gekannt hatte, stiegen nun doch ein paar Tränen in ihr hoch. Wo war Daisy nun? Was erlebte ein Tier, wenn es diese Welt und dieses Leben hinter sich ließ? Mia hatte Denisa einiges erzählt über Nahtoderfahrungen und was die Menschen erzählten, die eine solche erlebt hatten. Auch wenn Denisa nicht sicher war, ob sie den Berichten glauben sollte, fragte sie sich jetzt unwillkürlich, ob ein Tier etwas Ähnliches erleben konnte. Sie reckte sich, um diese traurigen Gedanken abzuschütteln.

Vittorio lag neben ihr auf dem Rücken, ein Ende der Decke locker über sich gezogen. Seine nackte Haut schimmerte im Morgenlicht, das durch die Vorhänge fiel, und einem inneren Verlangen folgend kroch sie vorsichtig zu ihm und kuschelte ihren Kopf an seine warme Brust. Er schien noch tief und fest zu schlafen, denn er rührte sich nicht, und so ließ Denisa sich sanft tragen von seinen regelmäßigen Atemzügen und dem leisen Pochen seines Herzens. Es war beruhigend, und doch musste sie, ohne es zu wollen, an das kleine Hundeherz denken, das heute Nacht aufgehört hatte zu schlagen...

Was machte ihr Vater jetzt und wie ging es ihm? Und wie ging es ihrem Bruder? Für ihn musste das ebenfalls ein großer Verlust sein, dachte Denisa. Auch wenn sie selbst nie ein Haustier besessen hatte, meinte sie sich doch vorstellen zu können, wie schwer es war, davon Abschied nehmen zu müssen. Sie fragte sich, was sie tun konnte, um zu helfen.

,Ich dachte, du solltest das wissen', hatte Ben geschrieben. Das hieß doch, dass er glaubte, sie könne etwas machen, oder?

Vittorio zuckte zusammen, als Denisa gedankenversunken die Nase hochzog. Sie musste sich wohl dabei bewegt haben, jedenfalls hatte sie ihn geweckt. Er streckte sich, und Denisa ließ sich neben ihn auf das Bettlaken gleiten.

„Ich muss zu meinem Vater", flüsterte sie. Vittorio schien noch nicht ganz wach zu sein, jedenfalls brauchte er ein paar Augenblicke, bis er reagierte. Er hob die Arme, um sich die Augen zu reiben und gähnte, bevor er das Gesicht Denisa zuwandte.

„Hat Ben dich denn gebeten zu kommen?", fragte er dann. Offenbar erinnerte er sich noch gut an das, was sie in der Nacht gesprochen hatten, auch wenn er das eher im Halbschlaf erlebt haben musste. Denisa rollte sich auf die Seite und schaute ihn an.

„Nicht direkt", erwiderte sie, „aber er hat geschrieben, dass es meinem Vater nicht gutgeht. Er wollte, dass ich das weiß. Das sagt doch auch etwas aus, oder?"

Vittorio sah sie einen Moment lang an, dann strich er ihr über die Wange und gähnte erneut. „Du kannst ja einfach mal nachschauen, wie es ihnen jetzt geht. Da spricht ja nichts dagegen", meinte er und räkelte sich.

Wahrscheinlich hatte er Recht. Andererseits kannte sie die Lechners noch nicht wirklich lange. Mit Daisy war ein Mitglied der Familie gestorben, und Denisa konnte nicht abschätzen, was das mit ihnen machte. Vielleicht gehörte sie da jetzt wirklich nicht hin…

„Oder meinst du, ich störe jetzt?", sprach sie ihre aufkommenden Zweifel aus.

Vittorio setzte sich auf, hob die Hände und ließ sie wieder fallen, ehe er antwortete: „Oh, Bella, ich weiß es nicht. Probier es aus."

Denisa entging der genervte Unterton in seiner Stimme nicht. Er erhob sich langsam und streckte sich abermals.

„Und ich werde mal schauen, dass ich mich hier unauffällig raus schleiche", schob er hinterher. Er ging ins Badezimmer und ließ dort das Wasser eine Weile laufen. Zurück kam er mit Wassertropfen auf Gesicht und Armen. Er bückte sich nach seinen Kleidern am Boden.

Dann schien er wohl zu merken, dass er Denisa gerade vor den Kopf gestoßen hatte, denn er hielt in seinen Bewegungen inne, ging zu ihr und nahm ihre Hand.

„Fahr einfach hin und schau, was passiert, hm?", meinte er, und sein Ton war viel sanfter als vorhin. Mit den Lippen berührte er kurz ihr Gesicht, bevor er sich wieder aufrichtete, um seine Kleider anzuziehen.

„Ich muss ab Mittag arbeiten", meinte er, während er in sein T-Shirt schlüpfte. „Aber du kannst mich jederzeit anrufen, okay?"

Dann gab er ihr einen letzten Kuss und ging zur Tür.

„Bis dann!", sagte er noch, dann war er weg.

Denisa ließ sich wieder zurück auf das Kissen rollen und starrte an die Zimmerdecke. Das Licht der Sonnenstrahlen tanzte auf der Wand in dem Rhythmus, in dem sich die Gardinen in der Morgenluft bewegten. Durch das schräg gestellte Fenster zog morgendliche Frische herein, was wirklich angenehm war. Kurz überlegte Denisa frühstücken zu gehen, aber in ihrem Magen machte sich ein Gefühl von Übelkeit breit, sobald sie an Essen dachte. Ein paarmal hintereinander musste sie gähnen und rollte sich dann auf die Seite, um ihr Gesicht an das weiche Kissen zu schmiegen. Richtig müde war sie noch, schließlich hatte sie nicht wirklich viel geschlafen. Womöglich, kam es ihr in den Sinn, hatten die Lechners in der Nacht auch nicht viel Ruhe gefunden, unmittelbar nach Daisys Tod. Es war also gut möglich, dass sie auch noch schliefen, zumal heute Sonntag war. Vielleicht war es wirklich besser, noch etwas Zeit verstreichen zu lassen und noch zu dösen…

Denisa wurde erneut wach, weil eine dicke Fliege unaufhörlich um ihren Kopf brummte. Ab und zu ließ sie sich kurz auf ihrem Arm oder Gesicht nieder, um in der nächsten Sekunde wieder hektisch aufzufliegen. Die Luft im Zimmer war inzwischen drückend heiß geworden. Das Brummen der Fliege passte zu dem brummenden

Schmerz, den Denisa in ihrem Kopf verspürte. Hätte sie doch vorhin nur ein Glas Wasser getrunken, bevor sie sich nochmals schlafen gelegt hatte! Ihre Zunge klebte regelrecht am Gaumen fest, sodass sie sich hochrappelte, ins Badezimmer stolperte, um am Wasserhahn etwas zu trinken. Und weil sich das so angenehm erfrischend anfühlte, hielt sie gleich das ganze Gesicht unter den kühlen Wasserstrahl. Ihrem Kopf tat das richtig gut, aber dennoch schluckte sie noch eine Tablette Aspirin hinterher. Offenbar hatte sie etwas zu viel Wein getrunken in der letzten Nacht. Leicht schwindelig war ihr, deshalb ging sie zurück zum Bett, ließ sich bäuchlings darauf fallen und nahm ihr Handy vom Nachtkasten.

Kurz nach zwölf Uhr war es bereits! Denisa hatte nicht vorgehabt, so lange zu schlafen, sondern gegen zehn oder elf Uhr zu den Lechners zu fahren. Ben musste ja denken, dass seine Nachricht sie völlig kalt gelassen hatte, zumal sie darauf gar nicht reagiert hatte! Kurz erwog sie, jetzt eine SMS zurückzuschicken, aber irgendwie wollten ihr die richtigen Worte nicht einfallen. Also beschloss sie, doch einfach hinzufahren. Zuvor musste sie jedoch dringend duschen.

Es war knapp vor dreizehn Uhr, als Denisa ihr Auto vor dem Haus parkte. Sofort fiel ihr ein dunkelgrüner Wagen auf, der in der Einfahrt vor der Garage parkte. Offenbar war sie nicht der einzige Besuch. Konrad öffnete ihr die Tür.

„Ah, du bist auch eingeladen", sagte der nach einem überraschten Blick. „Wir wollten gerade anfangen."

Anfangen? Womit? Denisa hob ihre Hand.

„Eigentlich bin ich nicht wirklich eingeladen…", fing sie an, aber Konrad war schon dabei, den Gang hinunter in Richtung Wohnzimmer zu gehen und bedeutete ihr zu folgen. Auf der Terrasse standen Anja, Theo und Ben zusammen, und alle drei blickten überrascht drein, als sie sahen, wen Konrad da mitbrachte. Auf dem Terrassentisch standen eine Flasche Sekt und Gläser. Hatte Theo nicht gesagt, er dürfe keinen Alkohol trinken wegen seiner Medikamente, schoss es Denisa durch den Kopf.

Auf der Wiese vor der Terrasse in einem schönen großen Karton lag die tote Hündin wie in einem Sarg, und sie sah richtig friedlich aus, wie sie dort auf der Seite lag mit geschlossenen Augen. Theo begrüßte seine Tochter zaghaft. Seine Augen waren gerötet und dunkel umrandet. Denisa vermutete, dass er in dieser Nacht keine Sekunde geschlafen hatte. Ben und Anja wirkten ebenfalls mitgenommen, jedoch irgendwie gefasster. Auch sie begrüßten Denisa, Ben umarmte sie sogar flüchtig. Seine Hände waren stellenweise dunkel gefleckt und unter seinen Fingernägeln steckten noch Reste dunkler Erde. Und jetzt entdeckte Denisa auch den Erdhaufen weiter hinten im Garten unter einem der Obstbäume, in dem ein Spaten steckte. Theo nahm die Flasche Sekt, die bereits geöffnet war, und goss davon jeweils einen Schluck in die vier Gläser, die er ohne ein Wort verteilte. Dann ging er mit der Flasche ins Wohnzimmer, um gleich darauf mit einem fünften Glas zurückzukommen, in das er den Rest des Flascheninhaltes leerte. Anja warf ihm einen Blick zu, in den ihre Mahnung deutlich geschrieben stand, doch Theo schüttelte den Kopf und raunte: „Nur einen kleinen Schluck. Für Daisy."

Und dann wandte er sich der Kiste mit der Hündin darin zu, hob sein Glas und murmelte: „Auf dich, Daisy." Nachdem sie alle einen Schluck Sekt getrunken hatten, nahm Anja ihm wortlos das Glas aus der Hand und stellte es zusammen mit ihrem auf den Tisch zurück. Dann ging sie vor Daisy in die Hocke, beugte sich über den Karton und streichelte dem Tier sanft über das helle Fell. Dabei murmelte sie ein paar Worte, die Denisa nicht verstand. Es sah so innig aus, dass Denisa mit den Tränen kämpfen musste. Anja jedoch wirkte sehr gefasst, und als sie fertig war, blickte sie zu ihrem Mann hoch, der regungslos neben ihr verharrte.

„Komm", sagte sie leise zu ihm und griff nach seiner Hand, „verabschiede dich von ihr."

Theos Bewegungen wirkten steif und unbeholfen, wie er sich neben Anja hockte und auf die tote Hündin starrte. Und auch wie er dann die Hand hob und, wie zuvor Anja, seiner geliebten Daisy über das Fell streichelte. Immer wieder. Er sprach kein Wort dabei, und er schien gar nicht aufhören zu wollen, sodass schließlich Anja seine Hand nehmen und ihn mit hochziehen musste. Die Schultern hingen ihm nach vorne und seinen Kopf hielt er gesenkt. Weinte er?

Nun musste Denisa sich doch eine Träne aus dem Augenwinkel wischen und wandte sich ab, damit es keiner sah. Auch Ben und Konrad verweilten kurz vor der Kiste, dann legten sie den Deckel darauf und trugen sie zusammen in den Garten zu dem ausgehobenen Loch in der Erde. Es war nicht sehr tief, sodass die Kiste nicht weit heruntergelassen werden musste. Als sie sicher unten stand, stellten sie sich alle im Halbkreis um das Grab.

„Unter diesem Baum hat Daisy so oft Löcher gebuddelt, und wir haben nie verstanden warum", ergriff Ben unvermittelt das Wort, an seine Halbschwester gewandt. „Deshalb beerdigen wir sie hier."

Bei dem Wort ‚beerdigen' machte Theo plötzlich ein seltsames Geräusch, das wie eine Mischung aus Seufzen und Schluchzen klang. Er krümmte sich auf einmal vornüber und musste sich mit den Händen auf seinen Schenkeln abstützen, um nicht das Gleichgewicht zu verlieren.

„Nein!", ächzte er, während er sich auf die Knie fallen ließ und seine Hände in der Erde am Rand des Loches vergrub. Von hinten konnte man sehen, wie sein ganzer Körper vom Weinen geschüttelt wurde, und wieder war es Anja, die zu ihm trat und ihn am Arm hochzog.

„Komm, wir gehen jetzt rein", sagte sie leise zu ihm, nickte ihrem Bruder kurz zu und führte Theo dann eng umschlungen zur Terrasse und ins Haus. Ben, Konrad und Denisa sahen den beiden nach, und Anjas Bruder ließ ein Seufzen vernehmen, wobei er Ben einen sorgenvollen Blick zu warf. Der hatte seine Hände in den Hosentaschen vergraben, und seine Miene wirkte wie eingefroren.

„Dann wollen wir mal", sagte Konrad leise, klopfte seinem Neffen auf die Schulter und griff nach dem Spaten. Das Loch war rasch zugeschaufelt, und zusammen klopften die Männer die Erde darauf fest. Denisa stand abseits und beobachtete sie dabei. Immer wieder wanderte ihr Blick jedoch zum Haus, in dem Anja und Theo verschwunden waren. Theo in seinem Schmerz…

Es hatte Denisa sehr berührt, ihn so zu sehen, aber unangenehm. Ja, irgendwie peinlich. Er war schließlich der Vater der Familie! Er sollte doch in so einem Moment stark sein und seine Lieben stützen, anstatt vor ihnen zusammenzubrechen! Gleichzeitig tat er ihr aber auch leid, schließlich wusste sie, wie viel ihm Daisy bedeutet hatte.

Denisa atmete ein paarmal tief durch, um ihre Gefühle unter Kontrolle zu bringen. Zittrig fühlte sie sich mit einem Mal und ihr war übel. Ohne ein Wort zu sagen beobachtete sie, wie Ben ein kleines Holzkreuz nahm, das auf der anderen Seite des Baumes am Stamm lehnte, und es am Kopf des Grabes in die Erde steckte. Der Name der Hündin, sowie ihre Lebensdaten waren darin eingeschnitzt, und Denisa wunderte sich, wer aus der Familie das in der Kürze der Zeit hergestellt hatte. Doch sie traute sich nicht, zu fragen. Sie fühlte sich elend und wünschte sich, sie wäre heute nicht gekommen. Dann hätte sie ihren Vater nicht so schwach erleben müssen und ohne Kontrolle über sich selbst. Andererseits würde sie jetzt auch gerne etwas für ihn tun können. Aber was? Sie kannte ihn ja überhaupt nicht!

Denisa verschränkte ihre Arme vor der Brust, bevor sie einen Schritt näher an Ben herantrat, der jedoch nicht darauf reagierte, sondern mit der gleichen unbewegten Miene wie vorhin auf das Grab starrte. Sie nahm wahr, wie Konrad schließlich den Arm um seinen Neffen legte und die beiden eine Weile nur nebeneinander standen, ohne Denisa besonders zu beachten. Sie sprachen kein Wort, sondern standen nur beieinander, bis Ben sich irgendwann bückte und den Spaten vom Boden aufhob. Dann brachte er ihn zum Gartenhäuschen, wo er ihn verstaute, und zusammen gingen sie drei ebenfalls ins Haus.

Anja und Theo waren nicht, wie Denisa vermutet hatte, nach oben in den ersten Stock gegangen. Ihr Vater kauerte auf dem Sofa im Wohnzimmer, die Arme um seinen Oberkörper geschlungen. Denisa konnte nicht feststellen, ob er noch weinte, weil er sein Gesicht so gesenkt hielt, aber so, wie er sich hin und her wiegte vermutete sie es. Neben dem Sofa lag noch die Decke, auf der Daisy immer gelegen hatte. Anjas Schritte waren in der Küche zu hören und dann auf dem Gang. Im Wohnzimmer erschien sie mit dem Telefon in der Hand, das sie gerade noch an ihr Ohr gehalten hatte und schüttelte den Kopf.

„Ist ständig besetzt", murmelte sie, während sie zu ihrem Mann trat. Ben warf ihr einen fragenden Blick zu. „Rufst du in der Klinik an?", fragte er, woraufhin sie ihm mit einer energischen Handbewegung auf Theo einen ärgerlichen Blick zuwarf. Tatsächlich hob der den Kopf ein wenig, ließ ihn jedoch wieder sinken, nachdem er Anja mit dem Telefon in der Hand gesehen hatte.

„Lass es doch sein, Anja", murmelte er nur und wischte sich mit der Hand über das Gesicht. Sein graues T-Shirt war verschwitzt und hatte hier und da schmutzige Stellen, genauso wie seine Jeans. An seinen Händen klebte noch immer die Erde von Daisys Grab, und es schien ihm gleichgültig zu sein. Auch Anjas T-Shirt wies ein paar Flecken auf, und ihr Rock war schief um ihre Taille gewickelt. Der Blick, den sie ihrem Mann jetzt zuwarf, spiegelte Wut wider, aber auch ein Stück Verzweiflung.

„Du hast gesagt, wenn sie beerdigt ist, dann fahren wir!", erwiderte sie, und ihre Stimme klang energisch und eindringlich. „Du hast es mir versprochen, Theodor!"

Der Angesprochene blickte zu ihr hoch, hob die Schultern und ließ sie jedoch gleich wieder fallen. Düster war sein Ausdruck, nicht wütend, sonder eher verbittert. Geräuschvoll zog er die Nase hoch und senkte den Blick wieder zum Boden.

„Es hat doch eh' alles keinen Sinn", flüsterte er so leise, dass Denisa es fast nicht verstanden hätte. Anja jedoch hatte ihn wohl gut verstanden, denn ihr Blick spiegelte nun deutlich ihren Ärger wider, als sie erneut das Telefon ans Ohr hob.

„Sind die denn nur am Telefonieren!", rief sie nach ein paar Sekunden aus und pfefferte das Telefon neben Theo auf das Sofa. Ben blieb unbeweglich an der Terrassentür stehen, genau wie Denisa auch, aber Konrad trat zu seiner Schwester und legte ihr die Hand auf den Arm.

„Hey, das hat doch keinen Sinn", sagte er in ruhigem Ton. „Jetzt warte doch erst einmal ab."

Der Blick, den Anja ihm daraufhin zuwarf, wirkte wild, genau wie die Bewegung, mit der sie ihm ihren Arm entzog.

„Nein!", herrschte sie ihn an, „ich habe das oft genug mitgemacht!"

Sie trat an Theo heran, legte ihm ihre Hand auf die Schulter und beugte sich leicht hinunter zu ihm.

„Ich packe oben ein paar Sachen, und dann fahren wir zu Dr. Lohm", sagte sie etwas ruhiger, aber bestimmt.

Als sie sich wieder aufrichtete fiel ihr Blick plötzlich auf Denisa, und das schien irgendetwas in ihr auszulösen. Sie straffte ihre Haltung und fixierte die Tochter ihres Mannes mit einem strengen Blick, bevor sie ihre Gedanken aussprach:

„Und du fährst besser wieder nach Hause. Vielleicht muss er wieder stationär in der Klinik bleiben. Wir haben echt andere Probleme jetzt!"

Damit ließ sie Denisa stehen und ging mit zügigen Schritten die Treppe hoch in den ersten Stock, um zu packen. Denisa fühlte sich, als hätte Anja ihr eine schmerzhafte Ohrfeige verpasst, und dass nun Ben und Konrad ihre Augen auf sie richteten, machte es nur noch schlimmer. Auch wenn sie versuchte, sich unter Kontrolle zu halten, ihr Gesicht musste die Verzweiflung widerspiegeln, die von ihr Besitz ergriff. Wie konnte Anja so etwas sagen! Denisa war Theos Tochter und hatte ein Recht bei ihm zu sein! Hoffungsvoll schaute sie zu ihm, aber er hatte seine gebeugte Haltung nicht geändert.

„Anja hat Recht, du hättest nie kommen dürfen, Denisa", murmelte er plötzlich, ohne sie anzusehen. „Ich habe dir nichts zu geben... ich bin schon für Ben ein schlechter Vater."

Bei diesen Worten hob er kurz den Kopf, um zu seinem Sohn zu schauen, aber Ben wandte sich nur ab und ging wortlos zur Treppe und ebenfalls in den ersten Stock des Hauses. Keine Reaktion auf das Gesagte, kein helfendes Wort oder wenigstens einen Blick hatte er für Denisa übrig.

Nur Konrad sah sie mitleidig an und zuckte mit den Schultern. Für einen Moment schien die Zeit stillzustehen. Denisa spürte das Blut in ihrem Kopf pochen und hatte Mühe, ruhig zu atmen. Wieso hockte Theo nur so da, ohne noch etwas zu sagen? Das konnte er nicht ernst gemeint haben eben!

Nachdem jedoch keiner der beiden Männer Anstalten

machte, noch etwas zu tun oder zu sagen, schluckte Denisa schließlich ein paarmal und fuhr sich mit zitternden Fingern durch die Haare.

„Ich gehe wohl besser", presste sie mit gesenktem Kopf hervor und bewegte sich nach einem letzten Blick zu Theo in Richtung Haustür.

Nur Konrad folgte ihr unbeholfen, aber mehr als „Er meint das nicht so" brachte er auch nicht hervor. Denisa schaffte es nicht, darauf zu antworten, also drehte sie sich ohne ein Wort um und eilte die Schritte zu ihrem Auto, wo sie sofort in Tränen ausbrach.

Ziellos fuhr sie los in irgendeine Richtung, immer geradeaus weiter ohne darauf zu achten, wo sie landen würde. Es war ihr egal. Alles war ihr egal. Sie wollte nur weg von diesem Haus und den Feldern, die es umgaben. Und weg von den Menschen, die hier wohnten.

Warum nur war sie überhaupt hierhergekommen und nicht einfach daheim geblieben! Sie hatte doch von Anfang an befürchtet, dass dies hier nicht unbedingt schön werden würde. Gott, sie hatte sich gerade einmal von der Trauer um Oma erholt! Warum hatte sie es nicht einfach dabei belassen können? Sie war bisher auch ganz gut ohne Vater ausgekommen!

Denisa fuhr und fuhr über die Landstraße und ließ die Umgebung und die anderen Autos achtlos an sich vorbeiziehen. Mehr als einmal hupte jemand, dem sie wohl zu langsam fuhr, aber mit ihren verweinten Augen sah sie nur wenig und konnte deshalb nicht schneller fahren. Irgendwann jedoch fühlte sie sich zu kraftlos, um überhaupt noch weiterzufahren, deshalb verließ sie die Landstraße bei der nächsten Gelegenheit und fuhr auf einer kleinen Straße weiter bis zu einem Waldrand, wo sie schließlich stehenblieb und den Motor abschaltete.

Die Tränen waren versiegt, und Denisa fühlte sich müde und ausgelaugt. Nun machte sich bemerkbar, dass sie noch gar nichts gegessen hatte heute, aber ihr war auch zu übel, um etwas daran zu ändern. Für die Flasche Wasser in dem Fach ihrer Fahrertür jedoch war sie jetzt dankbar. Sie wusste nicht, wie viel Uhr es war und wollte es auch nicht wissen. Hell brannte die Sonne vom Himmel, aber hier neben dem schattigen Wald waren die Temperaturen erträglich. Denisas Kopf schmerzte vom Weinen und wohl auch noch von der durchfeierten Nacht, deshalb kurbelte sie den Fahrersitz so weit nach hinten wie es ging, um sich auszuruhen.

Tief atmen… das war es, was angeblich dabei helfen sollte, sich zu entspannen und Kraft zu schöpfen. Bewusst und tief atmen. Zumindest hatte sie das in dem Buch über Meditation gelesen. Ein paar bewusste Atemzüge gelangen ihr, aber dann wanderten ihre Gedanken unweigerlich zu dem vorhin Geschehenen zurück. Und auch zu Theos Worten: ‚…du hättest nie kommen dürfen…‘

‚Das hat nichts mit mir zu tun, sondern mit seiner Krankheit‘, versuchte sie sich zu überzeugen, aber es wollte nicht funktionieren. Im Gegenteil: es führte nur dazu, dass die Tränen Denisa erneut fanden, und so rollte sie sich auf die Seite und weinte, bis sie schließlich nicht mehr anders konnte, als erschöpft in einen unruhigen Schlaf zu fallen.

Kapitel Siebzehn

Wie eine weite dunkle Fläche lag der See vor ihnen. Die Bäume und Büsche um ihn herum wurden nur schwach angestrahlt, obwohl der Mond fast voll und groß am Himmel stand. Sein Licht spiegelte sich auf der Oberfläche des Wassers und bei jeder kleinen Bewegung darin war es, als ob tausend Sterne auf ihr glitzerten. Grillen zirpten im Gras, ansonsten war nichts zu hören. Nur sie beide und das Wasser vor ihnen schienen zu existieren, keine weitere Menschenseele war sonst auszumachen. Die Luft stand hier nicht ganz so schwül wie im Ort, weil ab und an ein leichter Windhauch ging und angenehme Kühle mit sich trug. Erfrischend für Denisas von der Hitze erschöpften Körper und für ihre wunde Seele...

Vittorio hatte vorhin nicht nachgefragt, als sie ihn kurz vor dreiundzwanzig Uhr angerufen hatte. Unter Tränen hatte sie nicht mehr aussprechen wollen als ihre einfache Bitte: ‚Kannst du kommen?‘ Ohne zu zögern hatte er bejaht und aufgelegt, und keine zehn Minuten später hatte ihr Handy geklingelt.

‚Komm runter und nimm den Autoschlüssel mit‘, hatte Vittorio nur gesagt, und Denisa war seiner Anweisung gefolgt. Sie hatte sich dann von ihm den Schlüssel abnehmen lassen und sich ohne Fragen auf den Beifahrersitz gesetzt. Sie hatte nicht wissen wollen, wohin sie fuhren. Sich ihm einfach überlassen, das war alles, was sie wollte.

Nun gingen sie langsam über das weiche Gras auf das Ufer des Sees zu, wobei sie sehr aufpassen mussten, um in der Dunkelheit über nichts zu stolpern. Das einzige

Licht der Nacht war nicht hell genug, um den Boden zu erleuchten, und Denisa hoffte sehr, dass sie auf kein verstecktes Tier trat. Am Ufer angekommen blieb Vittorio stehen und ließ ihre Hand los. Dann streifte er seine Sandalen herunter und zog das T-Shirt über den Kopf, sodass er nur noch seine Shorts anhatte.

„Komm", sagte er leise und griff nach Denisas Hemd, „wir gehen schwimmen."

Sie musste wohl einen Schritt zurückgewichen sein, denn er ließ ihr Hemd los und nahm stattdessen ihre Hand. Seine Haut schimmerte im Mondlicht.

„Du wirst sehen, das tut richtig gut", fügte er hinzu.

Tatsächlich war es so schwül, dass Denisas Kleider am Körper klebten. Das Wasser vor ihnen war reizvoll. Langsam zog sie ebenfalls ihr T-Shirt aus und Vittorio lächelte, als sie ihre Hose öffnete.

„Na, also", ließ er vernehmen, und ehe Denisa sich versah, hatte er seine Shorts runtergezogen und stand splitternackt vor ihr. Dann drehte er sich um und watete ein paar Schritte in das dunkle Wasser hinein.

„Es ist noch ganz warm", rief er ihr zu, und auch wenn Denisa das nicht ganz glauben konnte, zog sie sich fertig aus und folgte Vittorio barfuß zum Wasserrand und in das kühle Nass hinein. Als er sich umwandte, blieb sein Blick an ihr haften. Ihre helle Haut reflektierte das Mondlicht stärker als seine, und Denisa mochte seinen faszinierten Blick und wie er seine Hand ausstreckte und sagte: „Na, schöne Frau?"

Hand in Hand tasteten sie sich im Wasser vorwärts, um sich schließlich ganz hineinfallen zu lassen. Im ersten Moment fühlte es sich frisch an, aber mit etwas Bewegung verging die Kälte. Denisa bemühte sich, dicht hinter Vittorio zu bleiben, denn ein bisschen gruselte sie sich vor den unbekannten Tiefen und ihren möglichen Bewohnern. Zwei- oder dreimal streifte etwas ihre Beine, sodass sie erschrak. Beim nächsten Mal schrie sie auf und schwamm ganz schnell zu Vittorio, um sich an ihm festzuhalten.

„Was ist da im Wasser? Mich hat etwas gestreift!"

Vittorio wandte sich zu ihr um und umfasste ihr Handgelenk. Für ihn schien es ein Leichtes zu sein, sich nur mit den Beinen über Wasser zu halten.

„Das ist nichts, nur Wasserpflanzen. Die Fische trauen sich nicht zu dir", antwortete er, und auch in dem blassen Licht konnte Denisa sein Grinsen sehen. Der Mond stand über ihnen. Denisa war vom Schwimmen außer Puste und froh, bei Vittorio eine Pause machen zu können. Er legte seinen Arm um sie und zog sie an seinen Körper. Sein Kuss war wackelig, da er dauernd mit den Beinen strampeln musste, um nicht unterzugehen. Aber dennoch war er wunderschön, und seine Lippen fühlten sich kühl und weich an wie eine frische Frucht, die man gerade aufgeschnitten hatte. Denisa konnte seine Bartstoppeln auf ihrer Wange spüren, seine breiten Schultern und die langen Muskeln an seinem Rücken unter ihren Händen. Und mit jedem Kuss spürte sie, wie das Kribbeln in ihrem Bauch stärker wurde, ein Kribbeln, das sich in ihrem ganzen Körper ausbreitete. Irgendwann jedoch wurde es ihnen beiden zu kalt im Wasser, deshalb schwammen sie zurück ans Ufer, wo sie ihre Kleider liegengelassen hatten. Im ersten Moment außerhalb des Wassers fror Denisa, denn sie hatten nichts zum Abtrocknen dabei. Vittorio nahm sein T-Shirt und rubbelte sie beide damit ab.

„Hast du eine Decke im Auto?", fragte er, während er das Hemd ausschüttelte.

„Im Kofferraum", erwiderte sie. Vittorio legte ihr das Hemd um die Schultern.

„Warte hier", sagte er, und ehe Denisa etwas erwidern konnte, lief er unbekleidet wie er war nur mit dem Schlüssel zum Wagen. Zurück kam er mit der blauen Decke, die Denisa immer im Kofferraum hatte. Eine

alte Decke ihrer Oma. Er faltete sie zu ihrer vollen Größe auseinander und legte sie um seine Schultern. Dann
öffnete er seine Arme und schlang sie mit der Decke um
die frierende Denisa. Seine Brust bewegte sich noch leb-
haft vom Laufen, und so eng an seine Haut geschmiegt,
konnte Denisa sein Herz schlagen fühlen.

„Das hat gutgetan", meinte er leise und atmete tief
durch. Seine Hände rieben über ihren Rücken, sodass
ihr schnell wieder warm wurde, und sie streckte ihren
Kopf nach oben, um diesen schönen Mann zu küssen
und noch enger mit ihm verbunden zu sein.

„Warte…", flüsterte er dann und löste seine Arme von
ihr. Er nahm die Decke von seinen Schultern, schüttelte sie kurz und breitete sie auf dem Gras aus. Dann
griff er nach Denisas Hand, kniete sich auf die Decke,
blickte zu ihr hoch und ließ dann seinen Blick hinab
wandern über ihre Brüste, ihren Bauch und bis dahin,
wo ihre Beine begannen. Ein wohliger Schauer überkam
Denisa, als er ihren Venushügel küsste. Und als er sie
schließlich zu sich hinunter auf die Decke zog, nahm sie
wahr, dass er erregt war.

Sie küssten sich lange, eng aneinander geschmiegt, einander umschlungen. Vittorios männlicher Duft, seine
Wärme, ja, seine ganze Aura hüllten Denisa ein wie in
eine wärmende Decke der Geborgenheit. Irgendwann
glitt seine Hand nach unten, um sie zwischen den Beinen zu streicheln und ließ einen erfreuten Laut vernehmen, als er ebenfalls ihre Erregung spürte. Er richtete sich auf, griff in die Hosentasche seiner Shorts, die
neben der Decke lagen, und Denisa brauchte nicht zu
fragen, was er da holte. Sie war überrascht, dass er an
Kondome gedacht hatte, aber positiv.

Die Dunkelheit um sie herum schien auf einmal zuzu-
nehmen, so als wären Wolken vor den Mond gezogen,
und als Denisa sich aufrichtete und nach oben blickte, konnte sie den Erdtrabanten tatsächlich nur noch

schwach erkennen. Irgendwo in der Ferne zuckte ein Blitz auf, jedoch ohne darauf folgendes Donnergrollen. Danach war es gleich wieder dunkel.

„Ich sehe gar nichts...", flüsterte Denisa und tastete nach Vittorios Schulter. Er wandte sich wieder zu ihr und beugte sich über sie, um mit den Fingerspitzen über ihr Gesicht zu streichen und ihre Wangen zu küssen. Heiß streifte sein Atem ihre Haut.

„Keine Angst, ich sehe dich", flüsterte er zurück.

Und dann drang er in sie ein. Ganz behutsam zunächst, doch mit jedem sanften Stoß wurde er bestimmter und seine Umarmung fester. Nach den ersten innigen Bewegungen rollten sie sich beide zur Seite, sodass sie nebeneinander lagen, noch immer tief miteinander verbunden. Vittorios Hand glitt zielstrebig nach unten, um Denisa von außen zu streicheln, und sie war überrascht, dass er so genau wusste, wie er sie berühren musste, um ihr Lust zu bereiten. Das hatte sie bisher nur bei Mia erlebt, doch es war ungeheuer erregend, Vittorios große Hand zu spüren. So brauchte sie nicht lange, bis ihr Atem schneller wurde, und die Empfindungen in ihr mit einem Stöhnen explodierten, und noch ehe sie verebbt waren, hörte Denisa auch Vittorios lustvolle Laute ganz nahe an ihrem Ohr. Sein ganzer Körper zuckte, bis er schließlich schwer atmend erschlaffte.

Einen Moment lagen sie einfach nur nahe beieinander, keuchend, jeder wie in Trance versunken. Schließlich lösten sie ihre erhitzten Körper voneinander und lagen ausgestreckt auf der Decke.

„Das war toll", murmelte Vittorio nach einer Weile. Denisa kroch zu ihm und küsste seinen Oberkörper, der flach vor ihr lag, bedeckt von kleinen salzigen Schweißperlen.

„Das sollten wir öfter machen", erwiderte sie, und Vittorio lachte auf, bevor er seinen Arm um sie legte und sie an sich zog. Eng aneinander geschmiegt lagen sie

und lauschten dem Rascheln der Baumkronen über ihnen, während in der Ferne immer mehr Blitze am Himmel aufleuchteten. Vittorio hielt Denisa fest in seinen
Armen, sein Gesicht in ihren Haaren verborgen, und sie
dachte schon, er wäre eingeschlafen, als sie auf einmal
seine leise Stimme vernahm.

„Ti amo, Bella", flüsterte er in die Dunkelheit. Ti amo.

Kapitel Achtzehn

Eng umschlungen schliefen sie in dieser Nacht in Vittorios weichem Bett. Kurz nach ein Uhr musste es wohl gewesen sein, als sie vom See zurückgekommen waren, und Denisa hatte sich unglaublich erschöpft gefühlt. Die zweite Nacht verbrachten sie nun miteinander, und sie hätte nicht gewusst, was sie ohne die schützenden Arme ihres Freundes gemacht hätte. Gebrochen fühlte sie sich und vollkommen ohne Energie, und als sie am nächsten Morgen erwachte, musste sie feststellen, dass auch der Schlaf daran nicht viel geändert hatte. Und das, obwohl sie lange genug geschlafen haben mussten, denn die hellen Sonnenstrahlen krochen bereits durch die Ritzen des hölzernen Rollos hindurch. Vittorio regte sich nun neben ihr, auch er schien soeben wach geworden zu sein. Er streckte sich, drehte sich zu Seite und blickte Denisa mit kleinen aber liebevollen Augen an.

„Guten Morgen", murmelte er und streichelte ihr sanft über den Arm. Seine offenen lockigen Haare umrahmten das Gesicht wie eine dunkle Löwenmähne, und die Bartstoppeln kratzten auf Denisas Lippen als er sie kurz küsste.

„Komm, ich mache uns Frühstück", brummte er ihr ins Ohr.

Denisa fand dieses Angebot sehr lieb von ihm, aber irgendwie drehte sich ihr beim Gedanken an Essen förmlich der Magen um. Wann hatte sie eigentlich das letzte Mal etwas Gescheites gegessen? Gestern zumindest nicht.

„Ich würde lieber noch ein bisschen schlafen", antwortete sie deswegen und rollte sich auf den Rücken, um sich ihrerseits zu strecken. Vittorios Blick ließ Enttäuschung erahnen, aber er drängte Denisa nicht. Erneut gab er ihr einen Kuss und richtete sich auf.

„Okay, ich schaue trotzdem mal in die Küche", ließ er vernehmen, stand auf, griff nach seinem T-Shirt am Boden und zog es sich über. Ansonsten nur mit Unterhosen bekleidet verließ er das Zimmer, und Denisa rollte sich zur Seite und drückte ihr Gesicht ins Kissen.

War das alles gestern wirklich passiert? Daisys Beerdigung, Theos Zusammenbruch und Anjas harsche Worte? Es kam Denisa jetzt sehr unwirklich vor, als wäre es nur ein böser Traum gewesen. Was sich hingegen sehr real anfühlte, waren die Schmerzen, die unaufhörlich in ihrem Kopf brummten. Nur die Bewusstlosigkeit des Schlafes hatte es geschafft, sie davon zu erlösen, und sie sehnte sich nach diesem Zustand zurück. Einfach wieder einschlafen und allen Schmerz vergessen…

Als sie erneut wach wurde, lag sie auf der äußersten Kante des Bettes, nur mit einem Zipfel der Decke über sich. Ihr Nacken fühlte sich steif an. Vittorio saß neben ihr auf dem Bett, ein Buch auf seinen Knien und tätschelte ihr den Kopf mit einem Lächeln.

„Ich hatte schon Angst, du fällst raus, aber ich wollte dich nicht wecken", schmunzelte er. „Den Schlaf hast du wohl wirklich gebraucht."

Denisa konnte nicht sagen, ob das der Fall war, jedenfalls fühlte sie sich nicht erholter als zuvor, im Gegenteil. Der Schmerz in ihrem Kopf war unverändert präsent, sodass sie sich unwillkürlich über die Stirn rieb.

„Musst du heute nicht arbeiten?", fragte sie mit trockener Kehle.

Vittorio grinste und erwiderte: „Montag ist Ruhetag im Restaurant."

Denisa nahm das mit einem Nicken zur Kenntnis. Auf dem Boden neben dem Bett stand eine halbvolle Wasserflasche, die sie nahm um zuerst einmal einen Schluck zu trinken. Das tat ihrer ausgetrockneten Kehle gut, und eine Weile lang saß sie nur dort mit der Flasche bis Vittorio sein Buch zuschlug und neben sich auf die Kommode legte. Ein Buch über Statik.

„Also, was machen wir jetzt?", fragte er und nahm ihr die Flasche aus der Hand.

„Ich meine, wenn du etwas gegessen hast", fügte er gleich hinzu und hielt ihr einen Teller unter die Nase, auf dem ein Cornetto mit Marmelade lag. Und dieses Mal bekam sie sogar etwas Appetit, also nahm sie den Teller und biss in das süße Gebäckstück. Vittorio beobachtete sie lächelnd, aber auch fragend, so als würde er noch eine Antwort erwarten. Eine Antwort, die Denisa nicht wusste.

„Hm, ich weiß nicht... eigentlich habe ich auf nichts richtig Lust", nuschelte sie zwischen den beiden letzten Bissen ihres Frühstücks, nach denen sie sich die Finger ableckte. Vittorio betrachtete sie einen Moment lang, dann nahm er ihr den leeren Teller ab und stellte ihn neben sich auf seinem Buch ab.

„Aber so geht das nicht weiter, du musst jetzt mal raus aus dem Bett", meinte er dann und stand auf. „Es ist schon fast ein Uhr."

Natürlich hatte er Recht, noch länger im Bett zu bleiben würde auch nicht mehr Erholung bieten, aber es widerstrebte Denisa so sehr, sich überhaupt zu bewegen und irgendetwas zu tun. Am liebsten hätte sie sich einfach wieder auf die Seite gerollt und weitergeschlafen. Erneut rieb sie sich über die schmerzende Stirn.

Ihr Freund wartete vergeblich auf eine Antwort, also wandte er sich nach einem Moment ab, um in seine hellen Shorts zu schlüpfen, die über dem Stuhl hingen neben Denisas Jeans.

„Wie wäre es, wenn wir Ariane besuchen fahren?", schlug er dann vor.

„Das wird dich bestimmt aufheitern."

Ariane, das war die eifersüchtige Alpakadame, erinnerte sich Denisa. Sie und ihre Artgenossen hatten schon einmal für gute Laune gesorgt. Denisa wusste, dass es eine gute Idee war dorthin zu fahren, und sie wusste auch, dass Ablenkung ihr wirklich guttun würde. Also gab sie sich einen Ruck und nickte zustimmend.

„Okay", ließ sie endlich vernehmen, während sie sich noch immer den Kopf hielt, „aber hast du vielleicht eine Aspirin für mich?"

Dieses Mal fuhren sie direkt zum Beginn des schmalen Weges, der zu der Weide führte, sodass sie nur ein paar Schritte zu gehen brauchten, bis sie bei den Tieren ankamen. Wie beim letzten Besuch kamen drei der Alpakas gleich neugierig an den Zaun gelaufen, unter ihnen Ariane. Sie alle schienen Vittorio wirklich zu kennen, und besonders seine braune Lieblingsdame ließ sich den vordersten Platz nicht streitig machen. Der Anblick der niedlichen Tiere stimmte Denisa heiter, und für eine Weile konzentrierte sie sich nur darauf und auf das wunderbare Gefühl des weichen Fells unter ihren Händen.

Nachdem Vittorio und Denisa die flauschigen Tiere gründlich gestreichelt hatten, setzten sie sich neben der Weide ins Gras, fast an dieselbe beschattete Stelle, an der sie das letzte Mal auch gesessen hatten. Um sie herum zirpten Grashüpfer, und einige Bienen, Hummeln und Fliegen summten dazu. Ein warmer Sommertag war es wieder, und Denisa schwitzte in ihrer engen Jeans, aber das Gras, auf das sie sich jetzt beide zurücksinken ließen, verbreitete eine angenehme Kühle. Vittorio legte seinen Arm locker um sie, und zusammen blickten sie in den blauen Himmel.

Das war schön, aber schon nach ein paar Minuten bemerkte Denisa, wie ihre Gedanken unwillkürlich wieder zu ihrem Vater wanderten. Von keinem der Lechners hatte sie bis jetzt eine Nachricht erhalten, kein Wort der Entschuldigung oder Erklärung. Vielleicht war es wirklich ein Fehler gewesen, auf Bens Nachricht hin einfach zu ihnen zu fahren. Aber das war jetzt nicht mehr zu ändern. Nichts von dem, was gestern geschehen war, war zu ändern. Ein Teil von Denisa verspürte Trotz und das Bedürfnis, ohne ein weiteres Wort einfach nach Hause zu fahren. Der andere Teil jedoch wehrte sich dagegen. Schließlich hatte sie auch gute Momente mit Theo und Ben erlebt, und sogar mit Anja. Sie mochte das Gefühl, einen Vater zu haben, auch wenn der nicht perfekt war, und sie wollte auch weiterhin Kontakt zu ihrem kleinen Bruder haben. Aber wollten die Lechners das?

Denisa streckte sich und rieb mit der Hand über ihr Gesicht. Zwar waren die Kopfschmerzen jetzt besser, aber sie fühlte sich plötzlich von Unruhe erfasst, sodass sie nicht still liegen konnte. Sie versuchte, ihre ziellosen Gedanken beiseite zu wischen, aber es gelang ihr nicht. Hier war sie gelegen, als sie schon einmal auf eine Nachricht von Theo gewartet hatte, und irgendwie war die Situation nun sehr ähnlich. Wieder Warten, wieder Unsicherheit, die so schwer zu ertragen war!

„Meinst du, ich sollte meinen Vater anrufen?", fragte Denisa in die Stille und richtete sich auf. Vittorio hatte wohl gedöst, denn er blinzelte sie kurz an, schloss die Augen dann wieder und seufzte leise.

„Oder denkst du, er hat das ernst gemeint, dass ich nie hätte kommen dürfen?", fuhr Denisa fort, bevor ihr Freund etwas hatte erwidern können.

Vittorios Gesicht trug einen seltsamen Ausdruck. Resigniert und genervt. Er seufzte erneut und rieb sich die Augen.

„Denk nicht so viel nach", grummelte er. Mehr nicht. Kein Wort der Unterstützung und keine Antworten auf ihre Fragen. Hatte er sie im Halbschlaf überhaupt richtig verstanden?

„Aber, was soll ich jetzt tun?", hakte sie nach und erntete eine abrupt abwehrende Handbewegung und einen nun definitiv genervten Blick von Vittorio.

„Mensch Bella! Ruf an, wenn du das Gefühl hast, du solltest es tun und hör auf zu grübeln! Du wirst dann schon sehen, was passiert."

Denisa rückte ein wenig von ihm weg und wandte sich ab.

‚Du wirst schon sehen, was passiert'… etwas Ähnliches hatte er beim letzten Mal auch gesagt, und sie hatte gesehen, was passiert war! Nein, so eine Enttäuschung wollte sie wirklich kein zweites Mal erleben! Aber es sprach nichts dagegen, ihrem Vater eine kurze Nachricht zu schreiben nur um zu fragen, wie es ihm jetzt ging. Vielleicht würde er ja dieses Mal darauf reagieren. Tatsächlich klingelte keine fünf Minuten später ihr Handy, und Denisa war so perplex, dass sie es ein paar Sekunden lang nur anstarrte. Sie warf einen kurzen Blick zu Vittorio, der unbeweglich neben ihr lag, und nahm dann den Anruf von Theo entgegen. Sie konnte nicht verhindern, dass ihre Begrüßung nicht sehr herzlich ausfiel.

„Ich wollte fragen, ob du mich besuchen möchtest", fing ihr Vater nach einer kurzen Begrüßung seinerseits gleich an. „Ich meine, hier in der Klinik?"

Er sprach hastig, so als hätte er nicht viel Zeit. Die Ereignisse des Vortages erwähnte er nicht, und Denisa entschied sich, ihn nicht am Telefon danach zu fragen. Ein persönliches Gespräch war mit Sicherheit sinnvoller. Zwar scheute sie sich davor, ihren Vater in einer psychiatrischen Klinik zu besuchen, aber wenn sie Kontakt zu ihm wollte, dann war das vielleicht eine Chance. Immerhin hatte er sie angerufen.

„Okay", entgegnete sie zögerlich, woraufhin er sich mit dumpfer Stimme bedankte. Sie vereinbarten, dass Denisa im Laufe des Nachmittages zu der Adresse in der nächsten größeren Stadt fahren würde, die er ihr nannte. Nach dem Telefonat bemerkte sie, dass ihre Hände sich zittrig anfühlten. Obwohl es nur kurz gewesen war, hatte Theos Stimme sie aufgewühlt zurückgelassen und mit einer ängstlichen Erwartung auf das, was sie in der Klinik sehen und hören würde.

Vittorio hatte sich keinen Millimeter bewegt, also legte Denisa sich wieder neben ihn und atmete ein paarmal tief durch. Ihr Freund musste mitbekommen haben, mit wem sie telefoniert hatte, und auch, dass sie in die Klinik fahren würde, aber er ließ sich kein Interesse anmerken. Den Arm über die Stirn gelegt verweilte er mit geschlossenen Augen auf dem Gras, und gerade als Denisa erklären wollte, was los war, griff er nach ihrer Hand und sagte nur: „Lass es einfach auf dich zukommen.“

Der Eingang der Klinik wirkte unscheinbar, als Denisa ungefähr zwei Stunden später davorstand. Eine einfache automatische Glastür, die in einen hellen mit großen Topfpflanzen geschmückten Flur führte. Auf der rechten Seite stand ein Empfangstresen, hinter dem zwei Frauen an Computern saßen.

„Guten Tag, ich würde gerne Herrn Lechner besuchen“, sprach Denisa sie an. Die junge Frau hatte kurze schwarze Haare und trug kleine bunte Ohrringe.

„Sind Sie eine Verwandte?“, erkundigte sie sich mit freundlicher Stimme.

„Ja… ich bin seine Tochter“, antwortete Denisa und ärgerte sich über ihr Zögern. Die Frau warf ihr einen verwunderten Blick zu, dann griff sie zum Telefon und drückte eine Durchwahltaste.

„Hallo, Giesela, hier ist jemand für Herrn Lechner.“ Sie warf Denisa erneut einen skeptischen Blick zu, ehe sie hinzufügte: „Seine Tochter.“

Es dauerte keine fünf Minuten, ehe eine Frau in Pflegekluft aus dem nahegelegenen Aufzug trat und geradewegs zum Empfang herüberkam. Sie begrüßte Denisa und bedeutete ihr mit zum Aufzug zu kommen.

„Dann sind Sie also Denisa. Herr Lechner hat von Ihnen erzählt."

Ihre Stimme klang fröhlich und so, als würde sie Theo gut kennen. Anja hatte ja auch angedeutet, dass es nicht sein erster Klinikaufenthalt war. Denisa schluckte und versuchte, so gleichgültig wie möglich zu klingen.

„War er schon öfter hier?", erkundigte sie sich, woraufhin Schwester Giesela nickte.

„Wir kennen Ihren Vater schon länger."

Der Aufzug öffnete sich und Denisa wurde einen breiten Gang entlang geführt, dessen Wände bunte Wasserfarbenbilder zierten. Vor einer Tür blieb die Schwester stehen und klopfte.

„Er ist gerade beim Therapeuten drin", erklärte sie flüchtig.

„Oh, ich kann warten", fing Denisa an zu sprechen, doch da wurde auch schon die Tür von innen geöffnet und es erschien ein Mann um die fünfzig darin. Braune Haare, ein weißes kurzärmliges Hemd und Jeans prägten sein Erscheinungsbild. In der Hand hielt er eine schwarz umränderte Brille. Sein offenes Gesicht schenkte Denisa ein Lächeln, so als würde er sie irgendwie erkennen und er sagte: „Ah, da sind Sie ja."

Den ruhigen Ton in seiner Stimme fand Denisa sehr angenehm und auch die Art, wie er ihr nun die Hand reichte und hinzufügte: „Ich bin Martin Saller."

Hinter dem Therapeuten konnte Denisa einen gemütlich eingerichteten Raum mit einem Schreibtisch und ein paar bequemen Stühlen um einen kleinen runden Tisch sehen. Auf einem von ihnen saß ihr Vater. Er sah besser aus, als sie es erwartet hatte, viel besser als bei ihrer letzten Begegnung zumindest. Seine Haare und Kleider wirkten gepflegt, und wie er nun in ihre Richtung blickte, erschien der Hauch eines Lächelns um seine Mundwinkel. Er rieb mit seinen Handflächen über die Knie, erhob sich dann von seinem Stuhl und kam langsam auf seine Tochter zu, nachdem Herr Saller sie ins Zimmer gebeten hatte.

„Hallo, Denisa", sagte Theo und umarmte sie zaghaft. „Schön, dass du da bist."

Denisa konnte dazu nur nicken, denn sie wusste nicht, was sie sagen sollte. Sie fühlte sich so aufgeregt, dass sie unbewusst immer wieder über ihre Haare strich. Der freundliche Therapeut lockerte die Situation jedoch sofort, indem er ihr einen Stuhl und ein Glas Wasser anbot.

„Schön, dass Sie da sind", schloss er sich seinem Patienten an und erklärte dann: „Ich bin Psychotherapeut und kenne Ihren Vater nun schon ein paar Jahre."

Theo nickte dazu, sagte jedoch nichts, sondern ließ Herrn Saller fortfahren:

„Er hat mich gebeten, Ihnen zu erklären, wie sich seine Krankheit genau auswirkt, damit Sie es besser verstehen können." Auch hierzu nickte Theo nur.

„Gefühle sind wie schwingende Saiten eines Instruments", fuhr Herr Saller fort, „und bei einem manischdepressiven Menschen gerät dieses Schwingen aus der Balance. In einer manischen Phase schlägt es übermäßig aus, wohingegen es in einer depressiven Phase fast zum Stillstand kommt. Und mit beidem kann man keine gute Musik machen."

Er lächelte und schien sich über seinen guten Vergleich zu freuen, den Denisa tatsächlich verständlich fand. Sie erwiderte das Lächeln, und dadurch schien ihr Vater sich ermutigt zu fühlen, sich zu räuspern und endlich selber zu sprechen:

„Ich bin nicht immer Herr meiner Gefühle, Denisa, auch mit den Medikamenten nicht." Sein Blick hielt dem ihren einen Moment stand, dann wanderte er in

Richtung Fenster, ehe er weitersprach: „Und dass Daisy gestorben ist... das hat mich völlig aus der Bahn geworfen."

Er schluckte, und es schien ihn Mühe zu kosten, seiner Tochter erneut ins Gesicht zu sehen bei seinen nächsten Worten: „Es tut mir leid, dass du das miterlebt hast."

Denisa nahm das mit einem erneuten Nicken auf, und es entstand eine Pause zwischen ihnen dreien. Doch, sie meinte schon zu verstehen, wie das für ihren Vater sein musste, und auch, dass er diese Stimmungen nicht richtig kontrollieren konnte. Hatte ihre Oma deshalb gedacht, er wäre kein guter Umgang für seine Tochter? Hatte sie Denisa deshalb von ihm ferngehalten?

Herr Saller ließ die Worte seines Patienten kommentarlos stehen und schien kein Problem mit der Stille zu haben, dennoch blickte er schließlich zu Theo und durchbrach das Schweigen: „Sehen Sie es mal so: Sie haben Daisy verloren, aber Denisa gewonnen."

Dann setzte er sich aufrecht hin und legte die Hände flach vor sich auf die Tischplatte. „Unsere Stunde ist leider vorbei, Herr Lechner, aber ich denke, Sie beide haben sich auch so noch einiges zu sagen, oder?"

Theo nickte, straffte ebenfalls seine Haltung und bedankte sich bei dem Therapeuten, ehe sie alle aufstanden und zur Tür gingen. Herr Saller verabschiedete sich freundlich. Auf dem Gang wartete bereits der nächste Patient auf seine Therapiesitzung.

Etwas unschlüssig standen Vater und Tochter erst dort auf dem Gang, bis Theo Denisa leicht am Arm berührte und fragte: „Hey, es gibt hinter dem Haus einen kleinen Park. Sollen wir etwas spazieren gehen?"

Das war eine gute Idee, zumal frische Luft ihnen beiden jetzt sicher guttun würde. Denisa fühlte sich nicht mehr so aufgeregt, aber auch noch nicht wieder ruhig, und sie wollte mit ihrem Vater über sein Verhalten an Daisys Beerdigungstag sprechen. Der Park war wirklich nicht groß, aber hübsch bepflanzt mit Rhododendren, die jetzt natürlich nicht mehr blühten. Dafür trugen andere Büsche umso mehr Blüten, an denen sich Bienen und Hummeln tummelten. Sie schlenderten schweigend ein paar Schritte, bis Denisa sich traute, den Anfang zu machen: „Die Schwester hat vorhin gemeint, du wärst schon öfter hier gewesen?"

Theo antwortete mit einem bedächtigen Nicken: „Das stimmt. Manchmal ist es gut für mich, aus meinem gewohnten Umfeld rauszukommen. Aber das letzte Mal ist schon länger her."

Sie kamen an einem kleinen Brunnen vorbei, und Theo hielt seine Arme unter das erfrischende Wasser.

„Das tut echt gut", meinte er zu seiner Tochter und befeuchtete sich auch sein Gesicht. „Probier das auch mal."

Denisa folgte seinem Rat und ließ sich das frische Nass ebenfalls über die Arme laufen, und das war so herrlich angenehm, dass sie gleich noch ihre nackten Füße in den Sandalen bespritzte. Ihr Vater beobachtete sie lächelnd, und irgendwie lockerte das die Atmosphäre zwischen ihnen so weit auf, dass Denisa sich endlich traute die Frage zu stellen, vor deren Antwort sie sich fürchtete: „Liegt es an mir, dass du jetzt wieder hierher musstest?"

Das Lächeln auf dem Gesicht ihres Vaters wich einem sehr ernsten Ausdruck. Er blickte auf seine Hände, auf denen noch die Wassertropfen entlang rannen, und seine Stimme klang gedämpft, als er schließlich antwortete: „Denisa, was ich zu dir gesagt habe an diesem Tag, das tut mir sehr leid."

Er hob seinen Blick und schaute seiner Tochter ins Gesicht. „Und es ist nicht wahr. Ich bin sehr froh, dass du mich gesucht hast, das musst du mir glauben!", fügte er mit eindringlichem Blick hinzu.

Denisa spürte, wie sich ein Gefühl der Erleichterung in ihr breitmachte, und ihre Haut wohlig kribbelte. So sehr hatte sie sich gewünscht, solche Worte von ihrem Vater zu hören, und sie passten zu dem Eindruck, den sie selbst auch gehabt hatte, nämlich dass Theo sie gerne bei sich hatte. Sie wischte sich mit ihrer noch feuchten Hand über das Gesicht.

„Ich glaube dir", erwiderte sie dann schlicht und schenkte ihrem Vater ein Lächeln. Er berührte ihren Arm, als sie sich zum Weiterspazieren wandten.

„Konrad hat mir gesagt, dass du geweint hast, als du unser Haus verlassen hast. Das tut mir so leid." Er krampfte seine Hände zu Fäusten zusammen. „Ich hasse es, wenn ich meine Gefühle nicht im Griff habe!"

Denisa hatte keine Zweifel daran, dass er es ernst meinte, und im Grunde ihres Herzens hatte sie ihm längst verziehen. Und sie wollte, dass er das wusste, also sagte sie: „Ich glaube, ich kann mir vorstellen, wie das ist."

Ihr Vater griff auf einmal nach ihrer Hand, drückte sie und sah kurz so aus, als wolle er noch etwas sagen. Doch dann lächelte er nur, ließ sie wieder los und spazierte schweigend neben ihr auf dem Weg entlang, der eine kleine Biegung machte und dann zurück zum Klinikgebäude führte. Kurz bevor sie wieder dort angekommen waren, ergriff er doch noch einmal das Wort: „Ich werde nur ein paar Tage hier sein, denke ich." Er blickte seine Tochter von der Seite an. „Wirst du noch da sein, wenn ich zurückkomme?"

Da war sich Denisa sicher, also nickte sie, während sie sich zum Abschied umarmten. Sie wollte auf ihren Vater warten, bis er wieder nach Hause kam, und sie wollte mit ihm über die Zukunft sprechen, wenn es ihm besser ging.

Ihre gemeinsame Zukunft.

KAPITEL NEUNZEHN

Vier Tage später klingelte Denisas Handy, als sie gerade vom Frühstück zurück in ihr Pensionszimmer gekommen war, wo Vittorio noch in ihrem Bett lag. Sie hatte ihm in einer Serviette ein belegtes Brötchen hochgeschmuggelt, das sie ihm reichte, bevor sie nach ihrem Handy griff. Diese Nacht hatte Vittorio bei Denisa in der Pension verbracht, nachdem er nach der Arbeit am Vorabend herüber gekommen war. Frau Wormser schien sich nicht an seiner Anwesenheit zu stören, obwohl sie ihn nun schon mehr als einmal im Haus gesehen hatte. Denisa vermutete, dass die Pensionsbesitzerin sie als Dauergast zu sehr schätzte, um wegen des gelegentlichen Herrenbesuchs einen Aufstand zu machen.

Als Denisa nun die Telefonnummer der Lechners auf dem Handydisplay erkannte, ergriff ein mulmiges Gefühl von ihr Besitz. Weder mit Ben noch mit Anja, hatte sie seit der letzten Begegnung gesprochen, und Theo meldete sich immer über sein Handy bei ihr. Als sie schließlich zögerlich abhob, meldete sich Anja am anderen Ende der Leitung. Noch immer spukten Denisa die harschen Worte dieser Frau im Kopf umher, aber sie versuchte nun, den Gedanken daran beiseitezuschieben. Auch Theos Frau schien dieses Gespräch nicht angenehm zu sein, denn sie kam nach ihrer knappen Begrüßung rasch auf den Punkt:

„Theodor kommt heute nach Hause von der Klinik."

Theo kam nach Hause. Also hatte er richtig gelegen mit seiner Vermutung. Und Anja? Rief sie nur an, weil er das wollte? Und was war mit Ben? Das Schweigen zwischen ihnen dauerte eine gefühlte Ewigkeit, bis schließlich Anja erneut das Wort ergriff: „Möchtest du kommen?"

Kein Wort einer Erklärung oder Entschuldigung. Nichts, woran Denisa hätte erkennen können, was Anja dachte oder wie sie nun zu der Tochter ihres Mannes stand. Denisa hatte ein unbehagliches Ziehen in der Magengegend bei der Vorstellung, ihr wieder zu begegnen. Aber es ging hier um ihren Vater, und ihn wollte sie unbedingt sehen!

„Ja, ich komme", erwiderte sie deshalb und hörte Anja schnaufen, als wäre die gerade dabei, die Treppen hochzusteigen oder etwas Ähnliches.

„Gut", war dann zu vernehmen, „ich hole ihn gegen Mittag ab. Magst du so um drei kommen?"

Denisa bejahte, und Anja beendete das Gespräch mit „Gut. Bis dann!".

Einen Moment lang blickte Denisa auf das Telefon in ihrer Hand, legte es dann auf den Nachtkasten und ließ sich auf das Bett plumpsen. Vittorio hatte sich neben ihr im Bett aufgesetzt und biss in das Brötchen, wobei einige Krümel den Weg auf die Bettdecke fanden.

„Alles gut?", fragte er zwischen zwei Bissen.

Denisa wusste es nicht. Sie freute sich darüber, dass ihr Vater zurückkam, aber der Gedanke an Anja dämpfte ihre Begeisterung erheblich. Wie sollte sie mit der Frau ihres Vaters jetzt umgehen? Wie konnte sie auf Anja zugehen, wie mit ihr sprechen, nach dem, was geschehen war? Und wie würde sich Ben verhalten? Sie hasste Unsicherheit so sehr!

„Theo kommt heute aus der Klinik heim, und ich werde nachher rüberfahren", antwortete sie auf Vittorios Frage. Plötzlich kam ihr ein erlösender Gedanke: ihr Freund könnte sie heute Nachmittag begleiten zu den Lechners! Theo würde ihn bestimmt gerne kennenlernen, immerhin hatte er sich so darüber gefreut, dass seine Tochter verliebt war. Und dann würde sie sich Anja nicht alleine stellen müssen…

„Möchtest du mitkommen?", fragte sie deshalb und versuchte, es so locker wie möglich klingen zu lassen. „Ben kennt dich ja eh schon, und mein Vater würde dich gerne kennenlernen."

Vittorio jedoch schien ihre wahre Absicht zu ahnen, denn er bedachte sie mit einem prüfenden Blick, schluckte dann den Happen in seinem Mund hinunter und schüttelte den Kopf.

„Ich muss arbeiten, ich habe heute keine Zeit für dich."

Denisa konnte ein genervtes Seufzen nicht unterdrücken. Das war ja klar, dass das wieder kam! Ständig war er nur im Restaurant beschäftigt! Und was hieß überhaupt ‚keine Zeit für dich'? Das klang ja, als müsste er sie bemuttern! Sie war kein kleines Kind, sondern wollte einfach nur ihren Freund bei sich haben heute!

Denisa spürte ein Gefühl des Frustes in sich aufsteigen, und ihr Ton klang angesäuert, als sie zurückschnappte: „Wieso lässt du dich von deinem Vater so ausnutzen? Der zahlt dir doch keinen Cent dafür, oder?"

Vittorios Blick wirkte überrascht, denn vermutlich hatte er nicht mit einer solchen Reaktion von ihr gerechnet. Jedenfalls schob er sich den letzten Bissen des Brötchens in den Mund, kaute, schluckte und gab dann erst zurück: „Er finanziert mir das Studium, Bella! Außerdem ist es normal, dass man der Familie hilft."

Denisa fühlte sich, als hätte er ihr einen Schlag verpasst. Wie konnte er so etwas zu ihr sagen und ihr damit vorhalten, sie hätte keine Ahnung vom Leben in einer Familie! Gott! Er wusste genau, wie alleine sie war auf der Welt! Wie konnte er so gemein sein?

Denisa spürte, wie ihre Hände zittrig wurden, deshalb griff sie nach ihrem Kissen und vergrub sie darunter, damit Vittorio es nicht sah. Der saß nur neben ihr auf dem Bett und schien sich keiner Schuld bewusst zu sein. Jedenfalls änderte sich seine Miene kein bisschen.

Typisch! Er nahm alles locker auf die leichte Schulter!
‚Und sein Studium?', dachte Denisa nun. Hatte er in den Semesterferien eigentlich dafür gar nichts zu tun? Sie erinnerte sich, dass sie selbst immer für Klausuren hatte lernen oder Seminararbeiten verfassen müssen. Aber Vittorio schien nichts dergleichen zu tun. Wahrscheinlich war das auch der Grund, weshalb er immer noch nicht damit fertig war! Er war immerhin ein Jahr älter als sie!

„Warum brauchst du überhaupt so lange für dein Studium?", konnte Denisa sich die bissige Frage nicht verkneifen. Sie schien bei Vittorio damit auf einmal einen empfindlichen Nerv getroffen zu haben, denn er stand nach einem irritierten Blick abrupt vom Bett auf und klopfte die letzten Krümel von seinen Händen.

„Lass deine schlechte Laune nicht an mir aus", sagte er mit einer Stimme, die lauter war als eben noch. Er bückte sich nach seiner Hose und zog sie an. Aber so schnell wollte Denisa das Thema nicht beenden. Sie wollte eine Antwort auf ihre Frage, weil sie sein Verhalten in diesem Punkt einfach nicht nachvollziehen konnte. Und das war doch wichtig, wenn sie wirklich zusammenbleiben wollten! Es war wichtig, dass er sich um seine Zukunft kümmerte!

„Ich kann halt nur nicht verstehen, warum du dich nicht mehr darum kümmerst", ließ sie nicht locker und legte damit bei ihrem Freund offenbar einen Schalter um, denn er richtete sich jetzt zu seiner vollen Größe auf und machte eine ausladende Bewegung mit dem Arm.

„So hohe Ansprüche hat Madame an alle! Gibt es überhaupt jemand, der es dir recht machen kann?"
Was sollte das denn jetzt heißen? Sie hatte doch keine hohen Ansprüche, sondern wollte nur wissen, woran sie war. Das war doch nicht zu viel verlangt! Immerhin ging es ja irgendwie um ihre gemeinsame Zukunft hier! Oder doch nicht?

Denisa spürte, wie nun mehr an ihr als nur ihre Hände zitterten, so aufgewühlt fühlte sie sich! Sie war wütend und verwirrt. Auf einmal war ihr alles zu viel, aber die Art wie Vittorio vor ihr stand, groß und unnahbar, machte es unmöglich für sie das zuzugeben. Sie konnte und wollte nicht zurück, also richtete sie sich auf, hob ebenfalls ihre Stimme und schmetterte ihm entgegen: „Ich würde mein Leben halt nicht so gedankenlos an mir vorbeiziehen lassen! Ich achte eben darauf, was ich aus mir mache!"

Der verächtliche Blick, den Vittorio ihr daraufhin zuwarf, traf Denisa unerwartet hart, sodass sie sich unwillkürlich wieder zurücksinken ließ und das Kissen an sich presste.

„Nein, du bist nur unfähig, mal lockerzulassen und machst dir über jeden Scheiß endlos Gedanken!", pfefferte er ihr die Worte entgegen. Das war echt eine Frechheit! Wie kam er dazu, sie zu kritisieren, ausgerechnet er! Denisa fühlte sich mit einem Mal so wütend, dass sie das Kissen packte und neben sich auf das Bett schleuderte.

„Immer noch besser, als sich um gar nichts zu kümmern! Wenn du eine Beziehung genauso handhabst wie dein Studium, dann Gute Nacht!", wagte sie einen letzten Angriff, und weil sie so in Rage war, warf sie noch hinterher: „Wahrscheinlich hat bis jetzt immer deine Familie dein Leben geplant, sonst hätte gar nichts geklappt!"

Ja, sie wollte ihm wehtun, und der düstere Ausdruck in seinem Gesicht zeigte ihr, dass die Worte ihre Wirkung nicht verfehlt hatten. Vittorio stand ein paar Sekunden lang nur so da, bis er schließlich den Kopf schüttelte und sich abwandte. Er nahm seinen Geldbeutel und sein Handy von der Kommode und trat zur Zimmertür. Ehe er sie öffnete, wandte er Denisa noch einmal sein Gesicht zu.

„Wenn du so von mir denkst, dann passen wir wohl nicht zusammen", sagte er bitter. Dann schlug er die Tür hinter sich zu und polterte die Treppe hinunter.

Fassungslos blieb Denisa zurück, alleine dort auf dem Bett. Ihr ganzer Körper bebte vor Erregung, und da Vittorio sie nicht mehr sehen konnte, gab sie sich keine Mühe mehr, es zu unterdrücken. Sie packte das Kissen und warf es in Richtung Tür, während ihr Tränen der puren Verzweiflung hinunterrannen. Wieso war Vittorio so gemein zu ihr!

Gleichzeitig stieg aber auch ein richtig schlechtes Gewissen in ihr auf, das sich nicht wegschieben ließ. Sie selbst hatte Dinge gesagt, die sie nicht hätte sagen dürfen. Gemeine Dinge, mit denen sie ihn hatte verletzten wollen, weil er sie verletzt hatte. Aber sie war unfair gewesen, das wurde ihr nun schmerzlich bewusst, und sie warf sich auf die Matratze und brach vollends in Tränen aus.

‚Lauf ihm nach!', rief eine Stimme in ihr, aber sie fühlte sich unfähig, sich zu rühren, so bleischwer waren ihre Glieder. Jetzt, wo ihre Wut langsam nachließ, ergriff die Verzweiflung gänzlich und lähmend von ihr Besitz.

Sie wusste später nicht mehr, woher sie die Kraft genommen hatte, aufzustehen und sich fertigzumachen, um zu den Lechners zu fahren. Sie fühlte sich wie ein Roboter, der automatisierten Abläufen folgte. Irgendwie hatte sie es geschafft, sich zum Auto zu schleppen und die mittlerweile vertraute Strecke zu fahren. Wie sie aussah, darüber wollte sie gar nicht nachdenken. Sie hatte zuvor nur einen flüchtigen Blick in den Spiegel geworfen und ihre verquollenen Augen und die rote Nase wahrgenommen, während sie sich notdürftig gekämmt hatte.

Jetzt stand sie vor der Haustür der Lechners und wartete darauf, dass jemand auf ihr Klingeln reagierte, was auch ein paar Sekunden später geschah. Anjas Lächeln, mit dem sie Denisa hereinbat, wirkte verlegen, und die Art, wie sie mit den Händen über ihren Rock strich untermalte diesen Eindruck.

„Geh doch schon mal ins Wohnzimmer", sagte sie und wies mit der Hand den Flur hinunter. „Ich hole uns etwas zu trinken."

Die Terrassentür stand offen, und Denisa konnte Ben sehen, der gerade barfuß über die Wiese auf das Haus zukam. Als er den Kopf hob und sie erblickte, stockte er kurz in seinen Bewegungen, kam dann jedoch weiter auf sie zu. War er gerade an Daisys Grab gewesen? In der Ferne konnte Denisa den kleinen Erdhaufen sehen. Ihr Bruder trug ein schwarzes Muskelshirt und Jeans. Er sagte nichts als er bei Denisa angekommen war, er stand nur vor ihr, und sein Blick war traurig. Natürlich, Theo war schließlich nicht der Einzige, der um die Familienhündin trauerte, und auch nicht der Einzige, der unter der ganzen Situation litt.

‚Heute geht es wohl allen beschissen', dachte Denisa, und einem tiefen Bedürfnis folgend ging sie zu ihrem Bruder und nahm ihn wortlos in den Arm. Er ließ es zögerlich geschehen. Anja kam mit den Getränken aus der Küche, und Denisa meinte ein kurzes Lächeln über ihr Gesicht huschen zu sehen, da sie gerade noch mitbekam, wie Denisa ihre Umarmung wieder löste. Sie stellte das Tablett auf den Tisch und wandte sich an ihren Sohn: „Magst du grad deinen Vater holen?"

Der nickte nur und stieg die Treppe hinauf. Anja blickte ihm kurz hinterher, dann wandte sie sich ohne Überleitung an Denisa: „Es tut mir leid, was ich zu dir gesagt habe. Ich war an dem Tag mit den Nerven am Ende."

Sie sprach hastig, so als wollte sie sich beeilen, ihre Worte loszuwerden, besonders die, die gleich darauf folgten: „Es ist manchmal nicht leicht, mit deinem Vater verheiratet zu sein." Mit deinem Vater…

Denisa nickte stumm und versuchte ein Lächeln, denn auch wenn Anja rasch gesprochen hatte, so hatte sie doch ehrlich gewirkt.

Die beiden Männer kamen die Treppe herunter gepoltert, und Theo ging geradewegs auf seine Tochter zu und umarmte sie zur Begrüßung. Er schien in ganz guter Verfassung zu sein, jedenfalls wirkte sein Lächeln offen und echt. Anja hatte die Szene mit wohlwollendem Ausdruck beobachtet und bewegte sich nun zur Tür.

„Ich habe gestern einen Kuchen gebacken, ich glaube, den gönnen wir uns jetzt."

Damit wandte sie sich um und ging in die Küche. Denisa, Ben und Theo setzten sich rund um den Wohnzimmertisch auf die Sessel und das Sofa.

„Ah, das ist schön, wieder daheim zu sein!", meinte Theo und streckte die Arme vor sich. Daisys Decke war vom Fußboden verschwunden, und Denisa vermutete, dass Anja das erledigt hatte. Um das Alte hinter sich zu lassen und weiterzumachen. Immer wieder weiterzumachen, egal welche Rückschläge kamen...

Vielleicht bemerkte Theo, wie abwesend sie war oder wie zerknautscht ihr Gesicht aussah, denn er beugte sich nach vorne und berührte sie am Arm.

„Dir geht's heute aber nicht gut, oder?", fragte er mit sanfter Stimme.

Denisa spürte, wie sich bei dem Gedanken an Vittorio ihr Innerstes zusammen krampfte. Für kurze Zeit hatte sie geschafft zu verdrängen, was geschehen war, aber bei der Frage ihres Vaters, kam die schmerzliche Erinnerung mit voller Wucht zu ihr zurück. Sie atmete tief durch und schüttelte den Kopf. „Vittorio und ich haben uns gestritten."

Bei ihren Worten huschte über Bens Gesicht ein Ausdruck der Überraschung, aber auch des Bedauerns, und Denisa war überrascht darüber, dass auch er sich vorbeugte und fragte: „Was ist passiert?"

Knapp schilderte Denisa, was am Vormittag geschehen war, wobei sie verschwieg, dass sie ihren Freund gerne hierher mitgebracht hätte. Es war ungewohnt, auf einmal so mit ihren Problemen im Mittelpunkt zu stehen, besonders als dann auch noch Anja mit dem Kuchen zurückkam und ebenfalls zuhörte. Aber irgendwie tat ihr das auch ungeheuer gut.

Als sie geendet hatte, richtete ihr Vater sich auf und meinte: „Niemand ist perfekt, Denisa." Er legte die Hand auf seine Brust. „Sieh mich doch an." Dabei warf er einen Blick zu Anja, die neben ihm saß. Sie griff nach seiner Hand.

„Und wenn du ihn gerne hast, dann solltest du mit ihm reden", beschloss er seine Einschätzung der Lage. Und er hatte Recht, das wusste Denisa. Eigentlich hatte ohnehin sie die größten Fehler gemacht in diesem Streit. Sie wischte sich mit der Hand über ihre Wange und nickte zaghaft.

Und als würde sie spüren, dass es jetzt an der Zeit war, wechselte Anja unvermittelt das Thema, während sie den Kuchen schnitt und auf kleine Teller verteilte.

„Wir haben beschlossen, ein paar Tage ans Meer zu fahren."

Sie reichte jedem einen vollen Teller und setzte sich dann mit ihrem in der Hand wieder neben ihren Mann.

„Und wir haben uns gefragt…", fuhr sie fort und warf einen Blick in die Runde, „…ob du uns begleiten möchtest?"

Das kam so plötzlich für Denisa, dass sie so schnell nicht wusste, wie sie reagieren sollte. Wahrscheinlich zeigte ihr Gesichtsausdruck das auch deutlich, denn Theo griff den Gedanken auf, während er den Arm um Anja legte.

„Wir haben dort ein günstiges Ferienhaus von einem Freund gemietet, und ich glaube, das würde uns allen guttun."

Ein Haus am Meer… klar wäre das schön. Urlaub hatte

Denisa wirklich mehr als nötig nach den Wochen, die hinter ihr lagen. Und es schien tatsächlich so, als würde die ganze Familie Lechner es ernst meinen, denn auch Ben grinste sie an.

„Das Haus hat eine Sauna und einen Whirlpool im Keller. Das willst du dir nicht entgehen lassen!", schwärmte er, sodass Denisa nicht anders konnte, als sein Grinsen zu erwidern.

„Ich komme gerne mit", antwortete sie endlich, nachdem sie tief durchgeatmet hatte. Nicht so viel nachdenken...

„Sehr gut!", freute sich Theo und schlug sich auf die Schenkel. „Dann kündige dein Zimmer bei Rosalie. Wir fahren übermorgen los."

In zwei Tagen also... zwei Tage, um hier abzuschließen, dachte Denisa und ihre Gedanken wanderten unweigerlich zu dem Streit mit ihrem Freund zurück. Sie konnte so nicht fahren, nicht ohne noch einmal mit ihm geredet zu haben.

„Übermorgen... das ist gut", murmelte sie, mehr zu sich selbst. „Dann habe ich noch ein bisschen Zeit." Und weil die anderen drei sie alle abwartend anblickten, fügte sie hinzu: „Ich muss hier noch etwas klären..."

Kapitel Zwanzig

Da Mario lag im Licht des Abends friedlich da, und es war ungewohnt ruhig, als Denisa nun vor dem Zaun stand. Die Tür des Restaurants war geschlossen, die Tische und Stühle im Garten standen ordentlich aufgeräumt an ihren Plätzen. Auch wenn Denisa einem Schild am Eingang entnehmen konnte, dass heute geschlossen war, so kam es ihr doch gespenstisch vor. Das Haus wirkte verschlossen und verlassen... wobei, hatte sie da nicht ein Licht in einem der Fenster aufblitzen sehen? Richtig, drinnen hatte jemand in einem der Räume das Licht eingeschaltet, und nach und nach folgten weitere. Natürlich, die Sonne war fast verschwunden, und in dem Haus musste es ohne Beleuchtung mittlerweile ziemlich düster sein. Bei näherem Hinsehen erkannte sie die Silhouetten mehrerer Personen, die auf und ab liefen, und sie fragte sich unwillkürlich, ob eine von ihnen Vittorio war. Seit gestern Vormittag hatten sie nun kein Wort mehr gewechselt, und das schmerzte Denisa sehr.

Leise konnte sie mit einem Mal auch Musik vernehmen, denn eines der Fenster war halb geöffnet worden von innen. Mit der Musik zog ein köstlicher Duft von gebackenem Käse und Gegrilltem hinaus zu Denisa, sodass sie Appetit bekam.

Dennoch hatte sie einen Kloß im Hals. Sollte sie es wagen? Sollte sie hingehen und anklopfen? Alleine bei dem Gedanken spürte sie ein schmerzhaftes Ziehen in ihrem leeren Magen. Vielleicht war Vittorio auch gar nicht da... Aber gleich fühlte sie, wie schrecklich das jetzt wäre, und zu den Schmerzen gesellte sich Schwindel hinzu. Der Streit mit ihrem Freund hing wie eine bedrohliche Wolke über ihr. Länger würde sie das nicht aushalten! Ihr Freund... war Vittorio das überhaupt noch? Oder war er es je gewesen? Was immer er darüber dachte, sie musste es jetzt herausfinden, bevor sie mit Theos Familie wegfuhr.

Mit langsamen Schritten ging sie an dem Zaun entlang zum Eingangstor des Gartens. Es stand offen, also betrat sie vorsichtig die Kiesfläche zwischen den Tischen und ging bis vor die Eingangstür, darum bemüht kein Geräusch zu machen. Jedes kleine Knirschen der Steine unter ihren Füßen war ihr unangenehm und jagte ihr Gänsehautschauer über den Rücken. Die Eingangstür war dunkel und verschlossen, und nachdem Denisa endlich gewagt hatte dagegen zu klopfen, wartete sie vergeblich auf eine Reaktion. Nun konnte sie die Musik und auch verschiedene Stimmen von drinnen hören, und es war eine Geräuschkulisse, die fröhlich und unbeschwert klang. Denisa kam der Gedanke, dass womöglich heute ein Fest gefeiert wurde, und sie war schon drauf und dran, wirklich kehrtzumachen, als sie plötzlich eine Stimme genau heraushörte, die etwas auf Italienisch rief. Denisa erkannte sie sofort, und eine erneute Gänsehaut erfasste ihren Körper. Vittorio war also da drinnen. Er war da drinnen, und sie musste mit ihm reden!

Nach einem weiteren Moment des Zögerns wandte sie sich um und ging um das Gebäude herum bis zu der Hintertür, durch die Vittorio sie schon einmal mit hinein genommen hatte. Sie war angelehnt, sodass die Geräusche von drinnen noch lauter nach draußen klangen. Denisa fasste sich, atmete einmal tief durch und klopfte gegen das Holz der Tür. Tatsächlich hörte sie von drinnen sofort Schritte näherkommen, und schneller als sie erwartete hätte, wurde die Tür geöffnet.

Es schien Denisa, als würde ihr Herz mehr als nur ei-

213

nen Schlag aussetzen, als Vittorios Blick sie traf. Groß stand er plötzlich vor ihr, eine Hand an den Türrahmen gelegt. Seine Haare waren hochgebunden, sein Gesicht zierte ein Dreitagebart und über seiner Jeans trug er ein dunkelblaues T-Shirt. Er war barfuß. Während er in der Tür mit einem Lächeln erschienen war, so war seine Miene nun unbeweglich. Ja, sie wirkte fast wie eingefroren, als er den unerwarteten Gast jetzt musterte, aber Denisa konnte sehen, wie er schluckte. Seine dunklen Augen schienen sie regelrecht in sich aufzusaugen, und sie musste sich wirklich zusammenreißen, um nicht loszuweinen. In den letzten Tagen fühlte sie sich so labil, dass ihr bei der geringsten Gelegenheit die Tränen kamen.

Denisa holte tief Luft und spürte ihre Hände zittern, während sie ein leises „Hallo" herausbrachte. Warum musste ihr Herz auf einmal so rasen? Sie hatte das Gefühl, jeden Moment umkippen zu können.

Vielleicht nahm Vittorio wahr, wie schlecht sie sich fühlte, denn er lockerte seine Haltung ein wenig. Er trat einen Schritt auf sie zu und hob die Hand in ihre Richtung, kam jedoch nicht dazu, etwas zu sagen.

„Wer ist denn da?", rief eine Stimme von hinten, und kurz darauf erschien eine Frau mittleren Alters in der Tür. Ihre vollen schwarzen Haare waren wie bei Vittorio nach oben gesteckt, sie trug ein hellgrünes Kleid unter einer beigen Schürze, das ihre weibliche Figur wunderbar in Szene setzte. In der Hand hielt sie einen hölzernen Kochlöffel. Mit einem fragenden Blick trat sie neben Vittorio. Der schien einen Moment zu zögern, blickte von ihr zu Denisa und antwortete schließlich:

„Mamma, du erinnerst dich, dass ich von Denisa erzählt habe?"

Die Augen der Frau schienen freudig aufzuleuchten, und sie hob beide Hände höher, während sie rief: „Ah, si, natürlich erinnere ich mich!"

Und dann, bevor ihr Sohn noch etwas hinzufügen konnte, hatte sie den Arm schon um Denisa gelegt und führte sie ins Haus, so schnell, dass Denisa nur verwirrt nicken konnte. Aus dem Augenwinkel konnte sie Vittorios Gesicht sehen. War das ein leichtes Schmunzeln in seinen Zügen? Hatte er geseufzt? Der Duft seines Aftershaves stieg ihr trotz des dominierenden Essensgeruchs in die Nase, und am liebsten hätte sie sich einfach an ihn gelehnt. Aber seine Mutter hatte sie fest im Griff und schob sie weiter in die Richtung, aus welcher der Essensgeruch kam.

„Kommen Sie, meine Liebe, Vittorio hat schon so viel von Ihnen erzählt", sagte sie, während sie die Tür zur Küche aufstieß und Denisa hineinschob. Hatte er das? Von ihr erzählt? Denisa warf einen kurzen Blick über ihre Schulter nach hinten in den Gang, wo Vittorio mit verschränkten Armen stand.

In der Küche tummelten sich insgesamt fünf Personen, unter denen Denisa Vittorios Vater erkannte. Alle waren mit verschiedenen Küchenarbeiten beschäftigt. Sie schnitten Gemüse, kneteten Teig und schälten Kartoffeln, wobei sie sich unablässig miteinander unterhielten. Einen der jüngeren Männer hatte Denisa auch schon einmal im Restaurant gesehen, aber sie kam nicht dazu, in ihrem Gedächtnis nach mehr Information zu graben, denn Vittorios Mutter rief in die Runde:

„Tutti guardate qui! Schaut mal alle her! Vittorio hat seine Freundin eingeladen!" Eingeladen? Wozu eingeladen? Denisa war überrumpelt und spürte eine leichte Panik in sich aufsteigen. Nein, so hatte sie das nicht gewollt! Sie wollte mit Vittorio alleine sprechen, und nicht in eine Familienfeier reinplatzen! Alle schienen jetzt durcheinander zu reden, aus einem großen Topf am Herd zischte Wasser, sodass Vittorios Vater dorthin eilte und den Deckel abhob.

Denisa schüttelte den Kopf. So unangenehm ihr das

war, sie musste jetzt klarstellen, weshalb sie hier war, deshalb hob sie die Hände. Aber bevor sie einen Satz herausbringen konnte, spürte sie auf einmal zwei Hände, die sich von hinten auf ihre Schultern legten und sie zu einem Holzstuhl in einer Ecke der Küche führten.

„Setz dich einfach hierher", sagte Vittorio mit gesenkter Stimme. „Sie sind alle traurig, wenn du jetzt wieder gehst."

Tatsächlich nickte seine Mutter ihr freundlich zu und bedeutete ihrem Gast ebenfalls mit einer Geste, sich zu setzen, bevor sie selbst sich wieder an den Herd begab. Also blieb Denisa nichts anderes übrig, als sich, wie ihr geheißen, auf dem Stuhl niederzulassen. Vittorio stand nahe bei ihr, und so konnte sie sich kurz zu ihm lehnen und flüstern:

„Es tut mir leid, dass ich hier reingeplatzt bin. Ich... ich wollte nur mit dir reden."

Er antwortete nicht gleich, aber seine Augen musterten sie, während er ein Weinglas vom Regal nahm, es seiner Freundin reichte und etwas Rotwein einschenkte.

„Das machen wir später", raunte er ihr dann zu, tätschelte ihr kurz die Schulter und wandte sich dann wieder seiner Arbeit zu, die darin bestand, Mandeln kleinzuhacken und in der Pfanne zu rösten.

Und so lehnte Denisa sich auf dem Stuhl zurück und versuchte, sich irgendwie zu entspannen. Ihr war bewusst, dass es höflich gewesen wäre, ihre Hilfe anzubieten, aber dazu fehlte ihr wirklich die Kraft. Es schien ihr auch keiner übelzunehmen, dass sie einfach nur zusah, denn immer wieder kam einer der Arbeitenden und ließ sie irgendwas probieren, was er oder sie gerade hergestellt hatte. Über eine Stunde verbrachte sie so, und mit jedem Schluck Wein löste sich ein bisschen von Denisas Anspannung. Die fröhliche Musik und die freundlichen Menschen um sie herum ließen zeitweise in den Hintergrund treten, weshalb sie hier war.

Irgendwann waren die Arbeiten in der Küche soweit erledigt, dass sie allesamt in die Gaststube des Lokals umzogen, wo eine lange Tafel schon hübsch gedeckt war. Die Weingläser in den Händen setzten sie sich an die umliegenden Tische, unterhielten sich und tranken Wein. Denisa war echt überrascht, wie viel diese Leute vor dem Essen schon trinken konnten, denn sie selbst spürte die Wirkung des Alkohols bereits in ihrem Kopf. Wie gut, dass sie schon so viel vom Essen hatte naschen dürfen, sonst wäre sie sicher noch angetrunkener gewesen.

„Was wird denn heute gefeiert?", flüsterte sie Vittorio ins Ohr, der neben ihr auf der Eckbank saß und den Wein in seinem Glas herumschwenkte.

„Mein Onkel hat Geburtstag", gab er zurück, und als Denisa sich suchend umsah, fügte er hinzu: „Er ist noch nicht da."

Tatsächlich dauerte es nicht mehr lange, bis vom Gang plötzlich Stimmen zu hören waren und Vittorios Vater aufsprang, um die Neuankömmlinge willkommen zu heißen. Es folgte eine schier endlose Begrüßungszeremonie, bei der sich alle nacheinander umarmten und Denisa sich im Hintergrund hielt. Doch nachdem endlich alle an dem großen Tisch Platz genommen und Vittorios Mutter Brot und Antipasti gebracht hatte, lehnte Vittorio sich zu ihr und deutete auf die Neuangekommenen.

„Das sind mein Onkel Mario und seine Frau Rosa", informierte er Denisa.

Mario? Wie der Großvater?

„Ja, er ist der Ältere von uns beiden und hat deshalb den Namen bekommen", erklärte Vittorios Vater auf Denisas Rückfrage. „Aber er wollte nichts wissen von dem Lokal."

Mario schmunzelte, während er sich eine weitere Scheibe Brot nahm und sie dick mit Olivencreme beschmierte.

„Ich wollte raus aus diesem Kaff. Raus in die Welt." Bei diesen Worten schienen seine Augen regelrecht aufzublitzen, und Begeisterung schwang in seinen Worten, als er von seinem Beruf als Spezialitätenhändler erzählte. In der ganzen Welt war er schon herumgereist, auf Messen und Märkten in großen Städten gewesen, wo er mit den besten Spezialitäten seiner Heimat handelte.

„Wenigstens ist er unserer Tradition treu geblieben", fügte Vittorios Vater hinzu und schlug seinem Bruder auf den Rücken. Die beiden sahen sich wirklich ähnlich: ein eher rundes Gesicht, breite große Statur und kurze graue Haare, die wohl mal pechschwarz gewesen sein mussten. Einen Altersunterschied sah man ihnen nicht an, nur dass Mario etwas rundlicher um die Taille war als sein Bruder.

Nachdem die Antipastiteller gelehrt waren, wurde das Hauptgericht aufgetischt: ein großer Kalbsbraten und dazu viele Schüsseln mit unterschiedlich zubereitetem Gemüse. Alle bedienten sich, während ununterbrochen geredet wurde. Bei den insgesamt acht Personen entstand so ein ordentlicher Geräuschpegel, der von italienischer Musik untermalt wurde. Denisa beschränkte sich weitestgehend darauf zuzuhören, bis irgendwann Vittorios Mutter, die ihr schräg gegenüber saß, sie direkt ansprach: „Vittorio hat erzählt, dass Sie hier Ihren Vater besuchen?"

Denisa nickte, während sie den Bissen in ihrem Mund kaute und hinunterschluckte:

„Ja, das stimmt", antwortete sie mit einem Seitenblick zu Vittorio, der sie beobachtete. „Aber bitte, sagen Sie doch Denisa zu mir."

Die hübsche Italienerin mit ihrem länglichen Gesicht schenkte ihr ein freundliches Lächeln der Zustimmung.

„Anna", stellte sie sich ebenfalls vor und reichte Denisa über den Tisch mit all den Tellern, Schüsseln und Gläsern hinweg die Hand. Was die Gesichtszüge anbelangte, kam ihr Sohn eindeutig nach ihr. Anna blickte sie so freundlich an, dass Denisa keine Hemmungen hatte, knapp ihre Geschichte zu erzählen. Die anderen um sie herum waren ohnehin in ihre eigenen Gespräche, meist auf Italienisch, vertieft. Annas Züge bekamen einen ernsten Ausdruck, als Denisa den Tod ihrer Mutter und ihrer Oma erwähnte. Vittorio hörte nur stumm zu. Seine dunklen Augen trugen einen Ausdruck, den Denisa nicht einordnen konnte. Freundlich und doch distanziert, so als würde er abwarten, was seine Freundin als nächstes machte. Wussten oder ahnten seine Eltern, dass sie beide schon miteinander geschlafen hatten? Anna jedenfalls ließ sich nichts dergleichen anmerken. Sie griff erneut über den Tisch hinüber und tätschelte liebevoll Denisas Arm.

„Du Arme! Ganz ohne Mamma und Nonna." Und an ihren Sohn gerichtet fügte sie hinzu: „Da musst du dich aber gut um sie kümmern, Vito!"

Der nickte, und eine Gänsehaut lief über Denisas Körper, als er unerwartet seinen Arm um sie legte und sie an sich zog, während er seiner Mutter versicherte: „Das mache ich schon."

Es war unglaublich schön, seinen kräftigen Oberkörper nahe zu spüren und seinen Duft einzuatmen, aber unwillkürlich hatte Denisa einen Kloß im Hals. Sagte er das jetzt nur für seine Mutter, oder meinte er es wirklich? Sie konnte nicht anders, als zu ihm zu blicken, denn sie wollte seinen Gesichtsausdruck sehen. Verzweifelt suchte sie nach Anzeichen, die seine Emotionen preisgaben! Empfand er noch etwas für sie, oder war er nur sauer wegen ihres Streites? Gab er ihnen überhaupt eine Chance? Waren sie noch ein Paar?

Denisa schluckte schwer, um die aufsteigenden Tränen

zu unterdrücken. Warum mussten ihre Hände bloß so zittern! Sie wollte nicht, dass irgendwer das mitbekam, also verschränkte sie sie fest in ihrem Schoß. Vittorio hatte ihren Blick nur ohne ein Wort erwidert, aber er schien die Fragen darin zu erahnen. Jedenfalls legte er nur wenige Minuten später seine Gabel beiseite und trank den letzten Schluck Wein aus seinem Glas. Dann stand er von der Bank auf, wobei er Denisa mit sich zog. „Wir gehen mal nach oben, Denisa fühlt sich heute nicht so gut", erklärte er den anderen am Tisch knapp. Anna nickte verständnisvoll und streichelte der Freundin ihres Sohnes erneut über den Arm. Es war, als hätte Denisas Geschichte ihr grenzenloses Mitgefühl geweckt, denn sie sagte: „Aber sicher, Liebes, ruh dich ein bisschen aus."

Auch die anderen drückten ihr Verständnis aus und freuten sich, als Denisa sich für das leckere Essen und die Gastfreundschaft bedankte. Unsicher auf den Beinen ging sie hinter Vittorio her aus der Gaststube nach hinten im Haus, wo die Treppe in den ersten Stock führte. Ihr war schwindelig vom Wein und der Panik, die sie aufsteigen spürte mit jedem Schritt, den sie tat. Gleich würde sie mit Vittorio reden, mit diesem Mann, in den sie sich verliebt hatte! Was würde er sagen? Im Moment hatte Denisa das Gefühl, dass alles passieren konnte, und dass es gar keine Sicherheit für irgendetwas gab. Verschwommen kam es ihr vor, wie Vittorio vor ihr die Treppe hochstieg und sie ihm bis zu seinem Zimmer folgte, wo er ihr die Tür aufhielt. Er schloss sie und griff dann nach seinem Haarband, um es zu lösen, sodass die schönen Locken auf seine Schultern fielen.

„Meine Mutter hat dich ja gleich liebgewonnen", meinte er und es klang locker, fast fröhlich, aber seine Hände spielten nervös mit dem Band, das seine Haare gehalten hatte, und er verfolgte jede von Denisas Bewegungen. Sie stand in der Mitte des Zimmers und schluckte ein paarmal, bevor sie es wagte zu sprechen. Ihre Hände krallten sich in den Saum ihres T-Shirts, feucht von Schweiß.

„Ich war unfair zu dir", fing sie direkt an, ohne auf seine Feststellung einzugehen. „Ich wollte das alles nicht zu dir sagen." Zu mehr als diesen raschen Worten fühlte sie sich nicht in der Lage, zumal schon jetzt eine Träne den Weg über ihre Wange fand.

Vittorio warf ihr einen langen Blick zu, dann wandte er sich um und trat an das Fenster. Er starrte hinaus in die Dunkelheit, und es fühlte sich an, als würde eine Ewigkeit vergehen, bevor er sich endlich wieder regte.

„Es hat mich erschreckt, dass du so über mich denkst", sagte er leise, den Blick noch immer nach draußen gerichtet. „Das hätte ich nicht erwartet."

Denisas Blick lag auf seinem Rücken. Den linken Arm hatte er nun am Fensterrahmen abgestützt und seine Stirn dagegen gelehnt. Groß sah er aus und stark, und dennoch spiegelten seine Worte seine Verletzlichkeit wider. Denisa musste abermals schlucken. Es tat ihr alles so leid, was passiert war, und sie würde es so gerne rückgängig machen!

„Ich bin nicht ich selbst im Moment, Vittorio", versuchte sie eine Erklärung. „Mir ist das alles zu viel. Ich weiß nicht, wie ich meinem Vater helfen soll... ich finde keine Lösung..."

Sie kam nicht weiter, denn Vittorio drehte sich ruckartig zu ihr um, und seine Stimme war mit einem Mal lauter als zuvor. Eindringlich.

„Weil du zu viel überlegst! Das ist genau das, was ich gemeint habe." Er drehte sich ganz zu ihr und machte eine energische Geste mit den Händen. „Lass die Dinge doch einfach mal geschehen!"

Diese Worte und seine Stimme fühlten sich für Denisa an wie eine Ohrfeige, und sie ließ sich kraftlos auf Vittorios Bett sinken. Ihr Atem ging stockend, so durcheinander war sie, doch nach ein paar bewusst tiefen Atemzügen beruhigte sie sich etwas. Vittorio stand nur da an die Fensterbank gelehnt. Die Arme hatte er jetzt vor der Brust verschränkt und beobachtete sie, machte jedoch keine Anstalten, noch mehr zu sagen. Denisas Kopf pochte schmerzhaft, und sie wandte ihr Gesicht ab, weil sie ihre Tränen nicht mehr aufhalten konnte. Sie wollte nicht, dass Vittorio sie so sah, doch durch ihre Tränen hindurch vernahm sie seine näherkommenden Schritte und seine Stimme, die nun viel sanfter klang als eben noch.

„Jetzt wein' doch nicht, Denisa." Das war das erste Mal, dass er sie bei ihrem richtigen Namen genannt hatte. Sonst hatte er sie immer nur ‚Bella' genannt. Denisa wischte sich die Tränen von den Wangen und warf einen flüchtigen Blick zu ihm hoch.

„Du hast ja Recht…", seufzte sie zittrig und kramte in ihrer Hosentasche nach einem Taschentuch. Sie spürte, wie Vittorio neben sie trat und sich nach kurzem Zögern ebenfalls auf das Bett setzte. Er wartete, bis sie sich zu Ende geschnäuzt hatte, dann begann er zu sprechen: „Ich verstehe, dass du durcheinander bist nach allem, was du hier erlebt hast. Das ist ja auch wirklich nichts Alltägliches."

Er beugte sich zu ihr, sodass sie trotz ihrer vom Weinen zugeschwollenen Nase seinen Duft wahrnehmen konnte. Oder vielleicht bildete sie sich das auch nur ein. Aber was sie bestimmt wahrnahm, waren seine Wärme und seine Stimme nahe bei ihr: „Denk nicht so viel nach, hm?"

Sanft griff er nach ihrer Hand und zog sie an seine Brust auf sein weiches T-Shirt.

„Die wichtigen Dinge entscheidet man mit dem Herzen, Bella. Du kannst das Leben nicht immer so planen, wie du es willst."

In diesen Worten steckte so viel Wahrheit! Im Grunde

wusste Denisa, dass er Recht hatte mit seiner Einschätzung von ihr. Das war wahrscheinlich auch der Grund, warum sie mit der Meditation solche Probleme hatte, weil sie ständig alles im Kopf lösen wollte, anstatt einfach nur zu spüren.

‚Du kannst das Leben nicht so planen…‘, gerade sie selbst sollte das doch wissen! In ihrem Leben, das wurde ihr in diesem Moment klar, war schließlich so vieles geschehen, ohne dass sie die geringste Kontrolle darüber gehabt hatte. Allem voran der frühe Unfall ihrer Mutter und der plötzliche Tod ihrer Oma im vergangenen Jahr. Oder auch, dass sie Mia kennengelernt hatte. Immer wieder hatte das Schicksal ihren Weg einfach ohne sie bestimmt. Hatte sie deshalb so ein Bedürfnis nach Harmonie und Kontrolle?

Sie tat einen tiefen Atemzug und wagte es, Vittorio trotz ihres verweinten Gesichtes anzusehen. Der Blick, den er ihr mit seinen schönen Augen zuwarf, versetzte ihr ein ziehendes Gefühl im Magen, aber das war diesmal nicht unangenehm.

„Vielleicht kann ich das von dir lernen?", meinte sie auf seine Worte, woraufhin Vittorio sie erneut eine Weile lang nur ansah. Schließlich lächelte er und wuschelte mit der Hand durch ihr offenes Haar.

„Du bist schon eine verkopfte Nuss… aber ich mag dich, Bella." Und ganz leise, während seine Lippen ihre Wange berührten, wiederholte er diese letzten Worte: „Ich mag dich. Wir kriegen das schon hin."

Der Kuss, den er ihr daraufhin gab, kam Denisa wunderbarer und inniger vor als alle Küsse, die sie jemals in ihrem Leben empfangen hatte. Er hätte ewig dauern können, wenn ihre Nase nicht so zugeschwollen gewesen wäre, dass sie irgendwann gezwungen war, nach Luft zu schnappen. Vittorio lachte und legte seine Arme um sie, und Denisa spürte trotz ihrer Kopfschmerzen, wie die Glücksgefühle sie erfassten. Sie wollte einfach nur so in Vittorios Armen liegen und seine Nähe wahrnehmen.

„Hey, das Tierheim hat angerufen", fiel ihr plötzlich ein. „Sie haben Pflegeeltern für Jonathan gefunden." Die Begeisterung in ihrer Stimme, obwohl gar nicht beabsichtigt, fiel ihr selbst sogar auf. Bei dem Gedanken an ihr flauschiges Findelkind war sie gleich erfüllt von tiefen Gefühlen der Zuneigung, die sie gerne teilen wollte. Vittorio grinste, zog sie enger an sich und küsste sie auf die Stirn.

„Wir können ihn ja irgendwann mal besuchen fahren", schlug er vor. Oh ja, das wollte Denisa wirklich gerne machen. Und natürlich nur mit Vittorio zusammen, immerhin hatte er das Entlein getauft! Er lachte auf, als sie ihm das mitteilte, und zusammen ließen sie sich nach hinten auf das Bett fallen, um einfach nur beieinander zu liegen. Hin und wieder streichelte Vittorio zärtlich über Denisas Arme und ihr Gesicht.

„Ich glaube, meine Mutter ist echt begeistert von dir", meinte er auf einmal unvermittelt. „So hat sie sich noch nie mit einer meiner Freundinnen unterhalten."

Und ganz leise, nahe an Denisas Ohr raunte er dann scherzhaft: „Jetzt müssen wir wohl doch heiraten, Bella."

Kapitel Einundzwanzig

Die Wellen rauschten sanft vor Denisa und hinterließen auf dem Sand kleine Bläschen, die im Sonnenlicht glitzerten. Es mochte ungefähr halb acht sein, und die Sonne stand schon tief, sodass sie sich in der weiten Oberfläche des Meeres spiegelte. Hin und wieder flogen Möwen in ihrer Nähe umher, landeten mal auf dem Wasser, mal auf dem weißen Sand, wobei sie Denisa mehr als einmal neugierig beäugten. Vor allem dann, wenn sie die Steine, die sie in ihren Händen hielt, schüttelte und so ein klapperndes Geräusch erzeugte, bevor sie sie nacheinander in ihren Schoß plumpsen ließ. Bunte Steine waren es, ungefähr fünfzehn Stück, große und kleine in allen möglichen Farbtönen und Musterungen. Blau, Grau, Rot, Rosa, Weiß, Schwarz, Grün... es faszinierte Denisa, wie viel Bunt sich in Steinen verstecken konnte, das erst dann richtig in Erscheinung trat, wenn das glitzernde Meerwasser sie umspülte. Zuvor hatte sie sich kaum sattsehen können an diesem funkelnden Farbenspiel, das sich beim Spazieren zu ihren Füßen dargeboten hatte. Immer wieder hatte sie sich bücken und einen besonders schönen Stein aufheben müssen. Wie die Sammlerin eines wunderbaren Schatzes. Und irgendwie, fand sie, hatte sich diese einfache Betätigung wie eine Meditation angefühlt, weil sie mit allen Sinnen ganz und gar präsent gewesen war.

Denisa schloss die Augen und machte ein paar bewusste, tiefe Atemzüge. Sie sog die frische Seeluft tief in ihren Körper hinein, und eine wohltuende Wärme breitete sich auf ihrer Haut aus. Es war, als hätten sich die Unruhe und Aufregung der letzten Wochen auf einmal in ihr gelöst. Einfach so.

Seit drei Tagen waren sie nun hier in dem kleinen Ort an der Ostsee, Theo, Anja, Ben und Denisa, und obwohl noch Saison war, hatten sie meist Plätze gefunden, an denen sie ihre Ruhe haben konnten. So wie diesen Strandabschnitt, der zumindest abends kaum besucht war. Gestern schon hatte Denisa sich abends hier hingesetzt und einfach nur genossen, fast eine Stunde lang. So wie heute bedeutete das den wunderbaren Abschluss eines Tages, an dem sie mit den anderen dreien durch den strandnahen Wald gewandert war und kleine Küstendörfer besucht hatte. In einem dieser Orte wurden an jeder Ecke wunderschöne Kunstwerke verkauft, und Denisa hatte sich fest vorgenommen, in den nächsten Tagen eines für Mia auszusuchen als Startgeschenk für ihr Kunststudium. Sie freute sich darauf, somit einen triftigen Grund zu haben, um die Freundin bald zu besuchen.

Auf einmal tauchte ein Schatten neben Denisa auf dem Sand auf, und als sie sich umblickte und hochsah, zeichnete sich gegen den blauen Himmel die Silhouette ihres Vaters ab.

„Ah, hier bist du", sagte er nur. Er ließ seine Schuhe fallen, die er in der Hand getragen hatte, und setzte sich dann langsam neben seine Tochter in den feinen Sand. Das Licht der Sonne tanzte golden auf der weiten Wasseroberfläche, und das Rauschen wurde nur von den Rufen einzelner Möwen untermalt.

„Es ist so friedlich", murmelte er, während sein Blick auf den endlosen Weiten vor ihnen lag. Da hatte er Recht, fand Denisa. Sie konnte nicht genau festmachen, woran es lag, aber dieses salzige Nass hatte etwas Heilsames. So als würde es mit jeder Wellenbewegung die schweren Gedanken der Menschen mit sich nehmen. Eine Seelenreinigung.

In der Hand hielt Theo ein kleines Buch, und als Denisa

mit fragendem Blick darauf deutete, reichte er es ihr.
„Das habe ich in dem kleinen Laden dort oben gefunden", meinte er dazu und wies hoch zur Strandprome-
nade. „Ich werde es mit Bildern von Daisy füllen, denke
ich."

Tatsächlich handelte es sich um ein kleines Fotoalbum
mit blauem Einband und einer flachen Muschel vorne
drauf, wie Denisa jetzt feststellen konnte. Die Blätter
darin bestanden aus dickem festem Papier, gut und sta-
bil, um Erinnerungen auf lange Zeit zu behüten. Unwillkürlich musste sie an ihr eigenes Büchlein denken,
in welchem sie Bilder und Texte zur Erinnerung an ihre
Oma gesammelt hatte. Diese Dinge festzuhalten hatte
ihr sehr gut getan, und auch jetzt, Monate später, hatte
sie dieses Buch fast immer bei sich wie einen wertvollen
Schatz. Sie beschloss, es ihrem Vater zu zeigen, wenn sie
nachher wieder zurück im Ferienhaus waren.

„Das ist eine gute Idee", erwiderte sie nun und gab ihrem Vater das Buch zurück, der es neben sich auf seinen
Schuhen ablegte. Seine silbrigen Haarsträhnen schillerten im Sonnenlicht und bildeten einen Kontrast zu der
gebräunten Haut seines Gesichts. Die Sonne und das
Meer taten ihm sichtlich gut, so wie er es vorausgesagt
hatte. Seine einfachen dunkelblauen Shorts waren zerknittert, genauso wie sein braunes T-Shirt. Beides hatte er schon am Vortag getragen, aber ihm schien das
nichts auszumachen. Denisa meinte, das nachvollziehen
zu können, denn unmittelbar nach Omas Tod waren ihr
solche Dinge auch gleichgültig gewesen.

Wenn jemand stirbt, dachte sie nun, dann wird man
auf die elementarsten Dinge zurückgeworfen, die es im
Leben gibt und alles andere verblasst. So hatte sie sich
jedenfalls gefühlt damals. Damals... wie das klang! Ihre
Oma war noch nicht einmal elf Monate tot, und doch
empfand sie es manchmal wie eine kleine Ewigkeit,
weil so viel seitdem passiert war. Sie hatte Mia kennen-

gelernt und etwas später auch deren Eltern. Sie hatte ein paar Wochen bei ihnen verbracht, als es Mias Vater wegen seiner Krankheit immer schlechter gegangen war und hatte schließlich an seiner Beerdigung teilgenommen. Und in den letzten Wochen hatte sie Theo kennengelernt und Ben und Anja. Und Vittorio... sie hatte sich verliebt, zum zweiten Mal seit Omas Tod. Eine kleine Ewigkeit...

Denisa war so in ihre Gedanken versunken, dass sie leicht zusammenzuckte, als sie neben sich die Stimme ihres Vaters vernahm.

„Wo sie wohl alle sind, die wir verloren haben?", sagte er unvermittelt, und Denisa wusste nicht, wen er genau damit meinte. Daisy, Britta oder auch Denisas Oma? Aber sie wollte nicht fragen, denn Theos Blick war so weit in die Ferne gerichtet, dass er unerreichbar schien. Und so saßen sie nur eine Weile nebeneinander im Sand und betrachteten das Kommen und Gehen der Wellen. Die Sonne schien nun so rasch zu sinken, dass man ihr beinahe dabei zusehen konnte. Es war wie ein Ausatmen des Tages, und Denisa machte nun ihrerseits ein paar tiefe Atemzüge. Leer fühlte sie sich irgendwie, leer und friedvoll, und das war ein wunderbarer Zustand.

Auf einmal regte ihr Vater sich neben ihr, legte dann zögerlich seinen Arm um ihre Schultern und blickte sie von der Seite an. Seine Berührung kam für Denisa so unerwartet, dass sie eine Gänsehaut auslöste, aber es war eine schöne Empfindung.

„Aber Herr Saller hat Recht: ich habe dich gewonnen", führte Theo seinen Gedanken zu Ende. Und dann gab er ihr einen unerwarteten Kuss auf die Stirn und zog sie eng an sich, sodass Denisa seine Wärme spüren konnte, und er hielt sie einfach fest, während er sein Kinn an ihre Stirn drückte. Die kurzen Bartstoppeln fühlten sich rau an. Da war sie plötzlich wieder, diese frühe Erinnerung. Ein Kratzen auf ihrer Haut... Aber dieses

Mal war aus der Erinnerung Wirklichkeit geworden, dachte Denisa und drückte ihr Gesicht fester gegen das Kinn ihres Vaters, während seine Umarmung sie weiter festhielt. Und vor ihnen rauschten die ewigen Wellen.

EPILOG

Zehn Gründe, warum es sich heute zu leben lohnt:

- *Mein Vater Theo und seine Familie*
- *Schöne Erinnerungen an Oma*
- *Eisschokolade*
- *Das traumhafte Meer und der Strand*
- *Vittorio – Freude auf unser Wiedersehen*
- *Meditation*
- *Mia*
- *Sonnenstrahlen auf meiner Haut*
- *Gesund zu sein*
- *Lachen*

Das Leben geht weiter...

ENDE

INFORMATION

Möchtest du noch mehr über Mia und Denisa erfahren? Der erste und der zweite Teil der Reihe „Licht im Nebel" und „Die letzte Seite" sind in gleicher Ausstattung erhältlich:

Informationen und Leseproben sind auf dem Youtube-Kanal der Autorin erhältlich
(Kanalname: „Julia Rösner"):

https://www.youtube.com/channel/UCmbEWTed-rYTlTrxu4KkWoQ